Das Böse im Schatten

Von Claudia Fischer

ÜBER DIE AUTORIN:

Claudia Fischer, geb. 1965, stammt aus einem kleinen Ort in Bayern. Sie ist verheiratet und hat zwei erwachsene Söhne.
Lange Zeit war sie Realschullehrerin und unterrichtete dort Englisch und Musik, wurde jedoch wegen einer Erkrankung frühpensioniert.
Seitdem ist sie Vollzeit-Autorin und Lektorin.
Das Schreiben begleitet sie ihr ganzes Leben. Ihre Geschichten spielen vor dem Hintergrund des amerikanischen Wilden Westens, sie ist seit ihrer Jugend davon fasziniert, was sich auch in den Abby-Romanen zeigt, die das Leben der Banditen Butch Cassidy und Elzy Lay thematisieren.
Ihr anderes Genre ist Thriller, etwas, das sie schon immer mit Begeisterung las.

Achtung: Dieses Buch enthält diverse sensible Inhalte, eine ausführliche Liste der Triggerthemen findet sich am Ende des Buches.

Claudia Fischer

Das BÖSE im SCHATTEN

IMPRESSUM:

Titel: Das Böse im Schatten
Autorin: Claudia Fischer
ISBN: 978-3-98942-908-6

Coverdesign: Isabell Bayer
Gedicht: Lisa Schneider
Lektorat: Lektorat Wortfischerei

Lycrow Verlag GbR
Haid 2
92331 Parsberg
info@lycrowverlag.de

Bestellung und Vertrieb:
Nova MD GmbH, Vachendorf

SAMEN, FALL AUF SCHWARZE ERDE,
KEIME, WACHSE, TRAGE FRUCHT
ALLES BÖSEN, STRÖME, WERDE
GRÖßER ALS DER LIEBE SUCHT!
HINTER MEINEN AUGEN SPRÜHE,
QUELLE, WIRKE SCHATTENLICHT!
ENGEL SCHWEREN BLUTES GLÜHE,
TÖTE ALLES, SCHONE NICHT.
BRUDER TOD DURCH MEINE HÄNDE
LEITE SIE ZUM DUNKLEN ORT!
MENSCH, SEI MEIN UND ICH ENTSENDE
DEINE SEEL AUF EWIG FORT.

LISA SCHNEIDER

I. KAPITEL

Cataleya
Ashland, Oregon
Freitag, 13. April 2018, 6:50 Uhr

Mit dem Block auf den angezogenen Knien und dem Stift erwartungsvoll in der Hand, liege ich auf meinem Bett und überlege, wie ich beginnen soll. Mein Blick fällt auf eines meiner Kinderbücher im Regal und ich blättere kurz darin.

Diese kitschigen Bilder, wie habe ich sie früher geliebt. Blümchen, Tiere, und dann die kleinen Sprüche, so wie dieser hier:

Ringel Ringel Reihen
Sind der Kinder dreien
Sitzen unterm Hollerbusch
Machen alle Husch Husch Husch

Ich liebe nämlich Abzählreime, sie erinnern mich an meine Kindheit, an unsere Spiele, die freudige Erwartung und den kleinen Kitzel im Magen, wenn der Reim zu Ende geht und es dich trifft.

Ja, wir sind der Kinder dreien, nur sind wir inzwischen beinahe erwachsen, wir sitzen nicht mehr in einem Busch, sondern wir nützen andere Schatten, um unser Tun zu verbergen. Und noch ein Unterschied: Es trifft die anderen, nicht uns.

Doch der Kitzel ist ungebrochen, er ist sogar angewachsen und ich habe das Gefühl, er wird mit jedem Mal größer.

Unseren ersten Mord begingen wir vor genau zwei Jahren. Es war aufregend, wir hatten es nicht einmal wirklich geplant, es geschah eher spontan und hinterher lagen wir uns lachend in den Armen.

Ich bin die Jüngste und diejenige, die handelt. Meine ältere Schwester und mein Bruder beschützen mich und inzwischen hecken wir alles bis ins kleinste Detail aus, sodass ich meinem Vergnügen nachgehen kann, ohne Gefahr zu laufen, erwischt zu werden.

Wir sind schlau, niemand würde vermuten, welch schwarze Gedanken wir hegen, niemand traut uns zu, etwas Böses im Sinn zu haben. Meine Schwester ist die freundlichste und hilfsbereiteste Person, die man sich vorstellen kann. Mein Bruder ist schüchtern und von ausgesuchter Höflichkeit und ich, ja, ich bin die Kleine, die unschuldig dreinblickt und die Herzen rührt.

Ach, wenn sie alle wüssten, ...

Aber vielleicht sollte ich von vorne beginnen und uns alle erst einmal vorstellen?

Wir sind die Familie Morton und wir wohnen in Ashland, nahe der Stadt Medford in Oregon, etwa 75 Meilen von der Pazifikküste und 25 Meilen von der kalifornischen Grenze entfernt. Das Klima ist wärmer hier, als man für die nördliche Lage vermuten könnte, aber ich liebe es, wenn im Winter der Nebel aufzieht und tagelang nicht verschwindet. Diese Düsternis hat etwas Wundervolles, niemand sieht genau, was nebenan passiert, man kann tun, was man will, ohne beobachtet zu werden, und genau so ist unser Leben. Wir haben immer den Nebel um uns, es ist, als seien wir unsichtbar, Schemen in einer Welt, die zu arglos ist, um unser Tun zu durchschauen.

Unsere Mutter Delilah arbeitet als Ärztin in einer psychiatrischen Klinik und das ist ein harter Job, man kann ihr das täglich ansehen, wenn sie nach Hause kommt.

Meine Schwester Neela ist 19 und studiert an der hiesigen Southern Oregon University. Mein Bruder Joshua ist 17, er ist ein Junior, das heißt, er ist im dritten Jahr, und ich bin 15, und bereits ein Sophomore, also im zweiten Highschool -Jahr, denn ich übersprang eine Klasse, da man beschied, ich sei hochintelligent.

Als wir noch alle drei gemeinsam an der Highschool waren, machten wir uns sogar einen Spaß daraus, denselben Psychologiekurs zu belegen, um unserer Mutter eine Freude zu bereiten. So sagten wir zumindest, doch in Wahrheit holten wir uns dort viele Ideen für unsere nächsten Unternehmungen.

Ach so, ich sollte mich auch vorstellen, ich heiße Cataleya.

Sie wissen, dass mein Name von einer Orchidee stammt? Und zwar von der südamerikanischen Orchideengattung Cattleya. Diese Blume wurde zu Ehren des britischen Gartenbauspezialisten Sir William Cattley so benannt.

Die Blüten der Cattleya sind meist rosa oder gelb, manchmal auch weiß und sie duften angenehm. Ich mag zwar keine dieser Farben, sie passen nicht zu mir, doch ich liebe den Gedanken, dass bei Orchideen die Blüte sehr lange im Verschlossenen bleibt. Genauso ist es bei mir, die Frucht ist eigentlich reif, aber niemand weiß, wann all das Schöne sichtbar werden wird.

Was gibt es noch zu unserer Familie zu sagen?

Unser Vater Robin starb vor zwei Jahren und ja, nun können Sie es vielleicht schon erraten, er starb durch meine Hand.

Ich denke so gern daran zurück an diesen Moment, an dem ich ihn über die Klippen stieß, an seinen fassungslosen Blick. Das Letzte, was er in seinem Leben hörte, war unser Gelächter.

Wir mussten natürlich Trauer vortäuschen, es war nicht schwer, wir hatten ja Tränen gelacht, man tröstete uns, brachte uns zu ausgebildeten Psychologen, die mit uns verarbeiten sollten, was wir erlebt hatten. Wir spielten unsere Rollen ausgezeichnet.

Ausgerechnet ich machte einen kleinen Fehler, ich passte nicht auf, als ich ein Bild über meine seelische Verfassung zeichnen sollte.

Das Bild verriet mich, die Psychologin erkannte wohl sofort, wen sie vor sich hatte, es half nichts, sie brachte sich kurze Zeit später um, so hieß es zumindest, die Wahrheit sah natürlich anders aus. Den Testbericht über mich vernichteten wir, niemand sollte ihn je zu Gesicht bekommen. Wobei ich ihn gerne und teils mit Stolz gelesen hatte, ganze Sätze kann ich noch daraus zitieren, aber ich ärgerte mich über den Schluss:

„Cataleya ist ein hochintelligentes Mädchen mit dissozialer Störung. Das Gefühl für Recht und Unrecht sind bei ihr nicht vorhanden, weitere Testungen und ein stationärer Aufenthalt sind anzuraten!“

So weit käme das noch, dass man mich ins Irrenhaus sperrt, vielleicht sogar noch zu meiner Mutter, nein, das hat Mutter nicht verdient, sie arbeitet so schwer, sie muss weiter geschützt werden und darf nicht wissen, dass ihre Kinder so aufregende Geheimnisse haben.

Sie fragen sich bestimmt, wie wir es schafften diesen Selbstmord vorzutäuschen.

Es war so einfach. Die junge Dame war sehr empfänglich für den Charme meines Bruders, er war beinahe 16 und lud sich bei ihr ein. Angeblich wollte er mit ihr über mich sprechen, er weinte ihr vor, dass ich verrückt sei und er Angst vor mir hätte, ach er spielte seine Rolle so gut, sie nahm ihn tröstend in den Arm. Meine Schwester und ich saßen vor der Tür und hörten alles mit. Wir mussten uns das Lachen verbeißen. Es war einfach nur herrlich, wir freuten uns darauf, sie bald tot zu sehen. Sie bemerkte nicht, dass mein Bruder ein kleines Pülverchen in ihr Glas schüttete. Sie hatte ihm Limonade angeboten und trank selbst welche, Limonade, ich bitte Sie, was ist das für eine lausige Gastgeberin?

Das Pülverchen machte sie sehr benommen und zu einem Spielball meines Bruders, er bat sie um Wein und sie schenkte sich und ihm ein. Als mein Bruder uns ins Zimmer ließ, lag sie lallend auf der Couch. Meine Schwester hielt sie fest und ich setzte die Flasche Wein an, flößte sie ihr ein, sie weigerte sich anfangs noch, doch sie hatte keine Chance, je mehr sie trank, desto willensschwächer wurde sie. Auch eine zweite Flasche leerte sie.

Wir trugen sie schließlich in ihr Auto, das in der Garage stand, nahmen ihre Hand, um die Türen zu öffnen und den Motor zu starten, legten ihr eine weitere Flasche Wein in den Arm und ließen sie dort liegen.

Natürlich blieben wir noch eine Weile, wir wollten sichergehen, dass sie nicht mehr aufwachte.

Nebenbei machten wir alles sauber, mein Bruder hatte genau wie meine Schwester und ich von Anfang an Handschuhe getragen und Miss Watson weisgemacht, er hätte eine Art Krätze an den Händen, so schöpfte sie keinen Verdacht. Das Limonadenglas packten wir ein als Souvenir, es steht auf dem Regal über meinem Bett, ich betrachte es immer wieder gerne und die Erinnerungen erfüllen mich.

Später erfuhren wir, dass Miss Watson nicht einmal an den Abgasen gestorben, sondern an Erbrochenem erstickt war. Auch gut, egal wie, sie konnte nichts mehr über mich verraten und ich passte seitdem auf, was ich von mir gab.

Zum Glück findet man im Arbeitszimmer unserer Mutter genug Literatur darüber, wie man sich zu verhalten hat, damit man in der Gesellschaft geliebt wird, und es ist notwendig für mich, darüber Bescheid zu wissen und mich entsprechend zu benehmen.

Sei immer freundlich und höflich, voller Respekt gegenüber Erwachsenen und Lehrern, achte und ehre deine Eltern und sei fleißig in der Schule.

Nichts leichter als das!

Sherilyn Brown

Sherilyn erwachte wie immer kurz nach sechs Uhr, heute war Freitag der 13., das war das Erste, an das sie dachte, während sie sich schwungvoll aus dem Bett erhob und sich mit Morgengymnastik auf den Tag einstimmte. Schließlich wollte sie fit und beweglich sein für die nachmittägliche Trainingsstunde an der Highschool. Sie war im Leichtathletikteam und bei den Cheerleadern und sehr ehrgeizig.

Aber bestimmt würde heute etwas Schlimmes geschehen, mit so einem Datum erwartete man es einfach.

Sie war 16 Jahre alt und ging gern zur Schule, dort waren ihre Freunde und die geliebten Sportstunden. Wenigstens im Sport war sie die Beste, in allen anderen Fächern war diese Cataleya Morton nicht zu schlagen, das war wirklich ein Ärgernis, denn Cataleya war noch dazu ein Jahr jünger und ihr schien alles zuzufliegen.

Viele wollten Cataleyas Freundschaft, schon wegen ihres attraktiven Bruders Joshua, auf den Sherilyn selbst ein Auge geworfen hatte. Es hieß, er habe noch niemanden für den Abschlussball und beinahe jedes Mädchen der Highschool stellte sich in Positur, wenn Josh ihr begegnete.

Er hatte aber auch eine lässige Art, die dunklen, glatten Haare trug er straff zurückgekämmt, doch oft fielen sie ihm über die Stirn und verdeckten seine fast schwarzen, schräggestellten Augen, und er war sportlich und muskulös.

Sherilyn träumte sich schon lange in seine Arme, sie sehnte sich danach, seinen Mund zu küssen, der sich zu einem unglaublich sexy schiefen Lächeln verzog, wenn er Mädchen zunickte. Er hatte immer wieder Freundinnen, aber nie für lange Zeit. Was wäre es für ein Triumph, an seiner Seite zum Abschlussball zu gehen, sie wäre sofort die Ballkönigin und jeder würde sie beneiden. Schon deshalb stellte sie sich mit Cataleya gut, versuchte stets, mit ihr in Arbeitsgruppen zu gelangen, und saß meistens neben ihr in den verschiedenen Kursräumen.

Dabei brauchte Cataleya niemanden, sie hatte keine vertraute Freundin, sie interessierte sich nur für den Schulstoff und ihren Bruder.

Meistens verbrachten die beiden die Mittagspause gemeinsam, früher waren sie dabei von ihrer älteren Schwester Neela begleitet worden.

Neela war Schulsprecherin gewesen und genoss einen hervorragenden Ruf. Sie war mit dem letztjährigen Footballstar der Schule zum Abschlussball gegangen und hatte jedem die Schau gestohlen.

Cataleya besaß so gar nichts von diesem Glanz.

Sie wirkte unscheinbar, war auch kleiner als ihre Geschwister und trat nur durch ihre Schulleistungen hervor.

Gewöhnlich saß sie mit ausdruckslosem Gesicht im Unterricht, wirkte beinahe verächtlich, als wüsste sie schon alles, was die Lehrer ihnen beizubringen versuchten, und Sherilyn hatte den begründeten Verdacht, dass das tatsächlich so war.

Sie zog sich sorgfältig an, schminkte sich im Rahmen des Erlaubten, denn es gab strenge Regeln an der Highschool, und band die langen blonden Haare zu einem Zopf.

Zusammen mit ihrer Mutter nahm sie ein kräftiges Frühstück ein und dann war es auch schon Zeit, aufzubrechen. Wie immer verzichtete sie auf den Bus, joggte die eineinhalb Meilen bis zur Schule und bremste sich vorher ab, um völlig entspannt und locker das Gebäude betreten zu können. Sie eilte zum Spind und holte ihre Schulsachen heraus.

Aus den Augenwinkeln entdeckte sie Cataleya, die gerade mit ihrem Bruder durch den Gang schlenderte und den Spind gegenüber öffnete. Josh hielt einstweilen ihre Tasche.

Sherilyn winkte ihr zu und Cataleya hob höflich ihre Hand. Man konnte dem unnahbaren Mädchen viel nachsagen, sie achtete peinlich genau darauf, niemanden vor den Kopf zu stoßen.

Josh grüßte ebenfalls mit einem freundlichen Nicken und Sherilyn liefen angenehme Schauder über den Rücken. Vielleicht war es doch kein so schlechter Tag. Angestrengt überlegte sie, wie sie Cataleya ansprechen konnte.

„Hast du alle Aufgaben in Literatur bearbeitet?“, wollte sie daher wissen. „Ich hatte bei der dritten Frage echt Probleme, aber Google half.“

„Ich fand das Ganze einfach“, gab Cataleya gelangweilt zurück.

„Was musst du auch Literatur belegen“, spottete Josh. „Das ist wohl das uninteressanteste Fach der gesamten Highschool!“

Cataleya reagierte zornig. „Nur, weil du nicht lesen magst. Die besten Inspirationen kommen aus Büchern, wie du nur zu gut weißt!“, fuhr sie ihren Bruder an.

Josh blinzelte Sherilyn zu und sie lachte, denn sie merkte, dass Josh seine Schwester nur ärgern wollte.

Cataleya drehte sich um, bedachte Sherilyn mit einem taxierenden Blick und verdrehte genervt die Augen.

„Das ist übrigens Sherilyn“, stellte sie seufzend vor. „Sie belegt fast dieselben Kurse wie ich.“

„Hi, Sherilyn, ich bin Josh! Nett dich zu treffen. Essen wir gemeinsam zu Mittag?“

Sherilyn glaubte, zu schweben vor Glück. Ihre schönsten Träume wurden wahr.

„Ja, gerne!“, strahlte sie.

Seit wann war Freitag der 13. ein Unglückstag?

Sie betrat an Cataleyas Seite den Kursraum, während Josh in seine eigene Klasse verschwand.

Der Literaturkurs war interessant wie immer, die Lehrerin, Mrs. Powell, schaffte es ohne große Mühe, die Schüler und Schülerinnen mit ausgewählten Büchern in ihren Bann zu ziehen. Sherilyn vernahm zu ihrer Freude, dass ihre mühsam angefertigte Hausaufgabe volle Punktzahl ergattert hatte, genau wie Cataleyas, aber das war nicht anders zu erwarten gewesen.

Nach zwei Stunden war kurze Pause, dann ging es auch schon in den Geschichtskurs. Sie bekamen die

Resultate ihrer letzten Klassenarbeit und Sherilyn freute sich über ein A+. Kurz las sie ihre Antworten und die wenigen, ermunternden Korrekturen des Lehrers, Mr. Bender, durch und warf dann einen Blick zu Cataleya, wollte mit ihr vergleichen, wie sie es oft tat.

Sie erschrak zutiefst.

Cataleya saß vor ihrer Arbeit, auf der ein großes rotes B prangte. Ihr Gesicht war leichenblass und vor Wut verzerrt. Sie hatte die Hände ineinander geradezu verkeilt, es sah aus, als sei sie kurz davor, sich sämtliche Fingerknochen zu brechen.

Cataleya hatte nicht volle Punktzahl? Wie konnte das sein? Und anscheinend war sie fassungslos deswegen.

Sherilyn wusste nicht, wie sie reagieren sollte, vor allem fühlte sie natürlich auch unbändigen Stolz, dass sie ein einziges Mal besser war als Cataleya, das war noch nie vorgekommen.

„Ein B ist doch nicht so schlimm“, versuchte sie, zu trösten. „Du hast so gute Noten, da macht das bestimmt nichts aus!“

„Ach ja?“, fragte Cataleya mit so eisiger Stimme, dass Sherilyn verstummte, und hob ihre Hand.

Mr. Bender näherte sich und meinte begütigend: „Sie haben da einiges fehlinterpretiert, Sie sind über das Ziel an zwei oder drei Stellen hinausgeschossen, Miss Morton.“

„Wie wollen Sie das beurteilen? Sie haben doch keine Ahnung!“

„Miss Morton, Sie vergessen sich, bleiben Sie bitte sachlich. Sie wissen sehr viel, aber denken Sie daran, dass Sie die Schülerin sind und ich der Lehrer!“

Cataleya zuckte unmerklich zusammen.

Ihr Ausdruck veränderte sich, sie wurde wieder zu einem netten Mädchen.

„Verzeihen Sie, Mr. Bender“, flötete sie, und Sherilyn hörte heraus, wie unecht diese Entschuldigung klang.

„Sie haben natürlich recht, hätten Sie vielleicht Zeit, mir genau zu erklären, was ich falsch machte?“

Mr. Bender schien erleichtert.

„Selbstverständlich! Kommen Sie morgen in meine Sprechstunde um 16 Uhr, Da können wir alles klären,“

„Um 16 Uhr kann ich leider nicht, wir haben Training.“

„Dann werden wir einen anderen Termin finden, sie haben meine E-Mail-Adresse, schreiben Sie mich an!“

„Gerne Mr. Bender!“

Der Lehrer wandte sich anderen Schülern zu und Cataleya nahm ihre Arbeit und knüllte sie langsam zusammen. Ihr Gesicht war voller Hass.

Sherilyn fühlte sich nicht wohl in ihrer Haut. Doch dann überwog die Vorfreude auf das Mittagessen mit Josh und den Rest des Unterrichts träumte sie vor sich hin, sie konnte es sich ja leisten, sie hatte ein A+ erhalten.

Als es nach einem anschließenden langweiligen Mathematikunterricht endlich zur Mittagsstunde läutete, schien Cataleya sich beruhigt zu haben. Sie war herablassend freundlich wie immer, sie sprach sowieso wenig, man kannte sie gar nicht anders.

Sherilyn verdrängte das ungute Gefühl, das sie gehabt hatte, es war klar, die erfolgsverwöhnte Cataleya konnte ein B nicht so leicht verkraften und auf sich sitzen lassen.

Sie betraten gemeinsam die Kantine und holten sich Essen.

Sherilyn ernährte sich sehr gesund und vegetarisch, schon lange, sie achtete auf sich, ihr Ziel war schließlich, Sport zu studieren, sie war eine ausgezeichnete Leichtathletin und bereits auf vielen Wettkämpfen als Siegerin hervorgegangen.

Cataleya dagegen lud sich achtlos ein Fleischgericht auf ihr Tablett und nahm eine Cola light dazu. Sie ging voraus zu ihrem Bruder, der schon an einem Tisch saß und für sie freigehalten hatte.

Josh stand höflich auf, als Sherilyn sich zu ihnen setzte, was sie komisch fand. Niemand sonst tat das.

Sherilyn hatte erwartet, dass Cataleya sich über Mr. Bender auslassen würde, doch sie erwähnte ihn mit keinem Wort. Das Mädchen stocherte im Essen herum und ließ schließlich einen halb leergegessenen Teller zurück.

Sherilyn dagegen aß wie immer mit gesundem Appetit und plauderte mit Josh, der sie offensichtlich näher kennenlernen wollte und ihr viele Fragen stellte.

Sie war geschmeichelt wegen seiner Aufmerksamkeit und überglücklich.

Sie fühlte förmlich die bohrenden Blicke anderer Mädchen, die sich glühend an ihre Stelle wünschten. So richtete sie ihren Rücken extra gerade und vergaß nicht, ab und zu mit einem strahlenden Lächeln Freundinnen zuzuwinken.

Es blieb nicht aus, Susan, ihre Kameradin seit Kindertagen, gesellte sich zu ihnen.

„Hi, Sheril, hi, Cataleya, hallo Josh“, flötete sie und stellte ihre Kurven gekonnt zur Schau.

„Hi, Susan“, kam es lustlos von Cataleya, während Sherilyn ihre Freundin schon etwas freundlicher begrüßte.

Auch Josh nickte ihr lächelnd zu.

Susan kannte keine Hemmungen. „Josh, stimmt es eigentlich, dass du noch niemanden für die Prom hast? Ich bin übrigens auch noch frei“, hauchte sie mit einer Stimme, von der wohl nur Susan selbst überzeugt war, dass sie sexy klang. Der betörende Blick, mit dem sie ihn zusätzlich bedachte, war schon fast peinlich und Sherilyn errötete für ihre Freundin. Am liebsten wäre sie unter dem Tisch versunken.

Doch Josh meisterte die Situation mit Bravour.

Er verzog seine Mundwinkel zu diesem schiefen Lächeln, das Sherilyn so liebte, und aus seinen Augen blitzte der Spott förmlich heraus.

„Wie kann so ein hübsches Mädchen noch keinen Partner haben?“, flirtete er ungeniert. „Sind die Jungs hier denn blind? Ich würde dich ja sofort fragen, doch leider, leider bin ich schon vergeben!“

Sowohl Sherilyn als auch Susan sogen enttäuscht die Luft ein.

„Ach, du hast schon jemanden? Wer ist es denn?“, wollte Susan wissen.

Josh blinzelte Sherilyn zu.

„Ich habe gerade Sheril hier gefragt und sie sagte ja“, log er und trat unter dem Tisch leicht auf Sherilyns Fuß.

Cataleya stieß einen kleinen, genervten Seufzer aus, ansonsten blieb sie stumm.

Sherilyn errötete noch mehr, aber ging sofort darauf ein. Natürlich machte Josh einen Witz und meinte das nicht ernst, doch sie würde ihn nicht verraten.

„Ja“, strahlte sie. „Das stimmt!“

„Dann gratuliere ich euch beiden, das sind aufregende Neuigkeiten“, rief Susan, ihre Eifersucht nur schwer unterdrückend, und verschwand, um diese Tatsache sofort unter die Leute zu bringen.

Sherilyn bemerkte aus den Augenwinkeln, wie ringsum Getuschel einsetzte und inzwischen glühte sie vor Verlegenheit beinahe, ihr Gesicht war bestimmt tomatenrot.

Cataleya starrte sie mit einem seltsamen Ausdruck im Gesicht an, er war nicht zu deuten, und Sherilyn fühlte sich wieder unbehaglich.

„Jetzt werdet ihr miteinander hingehen müssen“, meinte Cataleya schließlich. „Da kommst du nicht mehr raus, Josh!“

„Ich hoffe es“, antwortete er und blinzelte Sherilyn wieder zu. „Du hast doch noch keinen anderen Partner?“

„Nein!“

„Alles Idioten hier“, lachte er. „Dann frage ich dich also ganz offiziell, ob du mit mir zur Prom gehen möchtest! Willst du?“

„Ja, gern!“, strahlte Sherilyn.

Am Freitag, den 13. wurden Träume wahr.

Wer hatte jemals behauptet, das sei ein Unglückstag?

Cataleya

Es ist jetzt Mittagspause. Ich musste meine Ausführungen heute Morgen unterbrechen, denn selbstverständlich muss ich zur Schule.

Überhaupt ist die Schule ein Ort, an dem ich mich wirklich wohlfühle. Die meisten Lehrer sind zwar dumm, aber immerhin klug genug zu erkennen, dass ich intelligenter bin als alle anderen, und so geben sie mir stets beste Noten. Wäre das nicht so, würde es ihnen bestimmt nicht gut bekommen. Man erinnere sich nur an den Sportlehrer Mr. Frings, der vor etwa einem Jahr meine Schwester auslachte, weil Neela einen Ball nicht fangen konnte.

Mr. Frings überlebte das nicht.

Er machte es uns einfach, er ist ein begeisterter Kletterer und eines Tages hatte er einen bösen Unfall in den Bergen, der mit einem nicht richtig gesicherten Haken in der Felswand zusammenhing.

Meine Geschwister hatten mich von oben herabgelassen und ich konnte den Haken mit einem Hammer lockern, gerade, als Mr. Frings beinahe meine Höhe erreicht hatte. Er war sehr erstaunt, als er mich entdeckte, aber lange hielt seine Überraschung nicht, er fiel 300 Fuß tief, das reichte.

Das Begräbnis war herzzerbrechend, die ganze Schule trat an, alle weinten, Mr. Frings war ein sehr beliebter Lehrer gewesen.

Eigentlich schade um ihn.

Meine Schwester hielt als Schülersprecherin eine ergreifende Trauerrede. Sie sah wirklich wunderschön aus mit ihren langen schwarzen Haaren, die sie ordentlich zusammengebunden hatte, und sie vergoss ein paar wirkungsvolle Tränen.

Ich war so stolz auf sie.

Ja, meine Schwester Neela ist sehr beliebt, sie war auch eine der Besten ihres Jahrgangs, die Universitäten rissen sich um sie, doch sie blieb in Ashland, sie wollte nicht weg von zuhause und das war uns allen natürlich lieber so.

Alle bewundern sie und nun stand sie am offenen Grab und erzählte mit stockender Stimme, was für ein großartiger Mensch Mr. Frings gewesen war.

Man glaubte ihr, denn sie spielte es so gut, und keiner außer mir hatte ja sein panisches, schreckverzerrtes Gesicht gesehen, als er abstürzte, oder seinen entsetzten Aufschrei gehört, der in kürzester Zeit verstummte.

Vielleicht hätten sie dann genauso lachen müssen wie ich.

Ich halte nichts davon, die Menschen leiden zu lassen. Sie sollen schnell sterben, aber ich genieße es, dafür verantwortlich zu sein.

Ich, die Herrin über Leben und Tod, dieser Gedanke gefällt mir.

Ich glaube, ich würde ein guter Henker werden, vielleicht sollte ich in einen Staat ziehen, in dem die Todesstrafe noch vollzogen wird, wie Texas zum Beispiel. Ich würde gerne die Spritze geben, würde den Knopf drücken, ich würde es genießen, zuzusehen, wie der Mensch vom Leben zum Tod gleitet.

Den elektrischen Stuhl dagegen lehne ich ab, es ist zu viel Leid dabei, zu viel Schmerz.

Und man kann dem Sterbenden die Hand nicht halten, er sitzt ganz allein mit seiner Angst, und die Stromstöße müssen schreckliche Schmerzen auslösen, zumindest denke ich mir das. Man sieht ja auch auf Filmaufnahmen, wie die Menschen sich gequält aufbäumen. Nein, das wäre nichts für mich.

Ich finde, wir sind mit unseren Opfern immer human umgegangen, es war rasch vorbei und erfolgte sehr unerwartet.

Aber wo war ich?

Genau, bei der Beerdigung.

Das ist eine meiner großen Schwächen, ich bleibe nicht immer beim Wesentlichen, lasse mich fortreißen.

Neelas Rede rührte alle Zuhörer zu Tränen. Mich auch, ja, ich bin manchmal sogar zart besaitet. Ich stand neben meinem Bruder und er ergriff meine Hand, es sah bestimmt rührend aus, auch als er sich zu mir beugte und mir tröstend etwas zuflüsterte.

Dabei musste ich mir mit aller Macht das Lachen verbeißen, denn Josh hatte mir alles andere als Trost vermittelt, er hatte einen bösen Spruch losgelassen, der mit Mr. Frings und seiner stets zu engen Sporthose zusammenhing. Man konnte alles sehen, wenn man wollte, wahrscheinlich war er stolz darauf gewesen. Ich barg mein Gesicht in den Händen, damit niemand sah, wie ich kicherte.

Meinen Bruder erregt es immer, wenn wir jemanden ins Jenseits schicken. Er spricht nicht mit mir darüber, aber ich weiß, dass er dann die Nacht bei Neela verbringt. Ich höre sie manchmal, denn Neelas Zimmer grenzt an meines.

Jetzt am Grab fühlte ich auch, wie er zitterte und meine Hand umklammerte. Er hatte schon ein paarmal versucht, in mein Bett zu kommen, doch ich will das nicht und Neela verbietet es ihm. Er murrt deswegen, fordert, wir sollten eine richtige Gemeinschaft sein und alles miteinander teilen, doch da halten Neela und ich fest zusammen. Sie sagt, ich sei noch zu jung, und sie bestimmt.

Das gestehe ich ihr neidlos zu, sie ist die Älteste und auch wenn ich klüger bin als sie, weiß sie einfach besser, wie man mit Menschen umgeht und was jeweils zu tun ist, damit man nicht auffällt.

Außerdem ist sie hübscher als ich, an ihr sieht jedes Kleid fantastisch aus, sie könnte Fetzen tragen und würde herumstolzieren wie ein Supermodel.

Josh ist immer so ungeduldig. Er ist eben ein Mann und Männer sind anders, nicht so kühl und überlegt wie wir Frauen, es ist unsere Aufgabe, die Männer im Zaum zu halten, und sei es mit Sex.

Josh würde beim Töten nie selbst Hand anlegen, aber er feuert mich an, das heißt, ich brauche natürlich keinen Zuspruch, für mich ist das, was wir tun, ein Vergnügen, nichts im Leben macht mir mehr Freude.

Mr. Frings' Beerdigung war so schön gewesen, ich wollte so etwas so schnell wie möglich wieder erleben, all die Menschen, die vielen Blumen, die Reden, nie wieder erfährt der Mensch so viel Beachtung und Wertschätzung wie bei seinem Begräbnis. Daher tun wir unseren Opfern doch eigentlich einen Gefallen, sie sind einmal in ihrem Leben im Mittelpunkt und werden von allen geliebt, egal wie jammervoll ihr Dasein vorher gewesen war. Es gibt Tränen und keiner sagt etwas Böses oder Schlechtes, genaugenommen ist eine Beerdigung das schönste Fest, das ein Mensch erleben darf, und für mich ist das immer etwas Erhebendes. Ich erweise den Toten jede Achtung, die ihnen an diesem Tag zusteht, ich fühle einfach, dass sich das gehört.

Dennoch muss ein Mord gut überlegt sein, man kann nicht durch die Straßen ziehen und die Menschen wahllos töten, es gibt leider so etwas wie Gesetze und man bekommt leicht Ärger.

Nein, die Faszination liegt auch darin, dass niemand weiß, wer dahintersteckt, zum Glück sind die Menschen so dumm.

Ich forderte meine Geschwister nach Mr. Frings' Begräbnis jeden Tag auf, wieder ein Opfer zu suchen, ich war begierig darauf zu töten, diese Macht zu fühlen. Dieses Verlangen hat sich bis heute nicht geändert, es ist jedes Mal etwas, das mich erhöht, das mich zur Göttin macht.

Ich liebe diesen Moment, in dem ich handle, in dem die Person erkennt, dass sie sterben wird. Die aufgerissenen Augen, der erstaunte Blick, dann die Panik, die so schnell einem ewigen Frieden weicht.

Diese ersten Morde waren insofern nicht erfüllend, weil ich den entscheidenden Augenblick nicht mitbekam.

Das wollte ich ändern, ich wollte meinem nächsten Opfer ins Gesicht sehen, den Übergang erleben, vielleicht sogar tröstend die Hand halten, ja, das war mein Wunsch und meine Geschwister verstanden es, so begannen wir mit der Suche. Es sollte jemand sein, den niemand groß vermissen würde, vielleicht sogar jemand, bei dem jeder froh war, dass er den Weg ins Jenseits antreten würde. Schließlich sind wir keine Unmenschen, wenn es nicht sein muss, nehme ich doch den Kindern nicht den Vater oder die Mutter, geschweige denn würde ich mich an Kindern vergreifen. Außer natürlich, die Notwendigkeit gebietet es.

Ich schließe es nicht aus, aber ich versuche, es zu vermeiden.

Sherilyn

Die Mittagszeit verging wie im Traum.

Josh hatte Sherilyn noch zum Spind begleitet und sich mit einer kleinen Umarmung verabschiedet. Glücklich schwebte sie geradezu durch die Gänge, dann machte sie sich auf der Toilette ein wenig frisch, kühlte ihr immer noch rotes Gesicht ab und lachte ihr Spiegelbild an.

Sie war ein beliebtes Mädchen an der Schule, da sie stets freundlich und vor allem sehr sportlich war, aber so viel Aufmerksamkeit wie heute hatte sie noch nie erhalten. Jeder grüßte sie und hinter ihrem Rücken wurde getuschelt.

Josh ...

Seine Berührung hatte wahre Stromstöße in ihr ausgelöst. Sein Blick, der auf ihr geruht hatte die ganze Zeit, es war etwas Besonderes gewesen.

Und wie gekonnt er Susan begegnet war, es war kaum zu glauben.

Ob sie ihn heute noch einmal treffen würde?

Sie hatten keine gemeinsamen Kurse, auch im Sport gingen sie unterschiedliche Wege, sie war dieses Semester im Leichtathletik- und Cheerleader-Team, er spielte Football.

Sie träumte eine Weile vor sich hin, ihre Vorstellungen gingen nicht über gemeinsame Spaziergänge, Händchenhalten und zarte Küsse hinaus.

Josh wirkte so höflich und distanziert, es würde wunderbar werden, alles mit ihm zu entdecken. Sie warf einen Blick auf die Uhr und erschrak. Sie war spät dran für die tägliche Stunde in der Bibliothek.

Hastig suchte sie ihre Sachen zusammen und machte sich auf den Weg.

Eins zwei - Polizei
Drei vier - Offizier
Fuenf Sechs - alte Hex
Sieben acht - gute Nacht
Neun zehn - auf Wiedersehn
Elf zwoelf - boeser Wolf
Dreizehn vierzehn - kleine Maus
Ich bin drin und du bist raus

II. KAPITEL

Cataleya

Ich habe versucht, zu arbeiten, doch meine Gedanken schweifen ständig ab. Heute ist Freitag, der 13., ich habe nie daran geglaubt, dass dieser Tag tatsächlich Unglück bringen würde, doch scheint es sich zu bewahrheiten.

Gleich am Morgen im Gang hängte sich mir Sherilyn wieder an die Fersen, diese dumme Gans regt mich auf. Sie will immer so gut sein wie ich, ständig vergleicht sie ihre Arbeiten mit meinen, sie hat keinen Schimmer von meinen Leistungen, aber sie versucht stets, mich zu übertreffen.

Und natürlich will sie etwas von Josh, klar, das wollen alle. Bis jetzt wachte Neela über ihn, sie sucht die Mädchen für ihn aus, er darf nur Mädchen haben, die sie sorgfältig auswählt, und dann auch nur für kurze Abenteuer, oft auf der Schultoilette. Noch nie war es Josh erlaubt gewesen, eine mit nach Hause zu bringen. Er muss Neela immer gleich danach genau erzählen, was er mit ihnen anstellte, sie will jedes Detail wissen, ich glaube, das macht sie scharf und Josh verbringt dann die Nacht bei ihr. Sie sagt, er kriegt es nirgends so geil wie bei ihr, das darf er nicht vergessen.

Ich bekomme das manchmal dann in der Schule mit, wenn es Tränen gibt, ja, da war einmal diese anhängliche Hannah, sie verfolgte Josh ständig, er hatte sie nur kurz auf dem Parkplatz des Schulhofes gefickt, das schwor er Neela, doch Hannah wurde mit der Zeit richtig lästig. Sie stammte aus einer Familie, in der es sowieso genug Kinder gab, sie hatte drei Geschwister, da war es doch nicht schlimm, dass wir von unserer Regel abwichen und auch sie beseitigten.

Sie ging jedem auf die Nerven, bestimmt auch ihrer Familie, also taten wir ein gutes Werk.

Wie wir das anstellten? Es war beinahe wieder zu einfach.

Josh verabredete sich mit ihr und sie trafen sich am Waldrand beim Crowson-Reservoir, dort ist normal kein Mensch.

Neela und ich warteten, bis er sich an ihr vergnügt hatte, das wollten wir den beiden noch vergönnen, so konnte sie doch befriedigt aus dem Leben scheiden.

Sie sollte es ja schön haben dabei, darauf achteten wir schon.

Auch dass Josh ein Kondom benützte, er durfte keine Spuren hinterlassen. Es war jetzt wichtig, dass er nicht beim Töten dabei war, denn jeder wusste, dass zwischen ihm und Hannah etwas gelaufen war, also brauchte er ein Alibi. Er gab ihr nach dem Sex etwas zu trinken, das natürlich mit einem starken Schlafmittel aus unserem Vorrat versetzt war, und wartete, bis sie völlig benommen war, dann übernahmen Neela und ich.

Josh lief nach Hause - es waren ja nur etwa zweieinhalb Meilen - und erzählte unserer Mutter, dass Neela und ich bei einer Mitschülerin auf einer Party seien. Er hätte keine Lust gehabt, er sei mit Hannah verabredet gewesen, doch sie sei nicht gekommen und er hätte Angst, sie würde wohl Schluss machen.

Neela und ich schleppten Hannah eine Weile durch den Wald, dann zurück zu ihrem kleinen Motorrad, mit dem sie gekommen war. Sie war vollkommen weggetreten, wir hatten sie zwischen uns und sie lallte uns voll.

Ich zog Handschuhe an, setzte Hannah hinter mich und fuhr mit ihrer Honda los, während Neela uns mit dem Auto folgte. Ich steuerte den White-Rabbit- Trailhead an, und wie Sie wissen, dort ist es nicht ungefährlich, vor allem nicht, wenn es allmählich dunkel wird. Als wir ziemlich hoch oben waren, stieg ich vom Motorrad, ließ Hannahs Hand Gas geben und sie fuhr mit hoher Geschwindigkeit in eine Schlucht.

Natürlich mussten wir uns überzeugen, ich stieg zu ihr hinunter und tatsächlich war sie nicht ganz tot. Sie hatte überall Wunden, stöhnte vor Schmerzen, nein, das wollte ich nicht, dass sie litt.

Ich nahm einen Stein und schlug ihn auf ihren Kopf, dorthin, wo sowieso schon ein Loch gewesen war, es würde nicht auffallen.

Nun war es so, wie ich es mir immer vorgestellt hatte. Sie starrte mich ungläubig an, ihre Augen brachen, ich wartete und hörte dieses Röcheln, von dem ich schon gelesen hatte.

Es hatte etwas wirklich Erhebendes. Sie hauchte ihr Leben aus, so klang das also. Ich war glücklich und sehr berührt, dass ich das erleben hatte dürfen.

Obwohl ich Handschuhe getragen hatte die ganze Zeit über, fasste ich sie nicht an und als sie ganz still lag, machte ich mich wieder auf den Weg nach oben. Neela hatte gewartet und reichte mir andere Kleidung, denn ich war doch ziemlich schmutzig geworden. Wir fuhren dann nach Hause und erzählten unserer Mutter von der Party, auf der wir angeblich gewesen waren. Sie würde sowieso nicht nachfragen, es war wieder ein harter Tag für sie gewesen, Josh hatte ihr etwas zu essen gemacht, ihr die Zeitung gebracht und die Füße massiert.

Er ist wirklich ein guter und fürsorglicher Sohn.

Man fand Hannah dann drei Tage später, wie Sie sicher wissen.

Es war ein schrecklicher Unfall.

Oder auch mehr, denn sie hatte anscheinend ein Schlafmittel genommen, man entdeckte eine Cola Dose am Reservoir Parkplatz, die Reste davon enthielt.

Es hatte inzwischen geregnet, sämtliche Reifenspuren waren verschwunden, der Fall konnte nie befriedigend geklärt werden.

Josh weinte sich in der Schule ein paar Tage lang die Augen aus. Er habe Hannah doch so geliebt, er verstehe es nicht, er wollte sie treffen, sie sei nicht gekommen, da sei er nach Hause gegangen.

Der Todeszeitpunkt war laut Gerichtsmediziner eindeutig später gewesen, Josh hatte den ganzen Abend dann angerufen bei ihr, hatte auf allen Social-Media-Kanälen nach ihr gefragt, niemand wusste, wo sie war, sein Alibi war felsenfest.

Nun kennen Sie die Wahrheit, und Hannah erhielt eine wunderschöne, herzergreifende Beerdigung.

Alle, wirklich alle weinten. Ihr Grab war ein einziges Blumenmeer, auch Josh hatte seinen Beitrag geleistet und sich das etwas kosten lassen.

Ich sehe es noch vor mir, all diese herrlichen Gestecke und Kränze, die Reden, die Gesänge, ich glaube, niemand wurde jemals märchenhafter unter die Erde gebracht. Wirklich unvergleichlich und traumhaft. Sie kann uns so dankbar sein!

Ja, eigentlich wollte ich etwas ganz anderes erzählen, wie immer, ich schweife gerne ab, verliere mich in Erinnerungen.

Es war unfassbar, ich hatte in der Geschichtsarbeit nur ein B. Wie kann sich Mr. Bender erdreisten? Weiß er nicht, wen er vor sich hat?

Er wird es zu spüren bekommen, doch ich muss erst warten, bis Neela nach Hause kommt, ich bin sicher, sie ist meiner Meinung, sie konnte Mr. Bender nie leiden. Und ich denke auch, er wollte mir heute eins auswischen, ich bin zu klug für ihn.

Und als ob das nicht genug war, was machte Josh? Lud Sherilyn ein, mit uns zu Mittag zu essen und als Krönung geht er nun mit ihr zur Prom. Ich glaube nicht, dass Neela das gern hört, das könnte heute noch zu Problemen führen.

Was ist nur in Josh gefahren?

Ja, Sheril ist hübsch, sie hat eine tolle Figur und lange blonde Haare, aber sie hatte sicher noch keinen Sex und ich fürchte, Josh wird sie nicht in die Toilette abschleppen können wie die anderen.

Was will er also von ihr?

Ich möchte eigentlich Sheril nicht anrühren, sie ist das einzige Kind ihrer Familie, der Schlag wäre zu hart, doch andererseits, wenn ich ihre schöne reine Haut sehe, ich würde gern darüber streichen, ihr die blonden Haare aus dem Gesicht binden, sie vielleicht eine Weile wie eine Barbiepuppe behandeln, ja, das sind so meine Fantasien, wenn ich an Sheril denke.

Wir könnten sie betäuben, ich würde sie umkleiden, frisieren und dann allmählich damit beginnen, sie aus dem Leben zu befördern, ich habe noch nie jemanden erwürgt, wie das wohl ist?

Wir könnten sie aufhängen, langsam, und beobachten, wie sie keine Luft mehr bekommt ...

Ich habe tatsächlich kleine Schauder im Rücken, wenn ich nur daran denke.

Wenn Josh mit ihr Sex hat, lässt er mich vielleicht zuschauen, ich würde das wirklich gern sehen.

Nur müssen wir aber erst abwarten, was Neela sagt.

Und natürlich habe ich später meine Nachmittagskurse. Zusammen mit Sheril.

Sie erregt mich, ich gebe es zu. Ich will sie, eines Tages werde ich sie haben, ich werde ihre Göttin sein, ich könnte dafür sorgen, dass sie meine Freundin wird, und ich werde Neela bitten, dass sie Josh die Verbindung mit ihr erlaubt. Sie müssen das tun für mich.

Ja, ich bin entschlossen. Sherilyn Brown wird mir gehören, ihr Leben und ihr Tod werden in meinen Händen liegen, die bereits zittern allein bei dem Gedanken.

Aber zuerst müssen wir unsere Pflicht erledigen, Mr. Bender. Was für ein Unterschied, ich werde es schnell machen, ich glaube, ich will nur kurz über ihn triumphieren. Er ist es nicht wert.

Sherilyn dagegen, ... sie betritt gerade den Raum.

Ich lächle sie an, ja, sie verdient mein Lächeln, es wird das Letzte sein, was sie im Leben sieht.

Sherilyn

Sherilyn erreichte etwas atemlos die Bibliothek und suchte ihren angestammten Platz auf, direkt am Fenster, wo sie oft den Blick auf die Umgebung schweifen ließ und ihre Gedanken sammelte.

Cataleya saß wie immer ganz in der Nähe, doch etwas sehr Seltsames passierte: Cataleya lächelte sie an.

Es war ein kleines, schüchternes Lächeln, man merkte, dass Cataleya darin ungeübt war, sie gebrauchte es selten und es wirkte wie von einem anderen Stern.

Sherilyn winkte ihr überrascht zu und freute sich darüber.

Heute schien einfach alles zu laufen, sie hatte beinahe Angst, dass es zu viel Glück werden könnte.

Eifrig stürzte sie sich in ihre Lektüre und versank darin. Ab und zu tauchte sie aus der spannenden Erzählung auf und machte sich Notizen, doch die Welt um sie herum schien nicht mehr zu existieren.

Daher erschrak sie, als plötzlich Cataleya an ihren Tisch trat und flüsternd fragte, ob sie sich setzen dürfe.

Sherilyn räumte bereitwillig ihre Hefte und Bücher zur Seite und machte Platz. Cataleya fragte nach ein paar Chemieaufgaben, ob Sherilyn dieselbe Lösung hätte. Sie verglichen eine Weile, doch Sherilyn war sich sicher, dass das nur ein Vorwand gewesen war.

Suchte Cataleya etwa ihre Freundschaft? Das wäre ja etwas ganz Neues. Ihres Wissens hatte sie sich noch nie jemandem näher angeschlossen, geschweige denn länger mit jemandem geredet.

Die Stunde war wie immer viel zu schnell um und sie liefen in das Chemielabor, wo sie ihre Hausaufgaben vorlegten und dafür gelobt wurden.

Den Rest des Unterrichts machten sie Versuche und die beiden Mädchen arbeiteten zusammen, sehr konzentriert und eifrig, natürlich waren sie als Erste fertig und alles war so verlaufen, wie es sein sollte, die Protokolle minutiös geschrieben, und stolz gab Sherilyn ihres ab. Cataleya ihres dagegen gleichgültig, sie wusste, dass es hervorragend war und ein A+ bekommen würde. Noch eine Stunde Biologie, dann war endlich der Unterricht zu Ende und sie konnten in die Umkleidekabinen laufen und sich für den Sport fertigmachen. Sie zogen sich nebeneinander um und Cataleya wandte kaum ein Auge von Sherilyn.

Wieder fühlte sich Sherilyn unbehaglich.

„Was starrst du mich eigentlich dauernd so an?", fragte sie schließlich.

Cataleya war nicht im Mindesten verlegen.

„Ich frage mich, wie du es hinbekommst, so eine schöne, reine Haut zu haben. Die meisten hier sind picklig, aber du siehst sehr gepflegt aus, ich beneide dich darum. Nimmst du eine spezielle Creme?"

Sofort fühlte sich Sherilyn geschmeichelt.

„Ja, sieh her, ich dusche mich jeden Tag und creme mich hiermit ein, und ich glaube, es liegt auch an der Ernährung, ich esse wenig Süßes und bin Vegetarierin."

Sie hielt Cataleya eine Dose unter die Nase und ließ sie Creme an sich selbst versuchen. Cataleya tauchte mit dem Finger ein und verteilte die Creme auf ihren Beinen.

„Das fühlt sich wirklich gut an", lobte sie. „Darf ich einmal bei dir versuchen?"

„Bitte!", lachte Sherilyn und streckte den Arm aus.

Cataleya strich sanft darüber, ihre Hand schien leicht zu zittern und die Berührung löste in Sherilyn ein unangenehmes Gefühl aus, daher zog sie den Arm schnell zurück.

„Wir sollten gehen", meinte sie unbehaglich und schnürte ihre Sportschuhe zu.

Die Sportstunden vergingen schnell.

Erhitzt und verschwitzt duschten die Mädchen anschließend und traten den Heimweg an. Es war bereits 17 Uhr und sie freuten sich alle auf ein Abendessen nach einem langen Tag.

Und wieder gab es eine Überraschung: Josh hatte vor der Tür gewartet.

Selbst Cataleya schien erstaunt und fragte: „Was tust du hier?"

„Ich hole euch ab, was sonst? Darf ich dich heimbegleiten, Sherilyn?"

Sie errötete.

„Gerne! Aber ich gehe meistens zu Fuß und nehme nicht den Bus."

„Umso besser, wohin müssen wir?"

Sherilyn deutete in eine Richtung.

Josh wandte sich an Cataleya. „Wir sehen uns dann später.“

Cataleya starrte ihn an. „Neela und Mutter warten auf dich zuhause!“

Ihre Stimme hatte beinahe einen drohenden Unterton. Er hob nur die Schultern. „Ich bin rechtzeitig daheim.“

„Mutter braucht dich, Josh!“

„Sie braucht mich nicht. Einmal wird es kurz ohne mich gehen!“ Er wandte sich um, nahm die verblüffte Sherilyn am Arm und zog mit ihr davon.

Cataleya konnte nichts tun, sie stand hilflos da und fühlte, wie ihr Bruder ihr entglitt.

Was würde Neela sagen?

Cataleya

Ich sitze auf meinem Zimmer und versuche, meine flatternden Nerven in den Griff zu bekommen. Neela rastete beinahe aus, als sie vernahm, dass Josh mit einem Mädchen unterwegs war. Sie wollte wissen, wer das sei, was für eine verdammte Bitch sich ihrem Bruder um den Hals geworfen habe.

Erst als Mutter das Haus betrat, wurde sie ruhig. Sie war sofort wieder die fürsorgliche Tochter, bereitete mit mir das Abendessen zu, und pünktlich um halb sieben fand sich auch Josh ein und setzte sich unbefangen zu uns. Mutter fragte nach der Schule, alles war wie immer. Doch ich fühlte die Spannung, es war kurz davor, dass alles explodierte.

Neelas Lächeln war so unecht, mich wunderte, dass Mutter nichts merkte. Ich erkundigte mich nach ihrem Tag, um die Situation zu retten. Mutter erzählte bereitwillig und wir hörten wie immer höflich zu.

Es hatte etwas Tröstliches, etwas Vertrautes, sie berichtete von traurigen Fällen, von Menschen, die fixiert werden müssen, die so selbstzerstörerisch sind, dass man sie vor sich selbst schützen muss.

Es sind interessante Geschichten, aber mich schaudert es, ich möchte niemals in ein Irrenhaus, es muss furchtbar sein, wenn man ein Gefangener ist, wenn das Leben diktiert wird.

Ich konzentriere mich lieber auf Sherilyn, ich kann nicht aufhören, an sie zu denken. Ich habe heute ihre Haut berührt, durfte Creme auf ihren Arm streichen, es fühlte sich so gut an. Ich freue mich darauf, sie zu bekommen, sie zu besitzen, mit ihr zu tun, was immer ich tun will, ich male es mir aus, wie sie benommen auf meinem Bett liegt, aus irgendeinem Grund muss es mein Bett sein.

Nach dem Abendessen ging ich in mein Zimmer und legte mich darauf. Ich habe meinen Schreibblock hier, streiche mit einer Hand über die Bettdecke, ja, hier wird sie liegen.

Ich werde ihr ein Kleid anziehen, ich werde alles von ihr sehen können, sie überall anfassen, sie riechen und vielleicht auch schmecken, ich weiß es noch nicht. Ihre Haare, sie sind so blond und seidenweich glatt, nicht wie meine, die dunkel, schulterlang und strähnig sind. Ich könnte ihr Zöpfe flechten, die Haare ausbürsten, was auch immer.

Und dann würde Josh Sex mit ihr haben. Und Neela und ich sehen zu.

Es wird ein wundervolles Erlebnis für sie sein, vielleicht ist sie noch Jungfrau zu dem Zeitpunkt, ich werde Josh befehlen, dass er wartet mit ihr.

Anschließend werde ich einen Strick holen und ihr um den Hals legen. Wir könnten sie zur Treppe bringen und dort über das Geländer langsam hinaufziehen, ja, das ist eine schöne Vorstellung. Finden wird man sie natürlich woanders.

Ich muss es Neela beibringen, sie darf Josh nicht länger böse sein. Außerdem brauchen wir einen Plan für Mr. Bender. Josh meinte unlängst, er würde gerne einmal jemanden mit Strom umbringen, ja, warum nicht, Mr. Bender hat es verdient zu leiden. Keiner würde auf Mord kommen, wenn man es geschickt macht.

Ich höre Josh und Neela nebenan streiten, es wird Zeit, dass ich ihnen meine Pläne mitteile. Gewöhnlich folgen sie meinen Wünschen, ich bin die Kleine, ich bin diejenige, die sie beschützen müssen, daher sollte es einfach sein, sie zu überzeugen. Wenn Neela Sherilyn erst einmal zu Gesicht bekommt, wird sie sowieso meiner Meinung sein.

Wir werden uns mit ihr ganz besondere Mühe geben, sie wird den schönsten Tod bekommen, den man sich vorstellen kann.

Neela

Neela Morton wusste, dass sie schön war, und sie nützte ihren Zauber konsequent aus.

Ihr Lächeln, ihr freundliches Wesen, ihr offen gezeigtes Mitgefühl für alle, die sich mit Problemen an sie wandten, sowie ihre behutsame Anteilnahme halfen ihr in allen Situationen. Jeder mochte sie sofort und war Wachs in ihren Händen.

In der Highschool war ihr alles zugeflogen, sie war intelligent und lernte leicht, die Lehrer waren von ihr eingenommen gewesen und von den Mitschülern war sie bewundert worden. Denn sie zeigte sich nie hochmütig oder eingebildet, im Gegenteil, sie war hilfsbereit, fast bis zur Selbstaufgabe, und hatte für jeden ein offenes Ohr.

Automatisch wurde sie überall gewählt, als Tutorin, in die Sportmannschaften und am Ende sogar zur Schülersprecherin.

Jetzt an der Universität war sie dabei, sich wieder einen tadellosen Ruf aufzubauen, sie nahm an sozialen Aktionen teil, war sich für keine Aufgabe zu schade und stellte sich für Ämter zur Verfügung. Sie fiel auf, allein durch ihre attraktive Erscheinung.

Niemand kannte jedoch ihre dunklen Geheimnisse, niemand wusste, was in ihrem Kopf vor sich ging. Sie achtete auch sehr darauf, dass nichts an die Öffentlichkeit drang.

Die Familie, die Geschwister, das war etwas, über das sie nicht sprach. Ihre enge Verbindung zu ihrem Bruder, die Verantwortung für die kleine Schwester, es blieb im Verborgenen. Auf beide musste sie ein Auge haben.

Cataleya brauchte Hilfe in allen Dingen des täglichen Lebens, sie benötigte Anweisungen und Regeln.

Josh fiel allzu leicht auf andere Mädchen herein, es war oft schwer, ihn zurückzuhalten, daher wählte sie Gefährtinnen für ein kurzes Abenteuer für ihn höchstpersönlich aus. Josh gehörte ansonsten ihr. Nur ihr allein.

Und nun hatte Cataleya von einer Sherilyn erzählt, Neela fühlte sofort, dass dieses Mädchen gefährlich werden konnte. Denn da ging es offensichtlich nicht nur um Sex.

Also stellte sie Josh gleich nach dem Abendessen zur Rede, fragte ihn aus, er bestritt vehement, mit Sherilyn etwas anfangen zu wollen, und wenn, ging es Neela nichts an.

Allein diese Aussage zerstörte etwas in ihr.

Josh wurde abtrünnig, das konnte nicht sein, das durfte nicht sein. Neela verlor die Kontrolle über sich, was nur im Kreise ihrer Geschwister passierte.

Da war Neela sie selbst und nicht die sorgfältig gestylte, sich selbst beherrschende junge Frau mit dem bezaubernden Lächeln.

Sie tobte und weinte, versuchte, Josh zu erreichen, und wie üblich landete er in ihren Armen. Er konnte es nicht ertragen, wenn sie böse mit ihm war.

Doch da ging plötzlich die Tür auf und Cataleya erschien, sie hatte dieses gefährliche Glitzern in den Augen, das nun immer öfter bei ihr auftauchte.

Cataleya hielt sich nicht lange auf, wie gewöhnlich sprach sie direkt und ohne Umschweife von ihren Wünschen und Plänen. Josh und Neela blieb nichts anderes übrig, als ihrer jüngeren Schwester zuzuhören und am Ende zuzustimmen.

Sie hatten einfach keine andere Wahl.

Kaiser, Koenig, Edelmann,
Buerger, Bauer, Bettelmann,
du bist nicht,
doch du bist dran

III. KAPITEL

Sherilyn
Montag, 16.4.2018

Als Sherilyn am Montagmorgen die Schule betrat, war die Stimmung äußerst gedrückt, man fühlte das sofort. Sie traf Josh im Flur und begrüßte ihn erfreut.

„Was ist los heute?“, wollte sie wissen.

„Mr. Bender ist tot!“, antwortete er.

„Wie bitte?“

Sherilyn war fassungslos. Am Freitag hatte sie noch Geschichte bei ihm gehabt und ein A+ bekommen. Er war nun nicht gerade ihr Lieblingslehrer gewesen, aber sein Fach hatte er glänzend beherrscht.

Tränen traten in ihre Augen.

„Wie ist es passiert?“

„Man weiß noch nichts Genaues, anscheinend war es ein Unfall!“

Er strich ihr zärtlich eine Haarsträhne aus der Stirn.

Sie hatten sich am Sonntag zum Eisessen getroffen und es war eine wundervolle Begegnung gewesen, noch nie hatte Sherilyn mit jemandem so offen reden können wie mit Josh. Er war vielseitig interessiert und sie hatten ausgiebig über Sport und speziell Football diskutiert. Sie hatte ihm ihre Träume gestanden, eines

Tages in der olympischen Mannschaft an den Spielen teilzunehmen, auch wenn es noch so unrealistisch war.

Doch er hatte sie nicht ausgelacht, sondern ernsthaft zugehört.

„Wenn man etwas wirklich will, schafft man es“, hatte er sie ermutigt und sie hatte nur zu gern daran geglaubt.

Und nun diese Hiobsbotschaft!

Wie ein Schatten tauchte Cataleya hinter ihrem Bruder auf.

„Hast du schon gehört?“, fragte sie und ihre Stimme klang seltsam erregt. „Mr. Bender ist tot. Nun kann ich ihn nicht mehr treffen und fragen, was an meiner letzten Arbeit falsch war. Aber er hat sich sowieso geirrt!“

Irritiert blickte Sherilyn auf Cataleya. War das jetzt noch wichtig?

Die Schüler und Schülerinnen versammelten sich in der Schulhalle, es wurde der Tod Mr. Benders verkündet und Gebete gesprochen.

Viele weinten.

Danach schickte man alle nach Hause. Niemand brachte es fertig, Unterricht zu halten.

Josh lächelte Sherilyn an.

„Ein freier Tag! Wir sollten ihn nutzen!“

„Ist das denn recht?“, wandte Sherilyn betreten ein. „Ich hätte ein schlechtes Gewissen!“

„Wir können an seinem Tod nichts mehr ändern, aber wir können etwas Gutes für uns daraus ziehen. Komm, Sheril, zier dich nicht!“

Er fasste sie an der Hand und zog sie aus dem Schulgebäude.

„Josh!“, rief ihnen Cataleya mit schneidender Stimme hinterher.

Er wandte sich um.

„Du denkst an dein Versprechen?“

Sein Gesicht war ausdruckslos. Aber Sherilyn merkte, wie er zusammensackte. Er nickte Cataleya zu und wandte sich dann schnell ab.

Sherilyn hätte zu gern gewusst, was das wohl für ein Versprechen war. Sie wagte nicht zu fragen.

„Können wir zu dir gehen?“, schlug er vor. „Bei uns ist es schlecht, Cata ist daheim, sie würde uns nicht in Ruhe lassen.“

Sherilyn zögerte. Sie hatte noch nie einen Jungen mit zu sich nach Hause genommen, sie war sich auch sicher, dass ihre Eltern das nicht wollten.

Aber sie mussten es ja nicht erfahren.

„Gut, ich bin allein daheim, meine Eltern arbeiten.“

„Das klingt gut! Komm, laufen wir um die Wette!“

Das ließ sich Sherilyn nicht zweimal sagen und sie spurteten los. Josh war ein guter Sportler und besiegte sie nur knapp in einem harten Kampf. Außer Atem standen sie vor Sherilyns Haus und lachten sich an.

„Du bist wirklich gut!“, keuchte Josh.

„Du auch!“

Sherilyn blickte sich vorsichtig um, ob die Nachbarn vielleicht spionierten, doch niemand war zu sehen. Sie schloss die Haustür auf und zog Josh schnell hinein.

„Willst du etwas trinken?“, fragte sie verlegen.

„Gerne!“ Er folgte ihr in die Küche und sie schenkte ihm und sich je ein großes Glas Saft ein.

Sie musste daran denken, die Gläser später auszuwaschen und aufzuräumen.

„Gehen wir in dein Zimmer?“, schlug Josh vor.

Sie nickte und wurde wieder rot. So einer Situation war sie nicht gewachsen. Würde Josh sie küssen? War sie bereit dafür?

Sie führte ihn die Treppe hinauf und in ihren Schlafraum. Er war groß und wenig mädchenhaft, Sherilyn hatte nie viel von Puppen und rosa Plüsch gehalten, an ihren Wänden klebten Poster von berühmten Sportlern und ein Boxsack befand sich in der Mitte des Zimmers. Josh lachte, als er ihn sah und boxte wild auf ihn ein.

„So etwas habe ich mir auch immer gewünscht“, gestand er. „Meine Mutter war dagegen, sie glaubt, so ein Boxsack macht Jungen aggressiv. Dabei kann man sich so gut abreagieren!“

„Deine Mutter ist eben Psychiaterin.“

„Ja!“, seufzte er.

„Und dein Vater?“

„Er ist tot. Er starb vor zwei Jahren bei einem Unfall am Meer, er stürzte die Klippen hinab. Cata wollte ihn noch festhalten, aber er rutschte vor ihren Augen weg.“

Sherilyn hielt sich bestürzt die Hand vor den Mund.

„Die arme Cataleya!“, rief sie. „Das wusste ich nicht!“

Im Stillen glaubte sie nun, zu verstehen, warum das Mädchen oft so seltsam war.

Der Schock musste fürchterlich gewesen sein. Großes Mitleid durchflutete Sherilyn.

Sie würde ab jetzt besonders freundlich zu ihr sein, kein Wunder, dass sie sich so in die Arbeit vertiefte und dermaßen an ihrem Bruder hing.

„Ja, es war schlimm und du könntest mich ein bisschen trösten!“ Er grinste sie schelmisch an.

Oh, sie war so verliebt in dieses Lächeln.

Er trat zu ihr und schloss sie in seine Arme. Seine Hand lag auf ihrer Hüfte. Mit der anderen Hand strich er die Haare aus ihrer Stirn und sie schauderte.

War es nun so weit? Der erste Kuss?

Sie fühlte, wie seine Hand tiefer glitt, über ihr Gesäß, wie er sie an sich presste. Es war ihr unangenehm, doch sie wollte nichts sagen, sie wollte ihn nicht abweisen, vielleicht gehörte das dazu.

Und dann drängte sich seine Zunge in ihren Mund, es war nichts mehr von Zärtlichkeit zu spüren, er umfasste sie, sie merkte, dass er sich an ihrer Hose zu schaffen machte und sie herunterzog, sie Richtung Bett lenkte, ...

Nein, das wollte sie nicht, nein, auf keinen Fall, sie wehrte sich entschlossen, schob ihn von sich weg, versuchte, sich aus seinem Griff zu befreien. Er war stark, aber Sherilyn wusste sich zu verteidigen, sie war Sportlerin und keinesfalls wehrlos. Sie nahm all ihre Kraft zusammen, drückte ihn von sich weg, drehte den Kopf zur Seite und schlug auf ihn ein mit aller Macht und Wut.

„Lass das! Was fällt dir ein!“, schrie sie ihn an.

Er hätte sie überwältigen können, aber er war zu überrascht von ihrer Reaktion. Daher starrte er sie nur verblüfft an und ließ sie frei.

Sie begab sich sofort aus seiner Reichweite.

„Verschwinde aus meinem Haus!“, brüllte sie außer sich vor Zorn und Entsetzen.

„Sheril“, stotterte er. „Was habe ich falsch gemacht? Ich wollte dir nicht wehtun, bestimmt nicht!“

„Du wolltest Sex mit mir!“, kreischte sie.

„Ja, du nicht?"

„Nein, stell dir vor, das wollte ich nicht, ich kenne dich doch kaum. Geh jetzt, geh, lass mich in Ruhe!"

„Sheril, es tut mir leid, ich dachte, das sei klar, ich wusste nicht ... Bitte, verzeih mir, Sheril, kannst du mir verzeihen?"

„Verschwinde, ich will dich nie wieder sehen!"

„Nein, Sheril, bitte nicht, du bist die Erste, mit der ich so gut reden kann, ich habe nie so ein Mädchen getroffen wie dich, es tut mir leid, bitte!"

„Verschwinde!", schrie sie.

Sie war so enttäuscht von ihm, sie hatte gedacht, er würde sie mögen, dabei wollte er nur mit ihr ins Bett. Nein, so etwas kam für sie nicht in Frage.

Er bot ein Bild des Jammers. Seine Hände hingen hilflos herab, seine Haare waren in die Stirn gefallen, die Schultern nach vorn gebeugt, er wusste nicht mehr, was er sagen sollte. Langsam sank er vor ihr auf die Knie.

„Bitte verzeih mir, Sheril, bitte, ich habe mich in dich verliebt, ich möchte mit dir zusammen sein, ich werde dich nie wieder anrühren, wenn du das nicht willst, ich verspreche es dir!"

„Ich glaube dir kein Wort! Geh, bitte, geh!"

Er erhob sich, wandte sich um und verließ das Haus.

Sie ließ sich auf ihr Bett fallen und brach in Tränen aus.

Cataleya

Es muss etwas gegeben haben. Josh kam vorhin nach Hause, er war leichenblass und schloss sich in sein Zimmer ein. Ich sehe, dass er online ist, er sitzt am Laptop, will nicht gestört werden.

Ich versuche immer wieder, zu ihm zu gelangen, aber er lässt mich nicht ein. Das war noch nie, noch nie! Ich musste Neela informieren.

Ich habe ihr gerade eine Whatsapp-Nachricht geschickt, ich mache mir Sorgen.

Josh ist überhaupt verändert, schon als wir Mr. Bender erledigten, war er nicht richtig bei der Sache gewesen, es war wie eine Pflicht gewesen für ihn und er war ein wenig widerwillig hinterher zu Neela ins Zimmer gegangen. Aber wie ich hörte, hatte er dann doch seinen Spaß dort gefunden.

Mr. Bender, es war wie immer so einfach gewesen.

Neela hatte sich sehr sexy angezogen und wir beide besuchten ihn, um über meine Geschichtsarbeit zu sprechen. Wir hatten keinen Termin über Mail gemacht, wir wollten keine Spuren, wir sind einfach spontan zu ihm. Er lebte allein, so war das kein Problem.

Neela machte ihm schöne Augen, sie kann das. Sie sagte zu mir, ich solle gehen, denn sie hätte etwas mit Mr. Bender zu besprechen.

Ich tat das natürlich nicht, sondern ließ Josh ein und wir schlichen uns ins obere Stockwerk. Es kam, wie es kommen musste, Neela hatte ganze Arbeit geleistet und sie bestand darauf, mit Mr. Bender ins Bett zu gehen, denn auf der Couch, das sei doch etwas unromantisch. Hand in Hand stiegen sie die Treppe hinauf, immer wieder küssten sie sich, es war faszinierend zu beobachten.

Das Ganze hatte schon etwas von Routine, am oberen Treppenabsatz wartete ich, Mr. Bender war so von Neela gefangen, dass er mich gar nicht bemerkte.

Er erhielt einen Stoß, der ihn rückwärts hinunterfallen ließ. Benommen lag er am Absatzende, wir mussten das Ganze wiederholen, schleppten ihn nach oben und sorgten dafür, dass er diesmal wirklich mit dem Kopf nach unten fiel, sich überschlug und sein Genick brach. Er röchelte noch kurz, dann war es vorbei.

Oben zerschmetterten wir dann eine Weinflasche, es würde so aussehen, als hätte er sie fallen lassen und sei ausgerutscht, oder überhaupt gestolpert, egal, es war jedenfalls ein Unfall.

Diesmal stellte sich aber der gewohnte Kitzel nicht so richtig ein.

Es liegt an Josh, ich bin mir sicher, er war nicht mit dem Herzen dabei gewesen. Ich hoffe, Neela kann das richten.

Sie schrieb mir gerade, sie wird früher nach Hause kommen, ich bin erleichtert.

Ich ging zu Josh und klopfte erneut an seine Tür.

Seine Reaktion: keine. Er antwortet nicht einmal. Was ist nur los?

Mir kommt eine Idee, ich melde mich selbst bei Sherilyn, als Freundin darf ich das, ich habe das gelesen, Freundinnen vertrauen sich und erzählen sich Dinge, die sie niemandem erzählen.

Seit Freitag bin ich doch ihre Freundin, ich lächelte sie an, das mache ich sonst nie, ich habe sogar mit ihr geredet und sie gestreichelt. Ach, jetzt kommt der Schauder wieder, ja, doch, ich empfinde noch etwas beim Morden, es muss nur das richtige Opfer sein.

Ich kann Sherilyns Freundin sein, solange sie noch lebt, also schreibe ich ihr, frage, was los war, ich lese kurz in einem Buch nach, wie man das formuliert, ich bin etwas ungeübt.

„Hi, Sheril, mein Bruder kam gerade heim, völlig aufgelöst, was ist passiert? Willst du darüber reden? Cataleya."

Es dauert, sie hat die Nachricht gesehen, das zeigt mein Handy an. Doch sie antwortet nicht.

Ich gehe ungeduldig im Kreis herum. Hat Josh alles verdorben?

Endlich, nach einer halben Stunde piepst mein Handy.

„Ich will ihn nie wieder sehen!"

Das ist alles.

Ich starre verblüfft darauf. Lese die Worte immer wieder, meine Gedanken jagen sich.

Ich komme von selbst drauf, ich kenne Josh. Er hat sein Versprechen nicht gehalten, Sheril hatte noch nie Sex, sie ist eins der Mädchen, die jungfräulich in die Ehe wollen, sie hat das irgendwo in einer Kirche geschworen, das erzählte sie mir einmal.

Er muss es bei ihr versucht haben, er dachte vielleicht, sie sei eins der Mädchen, das man auf dem Klo kurz ficken kann.

Wieso respektiert er meine Wünsche nicht mehr?

Meine Wut auf ihn wächst. Dass Männer immer nur an Sex denken können! Und wieso wird Josh auf einmal abtrünnig? Was ist los mit ihm? Wir haben immer zusammengehalten.

Ich überlege, was ich Sherilyn schreibe. Wieder lese ich so ein Buch, irgendetwas Triviales, das wir unlängst in Literatur besprochen haben.

„Was immer er getan hat, es tut ihm leid. Ich kann es gar nicht mit ansehen. Willst du mich treffen und mit mir reden?"

Sie willigt ein.

Ich freue mich, ich werde mit ihr ganz allein sein, ich werde sie betrachten können, mir Dinge ausmalen, ich werde ihr natürlich zuhören und vermitteln. Ich werde ihr sagen, wie gut sie mit Josh zusammenpasst, dass er vielleicht etwas falsch verstanden hat.

Ich liege auf meinem Bett und denke nach ...

Die Tür zu meinem Zimmer wurde aufgerissen. Josh stand da, sein Gesicht war vor Wut verzerrt.

„Du hältst dich da raus, Cata, du lässt Sheril in Ruhe!“

„Ich will nur alles wieder in Ordnung bringen, was du verbockt hast“, entgegnete ich ruhig.

„Ich weiß, was du willst, Cata, du hast es mir genau erklärt. Aber zur Abwechslung will ich das nicht!“

Ich starrte ihn an. Ich hoffte, Neela würde bald kommen, sie würde ihn wieder zur Vernunft bringen, sie würde ihn mit in ihr Bett nehmen und alles war wieder gut.

So war es schon immer gewesen.

Josh hatte seit seiner frühesten Kindheit bei Neela geschlafen.

Ich hatte nicht zu ihnen gedurft, ich war immer zu klein gewesen, und als ich alt genug gewesen wäre, verweigerte mir Neela dieses Erlebnis.

Sie wollte Josh für sich allein haben.

Ich musste das akzeptieren.

„Du hast mit Sheril geschlafen, das war gegen unsere Abmachung, du hast dein Versprechen gebrochen!“, fuhr ich ihn an.

„Ich habe nicht mit ihr geschlafen!“

„Dann wolltest du es und sie nicht. Du hast sie abgeschreckt, du bist ein Idiot. Sie ist Jungfrau, begreifst du das nicht? Sie ist nicht eine von den üblichen Bitches!“

„Das habe ich jetzt auch verstanden. Ich wusste nicht, dass es solche Mädchen gibt.“

„Darum sucht auch Neela die Mädchen für dich aus, sie hat mehr Ahnung davon als du!“

„Damit ist jetzt sowieso Schluss. Du wirst Neela nicht davon erzählen, Cata, du wirst einmal dein Maul halten!“

„Zu spät, Josh, ich habe ihr schon geschrieben, sie kommt bald heim!“

Er stöhnte auf, ballte seine Hände, als müsse er sich zurückhalten.

Ich stand auf, ging auf ihn zu, um ihn zu beruhigen. „Sie wird mit dir Sex haben und alles ist wieder gut“, tröstete ich.

Da explodierte er. Seine Hand schoss nach vorne und legte sich um meine Kehle. Er drängte mich an die Wand, hob mich beinahe hoch, ich tastete mit den Füßen nach Halt auf dem Boden, schnappte nach Luft, hilflos war ich ihm ausgeliefert und es war beängstigend und herrlich zugleich. Mein Kopf schien zu explodieren, ich konnte nicht einmal schreien, heiße Wellen durchfuhren mich, war das ein Orgasmus? Ich hatte noch nie einen, aber wenn das einer war, möchte ich das wieder erleben.

Josh brachte sein Gesicht nah an meins. „Ist es das, Cata? Ist es das, was du willst?“, zischte er und ließ mich los.

Ich sackte zusammen und versuchte, wieder Luft in meine Lungen zu kriegen.

Ich habe davon gelesen, manche haben Sex und drücken sich dabei die Luft ab, um besser zum Höhepunkt zu kommen.

Ich war immer neugierig darauf gewesen, nun habe ich etwas in dieser Art erlebt.

Er verließ das Zimmer ohne ein weiteres Wort, ich hörte kurze Zeit später die Haustür, er war weg.

Und nun liege ich auf dem Bett und versuche, das Erlebnis zu verarbeiten. Ich fasse an meine Kehle, drücke sie probehalber zusammen, nein, es funktioniert nicht, man kann es nicht selbst tun, es muss ein anderer machen.

Wenn Neela nach Hause kommt, wird sie wieder toben, das weiß ich. Vielleicht sollte ich ihr eine Nachricht schreiben, dass sowohl Josh als auch ich weg sind.

Ja, das mache ich, und dann treffe ich mich mit Sherilyn. Nun weiß ich genau, was sie erwartet, sie kann sich darauf freuen.

Sherilyn

Es dauerte lange, bis sich Sherilyn beruhigt hatte.

Überraschenderweise meldete sich Cataleya am Handy und sie schien richtig mitfühlend und besorgt. Sherilyn verabredete sich schließlich mit ihr und sie trafen sich nachmittags in einem Café. Stockend er- zählte sie, was am Vormittag passiert war, sie war immer noch entsetzt und Cataleya reagierte sehr einfühlsam.

Sie nahm Sherilyns Hand und drückte sie tröstend.

„Josh kann so ein Idiot sein", meinte sie. „Ich bin mir aber sicher, es tut ihm leid. Er ist vollkommen fertig, weißt du, du nahmst ihn mit auf dein Zimmer, für die meisten Jungs ist das eine eindeutige Botschaft. Er hat dich bestimmt missverstanden. Er glaubte vielleicht, du wolltest ihn verführen."

Sherilyn entzog Cataleya die Hand.

Sie war empört. „Nie im Leben wollte ich das. Ich habe geschworen, vor der Ehe keinen Sex zu haben!"

„Das wusste Josh doch nicht. Kannst du nicht einfach noch einmal mit ihm reden? Ihr passt so gut zusammen, er hat seit Freitag nur von dir geschwärmt. Und wie können wir Freundinnen sein, wenn du dich mit meinem Bruder nicht mehr verstehst?"

„Wir? Freundinnen?"

„Ich hatte noch nie eine Freundin, aber ich wäre gern deine. Du bist anders als die ganzen Bitches an der Schule, du bist klug und sehr hübsch!"

Cataleyas bittender Blick hatte etwas Seltsames. Sherilyn fühlte sich nicht wohl dabei, sie konnte nicht sagen, was sie so störte, doch sie fand auch keinen Grund, der gegen eine Freundschaft mit Cataleya sprach.

„Also gut, ja, wir können Freundinnen sein."

Halbwegs getröstet ging Sherilyn nach Hause.

Sie blickte auf ihr Handy, 100 Textmessages, alle von Josh, alle mit ‚Verzeihung!' oder ‚Es tut mir leid!'

Dazwischen Blumen, Tränen ... sie musste fast lächeln. Ihm schien wirklich an ihr zu liegen.

Vielleicht hatte er die Einladung in ihr Zimmer tatsächlich falsch verstanden und es war ihre eigene Schuld gewesen.

Am Abend erhielt sie einen Strauß Rosen und ihre Eltern waren sehr erstaunt über die Lieferung.

Sherilyn errötete und gestand, einen Freund zu haben, mit dem sie aber gestritten habe.

Ihre Mutter sprach daraufhin ernsthaft mit ihr und wies sie noch einmal darauf hin, dass nur anständige Mädchen eine gute Ehe führen würden und sie an ihren Schwur denken solle.

Sherilyn hörte aufmerksam zu, für sie war es klar, dass kein Junge Hand an sie legen würde, bevor sie nicht verheiratet war, und sie versprach es erneut.

Dann begab sie sich in den Keller und nützte die Fitnessgeräte, die dort aufgebaut waren. Sie hatte einiges abzutrainieren.

Am nächsten Morgen stand Josh vor der Haustür, um sie abzuholen.

Man sah ihm an, dass er schlecht geschlafen hatte.

„Bitte, Sheril, rede mit mir!"

„Also gut", willigte sie ein.

„Ich dachte, als du mich mit in dein Zimmer nahmst, du wolltest mit mir schlafen, ich habe mich geirrt."

„Ja, das hast du!"

„Cataleya nannte mich einen Idioten, und das bin ich wohl. Kannst du mir verzeihen? Ich verspreche, ich werde dir nie wieder zu nahetreten, nie wieder!"

Sie blickte ihn an, seine Augen sprachen die Wahrheit, das konnte sie deutlich sehen.

„Kann ich mich darauf verlassen?"

„Ich schwöre, so wie du geschworen hast! Cata erzählte mir davon, ich wusste das doch nicht."

Er fühlte, dass Sherilyn dieser Schwur wichtig war und ihr viel bedeutete. Und das brach das Eis.

Sie lächelte ihn an. „Wer zuerst an der Schule ist?"

Sie rannten los, diesmal gewann Sherilyn, wenn auch nur knapp. Völlig außer Atem betraten sie Hand in Hand das Gebäude und Sherilyn war glücklich.

Es war ihre eigene Schuld gewesen, das erkannte sie nun. Sie war leichtsinnig gewesen, sie hätte auf ihre Mutter hören sollen, die sie immer wieder gewarnt hatte, nur Mädchen, die es mit der Moral nicht so genau nahmen, waren mit Jungs allein in einem Zimmer.

Sie würde diesen Fehler nicht mehr machen. Das nahm sie sich fest vor.

Wieder fand eine große, würdevolle Beerdigung statt, diesmal für Mr. Bender. Sherilyn überlegte bei sich, dass es nun die dritte war, an der sie teilnahm, seit sie an der Highschool war.

Zwei Lehrer hatten Unfälle gehabt und eine Schülerin hatte wohl Selbstmord begangen, so genau war das nie herausgekommen.

Sie stand neben Josh und hörte den ergreifenden Reden zu.

Cataleya an ihrer anderen Seite schien den Tränen nah. Warum eigentlich? Sie hatte Mr. Bender nie gern gemocht, das war immer deutlich zu spüren gewesen.

Josh

Josh griff nach Sherilyns Hand und fühlte, dass für ihn ein neues Leben begann, eigentlich hatte es sich in dem Augenblick geändert, an dem er Sherilyn zum ersten Mal gesehen hatte.

Sie hatte ihn beeindruckt, mit ihrer Intelligenz, ihrem Witz und ihrer Sportlichkeit. Sie war tatsächlich schneller als er, noch trainierter, und sie hatte so eine gesunde Einstellung zu allem. Bei ihr drehte sich nicht alles um Sex, diese Lehre hatte er rasch begriffen, zum ersten Mal in seinem Leben war ihm auch anderes wichtiger.

Er hatte begonnen, Neela zu meiden, er wollte nicht mehr mit ihr zusammen sein, schon nach Mr. Benders Tod hatte er versucht, ihr aus dem Weg zu gehen, doch da war nichts zu machen gewesen. Neela wusste auch, wie sie ihn sehr schnell überzeugen konnte, und so hatte er wie immer alles getan, was sie von ihm wollte. Aber er hatte dabei an Sherilyn gedacht und sich heimlich nach ihr gesehnt.

Als er dann am nächsten Tag bei Sherilyn im Zimmer gewesen war, hatte er sich kaum mehr beherrschen können, sie war so schön, verschwitzt von dem Wettlauf, den sie gemacht hatte, er konnte es riechen und er hatte sie so sehr begehrt.

Ja, er hatte Cata versprochen, sie nicht anzurühren, doch schon da hatte es ihn unangenehm berührt, dass sie über ihn bestimmte.

„Du denkst an dein Versprechen?“, hatte sie warnend gefragt und das hatte etwas in ihm ausgelöst.

Er war ein Mann, er würde tun, was er wollte und nicht, was seine Schwestern ihm diktierten. Catas Fantasien hatten ihn zusätzlich erregt.

Doch dann hatte Sherilyn sich gewehrt.

Ihr Entsetzen, ihre Enttäuschung, ihre Wut, all das hatte ihn zur Besinnung gebracht.

Sherilyn war kein Mädchen für die Schultoilette oder den Parkplatz. Er selbst wollte mehr von ihr, zum ersten Mal war da jemand gewesen, mit dem er lachen, reden und sich sportlich messen konnte. Er hatte in dem Moment festgestellt, dass er sich verliebt hatte. Nicht in den Körper, das war schon öfter vorgekommen, nein, in die Person.

Sherilyn erschien ihm so rein und gesund, er selbst, das sah er deutlich, lebte in einem kranken Umfeld. Er wusste das schon länger, doch es war ihm nicht möglich, sich zu befreien.

Neela ... er war ihr hörig, er hatte ihr immer gehört, war ihr immer zu Diensten gewesen.

Er mochte nicht mehr daran denken. Er mochte nicht an seine Kindheit denken, an seine ersten Erinnerungen, an die Person, die für all das verantwortlich zeichnete, auch dass Cata so war, wie sie war und beschützt werden musste.

Was sollte aus ihr werden, wenn er und Neela nicht auf sie aufpassen würden? Man würde sie einsperren, sedieren, alles, sie war gefährlich, auch wenn sie klein und schwächlich schien.

Aber vielleicht reichte auch Neela, um Cataleya zu beschützen, vielleicht ging es ihn bald nichts mehr an. Er sehnte sich danach, aus dem Sumpf zu entkommen, mit Sherilyn an seiner Seite, die stark war und ihn retten konnte. So träumte er vor sich hin, atmete Sherilyns Duft ein und war bereit für ein neues Leben.

Sherilyn

Der Frühling ging allmählich in seine Spätphase, es wurde wärmer, die Tage länger, Sherilyn hielt sich in ihrer freien Zeit, so oft es möglich war, draußen auf und trainierte.

Fast immer war Josh an ihrer Seite, der den Sport genauso ernst nahm wie sie selbst.

Sie liebte ihn inzwischen sehr, er hatte sie nie mehr auch nur geküsst, sie gingen heimlich Hand in Hand, das war alles. Er war rücksichtsvoll, witzig und intelligent. Sie hatte ihn auch ihren Eltern vorgestellt und er hatte sich von seiner besten Seite gezeigt.

Aber es erfolgte keine Einladung in sein Haus. Seine Mutter sei meist erst spätabends zuhause und hätte bestimmt keine Lust, noch jemanden zu sehen. Bald würde sie Urlaub nehmen, dann würde er Sherilyn gerne mit ihr bekannt machen.

An der Highschool selbst bestand Josh darauf, dass sie Abstand hielten.

Er verlangte auch von ihr, vor Cataleya ihre häufigen Treffen geheim zu halten, er wollte nicht, dass seine Schwester davon erfuhr, wie oft er seine Zeit mit Sherilyn verbrachte.

Sie verstand es nicht, hielt sich aber daran und es machte ihr Spaß, mit Josh heimliche Blicke zu tauschen oder beim Mittagessen wie zufällig seine Füße mit ihren zu berühren.

Eigentlich hätte sie es gern vor aller Welt gezeigt, wie verliebt sie waren, doch wenn Josh das so wollte, würde er seine Gründe haben.

Überhaupt gab es eine geheimnisvolle Seite an ihm, sie hatte nie das Gefühl, dass er sich ihr ganz offenbarte. Etwas an ihm befand sich im Dunkeln, seine gute Laune und sein Lachen wirkten dann aufgesetzt. Jetzt wo sie ihn besser kannte, blieb ihr das nicht verborgen. Sie fragte sich, was ihn quälte, er erzählte nie viel von sich und seiner Familie.

Irgendwann erfuhr sie von einer Freundin, dass auch Josh beim Unfalltod des Vaters dabei gewesen war, so wie seine Schwester Neela, und das erklärte für sie einiges.

Armer Josh, wenn er mit ansehen hatte müssen, wie sein Vater von hohen Klippen ins Meer fiel, war es doch kein Wunder, dass er so verschlossen war.

Und eines Tages kam sie ins Gespräch mit einem älteren Schüler, der ihr verriet, dass der Vater gar nicht mehr bei der Familie gelebt hatte, dass die Geschwister Morton seit frühester Kindheit nur von der Mutter aufgezogen worden waren.

Nun glaubte Sherilyn, völlig zu verstehen.

Wie musste ein Kind leiden, dessen Eltern sich getrennt hatten, unvorstellbar für sie, die in einer intakten Familie aufwuchs und von Vater und Mutter zärtlich geliebt wurde. Darum war Josh so gerne bei ihnen, er bekam in Sherilyns Familie das, was er daheim vermisste.

Sie liebte ihn umso mehr, hatte das Gefühl, ihm helfen zu können, sein widersprüchliches Wesen war nun erklärbar.

Einerseits wirkte er stark und sportlich, doch andererseits auch schüchtern, er trat nie hervor oder gab an, und das machte ihn so attraktiv für alle Mädchen.

Sein lässiges Aussehen gepaart mit seiner Zurückhaltung, seine ausgesuchte Höflichkeit und sein gutes Benehmen, kein Wunder, dass alle auf ihn flogen.

Und sie, Sherilyn, hatte ihn zum Freund.

Sie war glücklich, verliebt und wünschte sich, die Zeit möge stillstehen, denn es würde nie wieder besser werden.

Außer vielleicht, und da träumte sie sich hin, sie könne Josh einmal heiraten, eine wunderschöne Hochzeit schwebte ihr vor.

Doch da plötzlich endete der Traum. Immer wenn sie an die hässliche Szene in ihrem Zimmer dachte, überkam sie Unbehagen.

Das war ein anderer Josh gewesen, jemand, den sie nicht wollte. Und sie hoffte, dass dieser Josh nie wieder zu Tage treten würde.

Zwei Wochen nach Mr. Benders Tod gab es plötzlich Gerüchte, dass dieser Todesfall noch einmal untersucht werden würde. Fremde kamen an die Highschool und stellten seltsame Fragen an Schüler und Lehrkräfte. Man munkelte, das seien polizeiliche Ermittler, doch nichts Konkretes war zu erfahren.

Das Leben ging einfach weiter und die kleine Störung war schnell vergessen.

IV. KAPITEL

Cataleya
17. Mai 2018

Ich hatte jetzt kaum mehr Zeit zu schreiben. Es tut mir leid, aber das Semester endet bald und die Prüfungen sind doch umfangreicher, als ich mir ausmalte. Sogar ich muss mich hinsetzen und lernen, ich will meine üblichen A+ haben, das ist Ehrensache. Aber ich verspreche, alles aufzuholen.

Vor zwei Wochen wurden wir zu Mr. Benders Tod gefragt, alle, die in seinen Kursen waren. Man holte uns einzeln aus dem Unterricht, ich konnte keine nützlichen Angaben machen.

Er war ein einigermaßen guter Lehrer gewesen, der viel von seinem Fach verstand. Mehr bekamen sie nicht aus mir heraus und ich wurde schnell wieder weggeschickt.

Was machte sie misstrauisch?

Wir passten doch zu gut auf, räumten alles weg, was auf unsere Anwesenheit hingedeutet hatte. Es ist mir ein Rätsel. Neela ist sehr beunruhigt. Auch sie überlegt, welchen Fehler wir machten.

Nur Josh scheint unberührt.

Überhaupt, Josh, er ist verändert. Er ist selten daheim und wenn, schließt er sich in seinem Zimmer ein und geht online.

Ja, er macht seine Hausarbeiten, wir haben alles gut ein- und aufgeteilt, um unserer Mutter zu ersparen, auch noch zu putzen und zu waschen, nur das Bügeln erledigt sie, sie behauptet, das würde sie entspannen. Josh massiert auch Mutter die Füße, wenn sie es verlangt, aber ich erkenne die Abscheu in seinem Blick.

Es scheint fast so, als hasse er Mutter, als hasse er alles, was mit ihr zusammenhängt.

Ich verstehe es nicht, sie hat nie etwas getan, was ihm nicht gefiel.

Nie gegen seinen Willen. Er hatte immer Spaß und Freude daran. Bestimmt irre ich mich.

Wir müssen unsere nächste Aktion planen, ich brenne darauf, doch Neela sagt, wir sollten die Füße stillhalten, bis wir wüssten, welchen Fehler wir bei Mr. Bender begingen.

Vielleicht hat sie recht, aber es muss ja nicht gerade Sherilyn sein, deren Tod großes Aufsehen erregen würde, wir könnten einfach jemanden aussuchen wie sonst auch, alte Menschen, die keiner mehr will.

Da stehen ein paar auf unserer Liste, mit ihnen geht es so leicht. Man bietet ihnen Hilfe an, kauft für sie ein, erschleicht sich ihr Vertrauen. Neela macht gerade den alten Männern schöne Augen, ach sie flirtet mit ihnen und ehe sie sich versehen, sind sie schon tot.

Alte Leute sterben, da fragt keiner groß nach. Sie stürzen die Treppe hinab, sie ertrinken besoffen in der Badewanne, sie nehmen aus Versehen eine zu große Menge an Schlafmitteln ... wir haben schon ziemlich alles ausprobiert. Sie wollen die Namen?

Ehrlich gesagt kann ich mich nicht einmal mehr so gut erinnern, da war eine Mrs. Hudson, sie wohnte einsam in einem kleinen Häuschen, war stinkreich und hockte auf ihrem Geld. Ihre Erben konnten dann damit etwas anfangen und ich bin sicher, sie waren uns dankbar, dass diese geizige alte Krähe das Zeitliche segnete.

Dann ein Mr. Munik, ein ekelhafter alter Lustmolch, ich bin mir sicher, er hat nicht nur Neela belästigt, er konnte seine Hände nie im Zaum halten. Und noch zwei oder drei andere, ich verliere mich allmählich in den Namen. Sie waren bedeutungslos, ihr Tod war ein Segen für die Gemeinschaft, sozialverträgliches Ableben nennt man doch so etwas?

Ich kann mich nur noch an ihre letzten Minuten erinnern, die Momente, die für mich das Höchste sind und die ich jedes Mal wieder mit dem gleichen Respekt und derselben Ehrfurcht erlebe.

Ich werde ungeduldig, wirklich ungeduldig, meine Hände zittern, ich will endlich wieder jemanden in den Tod geleiten, aber dazu brauchen wir Josh und er ist nicht ansprechbar.

Ich überlege, woran es liegt. Mit Sherilyn unterhält er sich oft in der Schule, aber da ist nichts zwischen ihnen, sagt er, nur Freundschaft und ja, sie gehen zur Prom, das sei abgemacht. Aber das sei auch alles, sie habe ihm das nie wirklich verziehen, was in ihrem Zimmer geschehen sei, und habe kein Interesse an einer Beziehung zu ihm.

Ich habe allmählich das Gefühl, dass Josh lügt. Sherilyn macht verliebte Schafsaugen, wenn sie ihn sieht und sie scheint so glücklich die ganze Zeit, als würde sie schweben.

Ich fragte Neela und sie meinte, ich solle das herausbekommen, ich solle Josh folgen, wenn er nach der Schule verschwindet. Das ist schwer, denn wir haben keine gemeinsamen Kurse nachmittags und er ist schon weg, wenn ich aushabe.

Aber natürlich könnte ich Sherilyn beobachten, ja, wie dumm ich bin, warum ist mir das noch nicht eingefallen? Morgen werde ich ihr heimlich nachspionieren und dann werde ich ja sehen, ob da was dran ist mit ihr und Josh. Ich bin sicher, wenn es so ist, wird Neela ausrasten und alle Vorsicht beiseitelassen, dann ist Sherilyn unser nächstes Opfer.

Ich hoffe so sehr, dass ich morgen alles herausfinde. Ich wäre bereit, das Risiko einzugehen, wir müssen eben noch besser planen und noch behutsamer vorgehen als sonst.

Josh wird es am Ende auch genießen, ich bin mir sicher, das hat er immer getan.

Schon weil er Neela liebt und in allem auf sie hört.

Sherilyn
18. Mai, 2018

Sherilyn rannte gleich nach der letzten Stunde los, auch wenn der Sport anstrengend gewesen war.

Sie machte seit einer Woche noch Übungen auf dem Sportplatz der Schule, ihr Trainer hatte ihr ein Programm aufgesetzt, das sie gewissenhaft einhielt. Und natürlich war Josh dabei und begleitete sie.

Sie drehten joggend ihre Runden und unterhielten sich über den Tag und die Lehrer, alles schien so normal zu sein. Dann begannen die Dehn- und Streckübungen, die Sprünge und Sprints, sie waren nicht allein auf dem Sportfeld, wie immer gab es eine Reihe von Schülern, die das Angebot ebenfalls nützten.

Während einer kleinen Atempause blickte Sherilyn sich um.

„Schau, dort hinten steht Cataleya, sie wird doch nicht ebenfalls trainieren wollen?“, fragte sie lachend.

Josh wandte sich um und entdeckte seine Schwester, die ihn beobachtete.

Sein Gesicht wurde kalkweiß. So weiß, dass Sherilyn erschrak.

„Ist es denn schlimm, wenn deine Schwester erfährt, dass wir zusammen trainieren?“, wollte sie flüsternd wissen. „Machst du nur ihretwegen so ein Geheimnis aus unserer Freundschaft?“

Automatisch hatte sie die Stimme gesenkt, obwohl Cataleya sie sicher nicht hören konnte.

Josh erwachte wie aus einer Starre. Sein Blick war nicht zu deuten. Sherilyn las Zorn und etwas Unbestimmtes darin, das ihr Angst machte.

„Josh, was ist los?"

„Sheril, vertraust du mir?"

„Natürlich!"

„Geh mit mir weg. Sofort! Wir fangen irgendwo ein neues Leben an, ich bin 17, ich kann Geld verdienen, wir gehen in den Süden, egal wohin, aber weg von hier."

„Bist du verrückt geworden?"

„Bitte, Sheril, vertrau mir, es ist der einzige Weg. Wenn wir jetzt nicht verschwinden, ist es zu spät!"

„Ich kann doch nicht weg, wie stellst du dir das vor! Meine Eltern, was würden sie sagen, das kann ich ihnen nicht antun. Meine Zukunft ... nein Josh, nein, ..."

„Bitte Sheril, es geht um unser beider Leben!"

„Nimmst du Drogen? Ist es das?"

„Nein, natürlich nicht. Aber ... ich kann es dir nicht sagen, du musst mir einfach vertrauen, ich will neu beginnen, alles hinter mir lassen, aber ich kann es nur mit dir. Du bist stark, ich brauche dich!"

Seine Stimme war flehend, drängend, und doch konnte Sherilyn nicht darauf eingehen.

„Selbst wenn ich wollte, ich könnte es nicht, meine Eltern, Josh, sie lieben mich so sehr, ich würde sie so enttäuschen. Willst du mir nicht erzählen, was los ist?"

Er schüttelte den Kopf. Er wirkte wie jemand, der eine große Schlacht verloren hatte.

Resigniert wandte er sich um und ging.

„Josh, warte, wo willst du hin?"

„Ich habe es versucht, Sheril, denk immer daran, bis zuletzt, ich habe es versucht!" Seine tonlose Stimme entsetzte Sherilyn mehr als alles andere.

„Josh, bitte, du musst mir sagen, ..."

„Wir sehen uns am Montag, Sheril, ich kann dich dieses Wochenende nicht treffen, ich muss bei meiner Familie bleiben, das wollte ich dir noch sagen."

„Josh, ..."

„Ich liebe dich, Sheril."

Und er jagte wie gehetzt vom Sportplatz, wandte sich nicht mehr um.

Sherilyn starrte ihm hinterher, sie fühlte sich, als hätte sie einen großen Fehler gemacht. Doch wie konnte sie einfach von zuhause ausreißen?

Sie wollte das nicht, sie wollte bei ihren Eltern bleiben, die Schule beenden, so gern sie Josh hatte, das war einfach zu viel verlangt.

Josh machte keinen weiteren Versuch mehr, ihre beiden Leben zu retten.

Das Verhängnis, das über ihm geschwebt hatte, seit er sich in Sherilyn verliebt hatte, würde nun seinen Lauf nehmen, so oder so. Er konnte es nicht mehr aufhalten.

Resigniert fügte er sich in sein Los.

Cataleya

Es war natürlich doch so, Josh und Sherilyn waren ein Paar. Warum wollte er es vor uns verheimlichen? Ich habe sie beim Sport beobachtet, sie stritten plötzlich und Josh rannte weg.

Ich verstehe meinen Bruder nicht mehr, ich liege auf meinem Bett und denke nach, beim Schreiben kann ich am besten meine Gedanken sammeln. Das war schon immer so, daher hat meine Literaturlehrerin mir ja auch empfohlen, dieses Tagebuch für Sie anzufertigen, sie ist überzeugt, dass in mir großes Talent steckt, ich solle alles festhalten, was ich empfinde und es Ihnen dann am Ende zuschicken, damit ich an Ihren Kursen an der Universität teilnehmen kann.

Ich las im Internet nach, dass Sie so etwas als eine Art Eingangstest voraussetzen. Ich freue mich darauf, bei Ihnen lernen zu können, dass ich teilnehmen darf, scheint mir selbstverständlich.

Mrs. Powell riet mir, schonungslos und ehrlich zu schreiben, denn auch meine schlechten Seiten sollen zu Tage treten. Nun, sehr viele schlechte Seiten habe ich nicht, ich weiß, dass ich ein guter Mensch bin. Alles, was ich tue, geschieht aus einem größeren Ganzen, ich bin die Herrin über Leben und Tod, ich entscheide, wann jemand stirbt und wie. Dieser Tod ist mit viel weniger Schmerz und Leid verbunden als derjenige, der irgendwann sowieso eintreten würde, davon bin ich überzeugt. Ich unterscheide mich darin von den anderen Mordenden, die traurige Berühmtheit erlangten.

Ted Bundy zum Beispiel, er quälte und tötete, um seine Lust zu befriedigen, er hatte keine Achtung vor seinen Opfern, wie ich sie empfinde. Er dachte, er sei intelligent und vielleicht war er es sogar, doch seine sexuelle Begierde hatte immer die Oberhand, und er verging sich noch an den Toten. Das ist unwürdig.

Ted Bundy landete auf dem elektrischen Stuhl, ich las alles über ihn, über seine verzweifelten Versuche, der Hinrichtung zu entkommen, über seine Spielchen, die er mit den Behörden trieb, die Show, die er vor Gericht abzog im Glauben, ihm könne keiner das Wasser reichen.

Die Menschen jubelten, als das Urteil vollstreckt worden war. Das wiederum finde ich genauso übel.

Wenn jemand stirbt, weint man, die letzten Stunden waren bestimmt nicht leicht für Ted Bundy und er war ein Mensch, wenn auch ein sehr gefährlicher.

Ich wäre dennoch gern bei seinem Tod dabei gewesen.

Alle Serienmörder werden irgendwann gefasst, weil sie zu selbstsicher werden. Sie machen Fehler oder zeigen sich unbekümmert in der Öffentlichkeit, wie Rodney Alcala, der mitten in einer blutigen Mordserie in einer Herzblattshow auftrat und sogar gewann.

Doch die Kandidatin merkte etwas und sagte den gemeinsamen Tag mit ihm ab.

Sie hatte Glück, sie hätte wohl nicht überlebt.

Rodney Alcala war ebenfalls brutal vorgegangen, wahllos und äußerst gewalttätig. Wie bei Bundy zählten Kinder zu seinen Opfern, und nur zur eigenen Lustbefriedigung mussten sie leiden.

Immerhin fassten sie Alcala und er sitzt im Knast und darf nie wieder hinaus. Das muss doch auch schrecklich sein, ist der Tod da nicht besser?

Oder der Green-River-Mörder Gary Ridgway, der so lange gesucht wurde, über 20 Jahre. Bei ihm weiß man eigentlich gar nichts, seine wirren Geständnisse brachten mehr Rätsel hervor als Aufklärung. Er verachtete wohl Frauen und scheint sogar dumm zu sein, auch er verging sich an den Leichen, ein widerlicher Gedanke für mich. Er sitzt zurecht lebenslang, schon für die Nekrophilie verdient er das.

Ich verachte diese Mörder zutiefst, die nur auf eines aus sind, die Menschen für ihr eigenes Lustempfinden zu quälen. Sie denken nicht im Geringsten an ihre Opfer, sie weiden sich an ihrem Leid und werden dadurch erregt.

Ich dagegen achte die Menschen, die ich töte, ich verschaffe ihnen einen möglichst angenehmen Übergang und empfinde Ehrfurcht davor.

Meine Motive sind vollkommen andere als die dieser Serientäter, die man gemeinhin kennt. Ich stehe über den Dingen, ich kann bestimmen, sie dagegen werden von ihrem Trieb überwältigt. Vielleicht liegt es auch daran, dass die meisten dieser brutalen Mörder in ihrer Kindheit selbst schreckliche Dinge wie Missbrauch oder Gewalt erlebten. Und auch das unterscheidet mich grundlegend, ich hatte eine glückliche Kindheit!

Und wieder bin ich abgeschweift, ich wollte doch über Josh nachdenken. Was hat sich nur verändert?

Bei Mr. Bender war er schon nicht mehr bei der Sache gewesen, sonst war er Feuer und Flamme, es machte ihn scharf, doch plötzlich war da dieser Widerwille, als sei alles nur eine Pflichterfüllung gegenüber Neela und mir. Wird er bei Sherilyn überhaupt noch mitmachen?

Ich kann das auch mit Neela allein erledigen, das ist kein Problem, ich hätte nur zu gern Josh dabeigehabt, wegen der Sex-Komponente.

Und eigentlich glaube ich nicht, dass Neela ihn aus ihren Händen lässt, Josh gehört ihr.

Neela war nun bei mir und ich erzählte ihr alles, sie wurde wie erwartet wütend und wir warten, dass Josh heimkommt.

Neela ist nach unten gegangen und wischt die Küche, das ist heute dran, wir wollen doch nicht, dass Mutter ein unaufgeräumtes Haus betreten muss. Unsere Mutter braucht ihre Ordnung, sie kann sich nicht mit Haushaltsdingen belasten, sie arbeitet so schwer, um uns eine gute Erziehung zu gewährleisten.

Vater verließ uns ja, ich glaube, das erwähnte ich noch gar nicht.

Ich war etwa vier Jahre alt, da ging er einfach. Er wollte das Sorgerecht für uns, doch er hatte keine Chance, wir hätten auch niemals eingewilligt, unsere Mutter zu verlassen.

Als er es erneut versuchen wollte, starb er durch meine Hand. Er sollte nichts zerstören, was zwischen uns so gewachsen war.

Erinnerungen sind etwas Seltsames, warum muss ich heute an meinen Vater denken? Ich war noch klein, aber ich höre in meinem Kopf seine laute Stimme, mit der er Mutter Vorhaltungen machte. Er nannte sie sexbesessen, ich weiß das noch, weil ich das Wort damals nicht kannte, mir aber merkte und später meine Schwester fragte.

Sie erklärte es mir so, dass ich es verstand.

Mutter sieht fehlenden Sex als die Ursache aller menschlichen Probleme an, das ist ein bekannter Ansatz in der Psychologie. Wer keinen Sex hat, wird nie normal. Daher ist es wichtig, auch die kleinen Kinder schon in dieses Thema einzuführen.

Wir wuchsen in dieser Hinsicht vollkommen frei auf, Mutter zeigte Josh sehr früh, was alles möglich war, er durfte in ihrem Bett übernachten, wenn Vater nicht da war.

Und Josh gab das nur zu gern an Neela weiter.

Doch Neela war immer eifersüchtig, sie verbot ihm, das mit mir zu machen. Ich war deswegen oft böse auf Neela, ich wollte auch, doch sie erlaubte es nicht, Josh gehörte von Anfang an ihr.

Aber eines taten sie gern und ich glaube, Mutter brachte uns darauf.

Wir spielten Doktor, ich war die Patientin, sie zogen mich aus und berührten mich auch an Stellen, an denen sich alles sehr komisch anfühlte, sie steckten Dinge in mich hinein, das mochte ich nicht so gern, weil es wehtat, aber sie sagten, das gehöre dazu. Neela hielt mich dann ganz fest, damit ich mich nicht bewegen konnte und Josh sagte, wenn ich nicht aufhören würde zu weinen, würde er es noch schlimmer machen. Also biss ich die Zähne zusammen und ertrug es einfach. Es war ja nur ein Spiel.

Ich weiß, dass Mutter das teilweise filmte, sie hatte im Zimmer eine Kamera installiert, sie wollte eine Studie anfertigen, mag sein, dass sie das sogar tat. Sie nahm uns als Beispiel, wie frei Kinder ihre Sexualität ausleben können.

Und dann kam Vater dahinter und zerschlug die Kamera. Er verbot diese Spiele und wir waren sehr böse auf ihn, denn uns machten sie Spaß.

Ja, das war der Moment, an dem er Mutter sexbesessen nannte und aus dem Haus lief und vorerst nicht wiederkam.

So konnten wir weitermachen mit allem und waren glücklich, Josh und Neela schliefen oft in einem Bett und Mutter ermunterte sie dazu. Neela bekam die Pille, sobald sie zur Frau geworden war, und ich später auch. So würden keine bösen Folgen entstehen, darauf hatte Mutter immer geachtet.

Verhütung war das Wichtigste, dann konnte man machen, was man wollte.

Manchmal durfte Josh auch zu Mutter ins Bett, aber nur an Tagen, an denen sie von der Arbeit so fertig war, dass sie seine Nähe einfach brauchte.

Ist es ein Wunder, dass wir unsere Mutter abgöttisch lieben? Sie befreite uns und ermöglichte uns alles, wir sind mit uns im Reinen und zufriedene, selbstbestimmte Menschen. Daher geben wir unser Bestes, damit sie sich wohlfühlt, das ist für uns eine Pflicht.

Ich höre die Haustür, Josh kommt, Neela stellt ihn zur Rede, ihre laute Stimme tönt durch alle Stockwerke. Er antwortet nicht, stürmt die Treppe nach oben, aber das nützt ihm nichts, wir haben seinen Zimmerschlüssel versteckt, heute wird er sich nicht einsperren können.

Und ja, er sieht es sofort, er flucht, und wie erwartet, kommt er zu mir.

Josh

Josh war wie von Sinnen. Er rannte wie gehetzt nach Hause, er wollte Sherilyn nicht mehr sehen, wollte nicht mit ihr zusammen sein und wissen, dass sie bald sterben würde.

Es war zu viel für ihn, er liebte sie, aber er wusste, seine Schwestern waren unbarmherzig.

Neela war in der Küche, sie schrie ihn an, er floh vor ihr, raste die Treppe hinauf und sah sofort, dass sein Zimmerschlüssel fehlte. Wütend ballte er die Fäuste, verwünschte seine Schwestern, es half nichts, er musste zu Cata.

Sie saß wie so oft auf ihrem Bett und schrieb.

Was verfasste sie da eigentlich? Es schien ihr wichtig zu sein, sie hatte diesen Block überall dabei und zeigte ihn niemandem.

Doch war das nicht jetzt egal?

„Gib mir den Schlüssel, Cata!“, forderte er.

Neela betrat das Zimmer ebenfalls.

„Du kannst uns nicht länger aussperren, Josh“, meinte sie ruhig und strich ihm über den Nacken.

Er schlug ihre Hand weg. „Lass mich!“

„Josh, du wirst mich doch nicht abweisen?“

Sie umarmte ihn von hinten und fasste ihn an. Wieder riss er sich los von ihr, er war stark, viel stärker als die beiden Mädchen, er konnte sie mit Leichtigkeit überwältigen, wenn er nur wollte.

„Josh, du bist aufgewühlt, ich bringe das wieder in Ordnung“, flüsterte Neela.

„Was wollt ihr beiden von mir?“

„Sherilyn!“, antwortete Cataleya und ihre Augen waren voller Begierde. „Du weißt, was ich will, und du willst sie doch auch, Josh. Stell dir nur vor, du wirst sie haben, wir könnten das filmen und du kannst es dir hinterher immer wieder ansehen, das muss doch herrlich für dich sein!“

„Was weißt du schon davon, Cata?“, entgegnete Josh verächtlich. „Kein Mensch möchte mit dir Sex haben.“

„Du wolltest es immer, Josh, lüg nicht. Aber du durftest nicht!“

„Also gut, Cata, was ist dir Sherilyn wert? Wenn ich sie euch bringe, was gibst du mir dafür?“

Neela stand fassungslos im Raum.

„Nein, Josh, nein, sie ist zu klein, wir müssen sie beschützen!“

„Sie ist alt genug, Neela, und es wird Zeit.“

Er näherte sich Cataleya und setzte sich auf ihr Bett. „Es hat dir gefallen, nicht wahr? Als ich dir die Luft abpresste, ich konnte es sehen. Ich würde es tun dabei, damit du es richtig genießen kannst.“

„Was hast du mit Cata gemacht?“, kreischte Neela.

Er wandte sich ruhig zu ihr um.

„Willst du es sehen?“

Und wie aus dem Nichts schnellte seine Hand nach vorn und legte sich um Cataleyas Hals. Er drückte sie an die Wand, sie versuchte, sich abzustützen, sie wehrte sich schwach. Ihr Block fiel vom Bett, sie lief rot an und ihr Gesicht verzerrte sich.

Neela stürzte sich auf Josh.

„Hör auf!“, schrie sie. „Willst du sie umbringen?“

Josh ließ Cataleya los, die nach Luft schnappte und hustete.

„Manchmal denke ich, es wäre das Beste“, murmelte er.

„Was sagst du da? Josh, bist du noch bei Sinnen? Komm mit mir, ich weiß, was du jetzt brauchst, komm, Josh, ...“

Er starrte sie mit einem derart verächtlichen Blick an, dass sie verstummte.

„Nein, Neela, wenn, dann muss es Cata sein. Wenn sie einwilligt, bringe ich euch Sherilyn und ich mache alles mit. Ich will wissen, was euch das wert ist!“

„Nein!“, widersprach Neela tonlos. „Ich verbiete es.“

„Dann plant ohne mich. Ich werde euch nicht mehr helfen!“

„Das werden wir sehen, Josh. Dann wirst du keine von uns mehr bekommen, du bleibst auch meinem Bett fern und Sherilyn wird ein paar Dinge über dich erfahren, die sie nicht wissen will. Cata hat Bilder von dir und dieser Susan auf dem Parkplatz. Wann war das? Vor zwei Wochen?“

Cataleya nickte. „Das wird Sherilyn nicht gefallen, dass du mit ihr zusammen warst und während dieser Zeit eine andere gefickt hast!“

Josh fuhr auf. „Das habe ich nicht. Susan wollte es, ich wies sie ab!“

„Bist du sicher, Josh? Obwohl, zugegeben, ...“

Neela zog ihr Handy hervor und öffnete die Galerie, bedächtig scrollte sie sich durch ein paar Bilder.

„Ja, gut, man sieht tatsächlich die Action nicht, aber hier, da hätte ich was von Jennifer und dir. Und von –

wie hieß sie noch mal? Cathy? Ach, ja, hier ist noch was, eine schöne Sammlung. Sherilyn wird sicher erfreut sein, wenn Cata ihr das alles schickt, als wohlmeinende Freundin ... Sie könnte es auch aus Versehen in ihrer WhatsApp-Jahrgangsgruppe posten, so etwas kommt vor, dass man die falsche Adresse erwischt. Ist doch jedem schon einmal passiert!"

Josh wurde blass. Seine Schultern sackten nach vorn, von seiner Stärke war nichts mehr zu sehen.

Neela setzte sich neben ihn und legte die Hand auf sein Bein. Zärtlich strich sie nach oben.

„Siehst du, Josh, es bleibt alles besser in der Familie, bei mir. Komm jetzt, wir werden dafür sorgen, dass es dir wieder gut geht."

In diesem Moment öffnete sich die Haustür und Mrs. Morton kam nach Hause.

Neela stand sofort auf und lief hinunter, die Mutter musste versorgt werden.

Cataleya blickte Josh an.

„Sherilyn wäre es mir wert!", verkündete sie. „Aber nur, wenn du das mit dem Luftabdrücken dabei machst."

Er starrte sie an.

„Das habe ich mir fast gedacht!" Seine Stimme war voller Resignation. Er fühlte das Verhängnis, es nahm nicht nur seinen Lauf, er war bereits mittendrin.

Cataleya

Ich habe mich gerade dazu entschlossen, mit meinem Bruder Sex zu haben. Er wollte es schon lange und ich muss gestehen, er machte mich jetzt neugierig. Wieder drückte er mir die Luft ab, es war unbeschreiblich, man kann keinen klaren Gedanken mehr fassen, nur mehr „Luft, ich will Luft, ich will atmen", alles wird unwichtig, entweicht, fliegt davon ...

Und er versprach mir, mich dabei zu würgen, dafür wird er mir Sherilyn ausliefern.

Wobei ich ihn gar nicht unbedingt dazu brauche, sie kommt von selbst, ich tauschte mit ihr ein paar Textmessages und sie wird mich morgen besuchen, ich lud sie ein. Sie wird hier in meinem Zimmer sein und sich schon einmal mit dem Ort vertraut machen, an dem sie sterben wird.

Ich hoffe, ich kann meine Hände im Zaum halten, ich hoffe, ich kann meine Begierde unterdrücken. Vielleicht sollte ich nach Sherilyns Besuch einfach losziehen und mich an irgendjemandem abreagieren, brauche ich denn meine Geschwister überhaupt dazu?

Wie wäre es mit einem Obdachlosen? Mit einem Drogensüchtigen?

Ich könnte nach Medford fahren, mir ein Opfer aussuchen und es vergiften.

Oder mit einem Schlafmittel betäuben und dann im Bear Creek ertränken.

Ich behalte diese Möglichkeit im Auge, die Aussicht, einen anderen Mord zu begehen, der mich einstweilen befriedigt, wird mich ablenken. Ja, das könnte funktionieren, nicht, dass ich alles verderbe, weil ich mich nicht beherrschen kann, wenn Sherilyn hier vor mir steht.

Meine Schwester war gerade bei mir, sie schimpfte mich, weil ich nicht im Haushalt helfe, und ich bin wirklich schuldbewusst, sie hat recht. Ich werde gleich hinuntergehen.

Dann beschuldigte sie mich jedoch, ihre Ohrringe gestohlen zu haben. Ich bitte Sie, was sollte ich mit Ohrringen anfangen?

Ich trage kaum Schmuck, ich finde einfach, Schmuck ist etwas, das von der Person ablenken will, die man ist. Ich habe es nicht nötig, mich schöner zu geben, als ich bin. Ja, ich bin nicht attraktiv, ich weiß, aber ich bin klug und diese Oberflächlichkeit liegt mir sowieso nicht.

Ich muss jetzt leider aufhören zu schreiben, meine Schwester ist schon wirklich böse mit mir.

Auf Josh können wir momentan nicht zählen. Ich habe den Eindruck, er meidet Mutter, ich verstehe das nicht ganz. Bis jetzt liebte er sie abgöttisch, was hat ihn nur so verändert?

Neela

Sie hatte es sofort gewusst, diese Sherilyn war gefährlich. Neela kannte sie sogar flüchtig, sie hatte sie an der Highschool oft zusammen mit Cataleya gesehen. Sherilyn war ein sportliches Mädchen, das keine leichtfertigen Beziehungen einging. Man sagte ihrer Familie nach, dass sie sehr religiös sei.

Religion, ein Thema, mit dem Neela nichts anfangen konnte und über das sie sich im Kreis der Familie nur abfällig äußerte. Natürlich niemals in der Öffentlichkeit, nein, da zeigte sie größten Respekt und Bewunderung, dabei erstickte sie oft beinahe an ihren eigenen Aussagen. Wenn die dummen Leute nur wüssten, wie sehr Neela sie verachtete und teilweise hasste. Sie hatten doch alle keine Ahnung.

Neela war beunruhigt.

Sie fühlte förmlich, wie sich Unheil zusammenbraute, und es hing mit dieser Sherilyn zusammen. Hinzu kam, dass sie offensichtlich bei Mr. Bender etwas übersehen hatten, wieso sonst hätte man eine Untersuchung angeregt? Was hatte das Misstrauen erweckt?

Und nun noch Josh und Cataleya. Sie ballte die Fäuste, das war mehr, als sie ertragen konnte.

Nein, sie durfte das nicht zulassen, sie musste es verhindern.

Nicht Cataleya, nein, was fiel Josh nur ein? Beide Geschwister schienen ihr zu entgleiten.

Überhaupt geriet die unverrückbare Ordnung ins Wanken, ihre Ohrringe waren verschwunden, sie lagen nicht da, wo Neela sie sorgfältig aufbewahrt hatte. Wollte Cataleya sie ärgern? Denn es konnte doch nur sie gewesen sein?

Die Fassade begann zu bröckeln, langsam, jedoch unaufhörlich.

Und Neela war machtlos dagegen.

Sie gab ihrer Wut ein Ventil, tobte sich im Haushalt aus und befahl ihrer Schwester zornig, ihr zu helfen. Cataleya gehorchte schließlich und Neela fand Trost in den routinemäßigen Aufgaben. Den Rest würde sie später bei Josh suchen, er war und blieb ihre stärkste Stütze.

Sie war froh, ihn zu haben.

Diese Sherilyn würde ihn nicht bekommen.

Niemals!

Sherilyn
Samstag, 19. Mai

Sherilyn hatte eine unruhige Nacht verbracht.

Josh und sein Verhalten gingen ihr nicht aus dem Kopf.

Sie hatte am Vortag noch mit Cataleya geschrieben und war von ihr eingeladen worden, etwas, das Josh immer vermieden hatte. Sherilyn hatte angenommen, schon aus Trotz.

Josh wollte sie nicht in seinem Haus haben? Nun gut, sie würde ihm zeigen, dass sie nicht auf ihn angewiesen war!

Sie machte sich sorgfältig zurecht, schließlich würde sie auch Joshs Mutter kennenlernen, eine anerkannte Psychiaterin, die sich durch Vorträge und Publikationen einen Namen gemacht hatte.

Sherilyn hatte schon einige ihrer Schriften gelesen im Rahmen des Psychologie-Kurses, den sie zusammen mit den Morton-Geschwistern im letzten Jahr besucht hatte. Es war interessant gewesen zu beobachten, mit welcher Wertschätzung und Bewunderung die drei die Theorien ihrer Mutter beurteilten. Sie schienen ihre Mutter wirklich zu lieben und zu verehren, Sherilyn war gespannt darauf, ihr persönlich vorgestellt zu werden.

Pünktlich um drei Uhr läutete sie an der Haustür. Die Mortons bewohnten ein unscheinbares, zweistöckiges Haus am Ortsrand. Der Garten war klein und vernachlässigt, aber die Wohnung war tipptop sauber und aufgeräumt, wie Sherilyn sofort feststellte.

Cataleya hatte die Tür geöffnet, ihre Wangen glänzten rötlich, als sei sie aufgeregt wegen irgendetwas. Sie schien leicht zu zittern und zu schwitzen.

„Bist du krank?", fragte Sherilyn.

„Nein, ich habe nur ... bis vorhin noch geputzt!"

Sie log offensichtlich, Sherilyn wusste nicht, weshalb. Aber Cataleya würde schon ihre Gründe haben.

Sherilyn wurde ins Wohnzimmer geführt, dort saß Mrs. Morton am Tisch und tippte in einen Laptop. Als

Sherilyn eintrat, schob sie die Brille auf die Stirn und begrüßte den Gast freundlich.

Mrs. Morton war eine großgewachsene, dunkelhaarige, schlanke Frau, die trotz ihrer beinahe 50 Jahre sehr jugendlich wirkte.

Sie sah Neela richtig ähnlich und auch Josh konnte seine Mutter definitiv nicht verleugnen.

Es waren dasselbe etwas schiefe Lächeln und die schräggestellten Augen.

Sherilyn fühlte sich sofort wohl in ihrer Gegenwart.

„Das ist also Sherilyn, ich muss sagen, ich habe in letzter Zeit des Öfteren deinen Namen gehört!“, lächelte Mrs. Morton. „Nun geht rasch aber hinauf, ich habe leider zu arbeiten und möchte nicht gestört werden! Du hast etwas für unseren Gast vorbereitet, Cata, Liebes?“

„Natürlich, Mutter, das ist selbstverständlich. Komm mit, Sheril!“

Die beiden Mädchen liefen die Treppe hinauf in Cataleyas Zimmer. Dort wartete ein Tablett mit Saft und Keksen und sie bedienten sich erst einmal.

„Gefällt dir das Zimmer?“, fragte Cataleya.

Sherilyn blickte sich um.

Es war ein ganz normaler Raum, allerdings vollgestopft mit Büchern.

Ihr fiel auf, dass es keine Bilder gab, nichts an den Wänden, keine Stofftiere, nichts Persönliches. Es war sauber und aufgeräumt, das Bett gemacht und mit einer blauen Tagesdecke überzogen.

„Ja, nett“, antwortete sie daher.

„Es ist mir wichtig, dass es dir hier gefällt!“

Sherilyn fühlte sich erneut unbehaglich, warum sollte sie Cataleyas Zimmer mögen?

„Ja, du hast es schön hier", antwortete sie schnell und verlegen, was sollte sie sonst sagen?

„Mein Bett ist bequem, magst du es ausprobieren?"

Wieder bemerkte Sherilyn, dass Cataleya zitterte.

„Wieso sollte ich dein Bett ausprobieren?", fragte sie verständnislos.

„Ich dachte, Freundinnen tun doch so was? Sie schlafen zusammen in einem Bett und tuscheln die ganze Nacht!"

Sherilyn wünschte sich weit weg. Das war alles andere als normal, was hier passierte. Wie erleichtert war sie, als es plötzlich klopfte und Neela eintrat.

„Hallo, du bist also Sherilyn, Cata erzählte mir schon, dass du heute kommen würdest!"

So herzlich, so freundlich, so normal, Sherilyn war froh, Neela zu sehen. Wie immer wirkte Cataleyas Schwester, als sei sie einem Modekatalog entstiegen, dabei hatte sie nicht einmal teure Sachen, nein, sie schaffte es einfach, die Kleider so zu tragen, als seien sie der letzte Schrei.

Sie unterhielten sich eine Weile und Neela erzählte ein paar lustige Sachen von der Universität, die alle zum Lachen brachten.

Sherilyn fiel jedoch auf, dass Cataleya immer erst lachte, wenn alle anderen damit begonnen hatten, als würde sie von selbst nicht wissen, wann man zu lachen habe.

Neela erhob sich schließlich und zwinkerte Sherilyn zu.

„Soll ich Josh Bescheid sagen, dass du hier bist? Wir haben ihm verheimlicht, dass du kommst!"

Sherilyn errötete.

Sie wünschte sich nichts sehnlicher, als Josh zu sehen, mit ihm zu reden, aber wie konnte sie das in Gegenwart seiner Schwestern?

Doch Neela gab ihr keine Gelegenheit zu widersprechen, sie verschwand und kehrte kurz darauf mit Josh zurück.

Josh

Er hatte Sherilyn schon bemerkt, als es an der Tür geklingelt hatte. Es war für ihn keine Überraschung mehr gewesen, er hatte sich ins Unvermeidliche gefügt und betrat nun betont gelassen Cataleyas Zimmer.

„Hi, Sheril!“, begrüßte er sie.

„Hi, Josh!“

Neela lächelte Sherilyn zu und nahm Cataleya am Arm. „Komm, wir wollen die zwei nicht stören!“

Sie zog ihre Schwester aus dem Raum und drehte sich noch einmal um.

„Wir lassen die Tür offen, damit die Schicklichkeit gewahrt bleibt, wenn ihr zwei leise sprecht, werden wir euch nicht hören!“, zwinkerte sie ihnen zu.

Josh stand vor Sherilyn, er wusste nicht, was er sagen und tun sollte, es zerriss ihm das Herz, sie hier zu sehen. Sie hatte so gar keine Ahnung, auf was sie sich eingelassen hatte.

Auch wenn er an Sherilyns Eltern dachte, die ihre Tochter so innig liebten, wurde er sich des großen Unrechts bewusst, das sie begehen würden.

So viel Trauer, so viel Leid!

Er hatte es genossen, in Sherilyns Familie Gast zu sein, etwas von Normalität zu erfahren, es war schön gewesen, zu sehen, wie man miteinander umgehen konnte, ohne einander weh zu tun.

Aber da waren eben seine Schwestern, da war Cataleya, da war sein eigenes Begehren, ja, er konnte es sich gut vorstellen, mit Sherilyn alles zu tun, sie hilflos zu sehen und sie zu besitzen, er steckte zu tief drin in dem Ganzen, als dass er sich davon zu befreien vermochte.

Er hatte es versucht, aber vielleicht wäre es ihm sowieso nicht gelungen.

Das Töten war wie eine Sucht, er hatte es noch nicht mit eigenen Händen getan, nur mitgeholfen, doch alles zu beobachten hatte ihn erregt, Cataleya, die wie eine Schicksalsgöttin agierte, wie hoheitsvoll sie jedes Mal war, wie ernst sie das alles nahm und wie behutsam sie die Opfer ins Jenseits geleitete, es war faszinierend.

Ja, er würde es tun!

Sherilyn war eine Herausforderung.

Und danach würde er zu Cataleya ins Zimmer gehen, mit ihr alles erleben auf dem Bett, auf dem kurz vorher noch Sheril gelegen hatte, zum ersten Mal Cataleya, nicht Neela.

Sie war der Preis und er würde darauf bestehen, auch wenn Neela ihn verfluchen würde. Er konnte danach noch zu ihr gehen und sie besänftigen.

All dies schoss ihm durch den Kopf, als er Sherilyn betrachtete, die auch kein Wort hervorbrachte.

Er musste handeln, er musste sie versöhnen, sich mit ihr gut stellen, dann war es einfach, sie ins Haus zu locken, sie würde von selbst kommen, man musste sich nichts ausdenken oder überlegen.

Langsam trat er auf sie zu und legte ihr die Hände auf die Schultern.

„Es tut mir leid, das mit gestern“, flüsterte er. „Ich war ziemlich durcheinander. Es war Unsinn, aber Sheril, es ist mein Ernst, wenn wir die Schule fertig haben, wir könnten doch heiraten und wegziehen, was hältst du davon? Ich erträume mir das, seit ich dich zum ersten Mal sah.“

Sie blickte ihn mit Tränen in den Augen an.

„Alles, was du willst, nur nicht jetzt, verstehst du?“

„Natürlich verstehe ich. Darf ich dich küssen? Ich würde dich so gern küssen, Sheril, nur küssen!“

Sie trat näher auf ihn zu und schlang ihre Hände um seine Hüften. Zitternd bot sie ihm den Mund und er legte seine Lippen auf ihre.

Er beherrschte sich, blieb vorsichtig, zärtlich, dabei fühlte er seine Erregung, doch er achtete darauf, dass sie nichts davon mitbekam. Er wollte sie nicht noch einmal erschrecken, noch nicht.

Bald, bald, hier in diesem Zimmer, auf diesem Bett ...

Er musste sich von ihr lösen, sonst war es um ihn geschehen.

„Wir sollten meine Schwestern wieder holen“, meinte er und lächelte Sherilyn an. „Nicht, dass sie sich wer weiß was denken!“

„Gern“, antwortete Sherilyn und fühlte sich wieder beinahe glücklich.

Es war schön gewesen, Josh zu küssen. Doch etwas blieb, ein Unbehagen, das sie sich nicht erklären konnte.

Cataleya und Neela schlossen sich ihnen an und sie machten es sich im Zimmer bequem und unterhielten sich über alle möglichen Dinge.

Dann verabschiedete sich Sherilyn und Cataleya begab sich nach unten, um ein Abendessen zu bereiten.

Josh fasste Neela am Arm.

„Komm!“, befahl er. Er musste es loswerden und dafür kannte er nur ein Mittel.

Er hatte es nie anders gelernt.

Ene Mene Mu Und Tot bist Du

V. KAPITEL

Cataleya

Sie war hier, sie war in meinem Zimmer, ich kann noch ihren Duft riechen, ihr blumiges Parfum, das sie verwendet.

Es ist nun Abend geworden, ich bin fahrig, ich zittere, vorhin bin ich nur im Kreis gelaufen, versuchte, mich zu beruhigen. Wir müssen das bald machen, ich halte es nicht aus, es ist unerträglich, aber wir müssen warten, bis Mutter einen Auswärtstermin hat, einen Vortrag irgendwo, sie darf uns nicht in die Quere kommen.

Ich habe vorhin schon ihren Plan gecheckt, der am Küchenschrank für alle sichtbar hängt, Donnerstag ist sie weg. Donnerstag, heute ist Samstag, das ist noch so lange, das schaffe ich nicht.

Ich muss mich abreagieren, irgendwie. Josh und Neela können das mit Sex, ich habe diese Möglichkeit nicht, noch nicht.

Nach Sherilyn wird alles anders sein. Alles!

Danach werde auch ich vollkommener Teil unserer Gemeinschaft sein. Aber noch ist es nicht so weit, wie kann ich das ertragen?

Ich warte, bis alle schlafen, dann ziehe ich los, ich werde jemanden finden, ich habe einen Vorrat von Schlaftabletten, mit gefälschten Rezepten ist das ganz einfach da ranzukommen.

Neela kann Mutters Unterschrift perfekt nachmachen und wir haben darauf geachtet, dass jeder von uns die Mittel holte und wir sind sogar nach Medford gefahren und gingen dort in verschiedene Apotheken, es war nie ein Problem. Wann wird es endlich ruhig im Haus?

Mutter ist zu Bett gegangen, es ist halb elf, ich höre Neela und Josh noch reden, aber ich könnte natürlich jetzt weg, sie sind beschäftigt, sie werden es nicht mitbekommen.

Ja, ich werde es wagen.

Mein erster Mord, ganz allein, ich habe es geschafft.

Mitten im Lithia-Park feierten sie, betrunkene Studierende, ich musste nur warten, bis einer sich entfernte, weil er ein dringendes Bedürfnis hatte.

Als er damit fertig war, bin ich zu ihm und bot ihm aus meiner Flasche Wein an.

Er lehnte nicht ab, er trank, suchte an mir Halt und war ziemlich bald benommen.

Ich habe es einfach zugelassen, dass er mich betatschte, das brauchte er anscheinend, ich musste ihn ja auch davon abhalten, zu den anderen zurückzugehen. Ich flüsterte ihm zu, dass ich am Ashland Creek ein schönes Plätzchen kennen würde, und er folgte mir allzu willig.

Ich kann es beinahe so gut wie meine Schwester Neela.

Die anderen riefen bereits nach ihm, aber ich ließ ihn nicht mehr von mir weg, versprach ihm alles.

Am Creek fiel er auf den Rücken und schlief ein. Ich zog ihn zum Wasser und legte seinen Kopf hinein. Er wehrte sich noch kurz, aber er war zu benommen, ich drückte sein Gesicht unter Wasser, kniete auf ihm, damit er keine heftigen Bewegungen machen konnte und Spuren hinterließ, dann war es auch schon vorbei. Der Mond gab genug Licht, dass ich seine weit aufgerissenen Augen und die letzten Luftblasen erkennen konnte, die aus seinem Mund drangen.

Ich gab ihm eine andere Flasche Wein in die Hand, eine ohne Schlafmittel, es sah aus, als wäre er betrunken in den Creek gefallen.

Es ist jetzt lange nach Mitternacht und ich liege auf meinem Bett, niemand beobachtete mich, ich empfinde Hochgefühl, es war berauschend, erhebend, und nun kann ich endlich schlafen.

Neela und Josh
Sonntag, 20. Mai

Am Morgen ging es durch alle Nachrichten, ein tragischer Unglücksfall im Lithia-Park, ein Student war betrunken in den Creek gefallen.

Neela kannte ihn gut, er war in einem ihrer Kurse gewesen, sein Name war Dave Lynn, ein riesiger Angeber und Gernegroß. Es war nicht schade um ihn, fand sie.

Doch etwas machte sie misstrauisch.

Dieser ganze Unfall, er schien so vertraut, ein Besoffener, der ertrank ... Ein schrecklicher Verdacht befiel sie und sie untersuchte heimlich Cataleyas Zimmer, als diese unten saubermachte.

Da war die Kleidung, die Cata gestern getragen hatte, sie war schmutzig, sah aus, als sei sie nass geworden, auch die Schuhe waren voller Schlamm, Neela wurde blass.

Sobald Cataleya nach oben kam, wurde sie von ihren Geschwistern empfangen.

„Warst du das mit Dave gestern Nacht?“, fragte Neela ohne Umschweife.

Cataleya lächelte geschmeichelt.

„Ja, es war ganz einfach. Ich musste es tun, ich war so aufgeregt, ich konnte nicht schlafen.“

„Und warum hast du uns nichts gesagt?“

Sie hob die Schultern.

„Ihr wart beschäftigt. Ich wollte euch nicht stören und ich kann das auch allein."

Neela lief ruhelos auf und ab. Josh stand da, wie erstarrt.

„Was genau hast du getan?", fuhr Neela ihre Schwester an.

Cataleya erzählte bereitwillig.

Josh senkte den Kopf.

„Cata", stöhnte er, „sie werden das Schlafmittel finden, sie werden ihn untersuchen."

„Na und? Bei Hannah haben sie es auch getan und nichts herausbekommen."

„Bei Hannah haben wir es als möglichen Selbstmord hingestellt."

„Dann werden sie es bei Dave auch vermuten!"

„Himmel, Cata!", schrie Neela sie an. „Denk doch einmal nach! Du hast ihm eine andere Flasche gegeben, ohne Schlafmittel. Wo soll er es hergehabt haben?"

Wieder hob Cataleya die Schultern.

„Es wird ihnen ein Rätsel bleiben. Niemand sah mich, keiner wird auf mich kommen!"

Josh und Neela wechselten einen verzweifelten Blick.

‚Wir müssen reden!', hieß das.

„Es ist gut, Cata", murmelte Neela. „Du hast recht, sie werden niemals herausfinden, wer es war."

„Ich bin viel zu klug für sie alle!", behauptete Cataleya mit Stolz in der Stimme.

„Ja, natürlich Cata, das bist du. Aber warum nur sagtest du uns nichts?", wollte Josh wissen.

„Ihr habt den Sex, ich habe nichts, Sherilyn war hier, ich konnte an nichts anderes mehr denken, ich musste handeln, sonst wäre ich geplatzt. Wenn ich auch Sex hätte, wäre es leichter für mich! Wenn wir erst einmal Sherilyn hier in den Tod führten, werde ich wieder normal denken können. Und dann werde ich ja auch Sex haben, dann wird alles anders sein."

Neela nickte.

„Ja, dann wird alles anders sein", bestätigte sie langsam und verschwand aus dem Zimmer.

Josh folgte ihr.

Sie setzten sich auf Neelas Bett und blickten sich an. Josh ergriff tröstend ihre Hand.

„Sie entgleitet uns", flüsterte Neela. „Wir passten immer so gut auf sie auf, wir haben sie immer beschützt, auch vor sich selbst. Was sollen wir nur tun?"

„Ich weiß es nicht, Neela. Sie wird unvorsichtig und unberechenbar. Wir können sie nicht anbinden, wenn sie in der Nacht loszieht, bekommen wir es nicht mit."

„Außer du schläfst ab jetzt bei ihr. Oder wir bauen Kameras auf, Bewegungsmelder, die uns alarmieren."

Josh schüttelte den Kopf. „Dann wird sie es in der Schule tun, vielleicht sogar vor aller Augen. Besser in der Nacht. Es ist vorbei. Wir wussten es doch schon länger, Neela."

Er strich ihr zärtlich das Haar aus der Stirn.

Sie war so unendlich traurig und fassungslos, er wusste, wie sehr sie an Cataleya hing, sie würde es nicht ertragen, wenn man die kleine Schwester in die Psychiatrie bringen würde.

Sie hatten alles an Opfern gebracht, um Cata bei Laune zu halten, um ihre Bedürfnisse zu befriedigen, und ja, es hatte auch ihnen beiden Spaß gemacht.

Doch nun war ein Punkt gekommen, an dem sie zum ersten Mal hilflos gegenüber der ganzen Sache waren.

„Es gibt nur noch einen vernünftigen Weg“, brachte Josh mit rauer Stimme hervor. „Und wir müssen es so schön wie möglich machen.“

„Nein, Josh, nein, ich kann das nicht!“

„Wir müssen, Neela, du erinnerst dich an das, was wir uns einst schworen?“

Neela nickte langsam. Sie klammerte sich haltsuchend an ihren Bruder und weinte hemmungslos.

Ashland PD, East Main Street
Sonntag, 15:00 Uhr

Chief Detective Earl Johnston trank gerade seinen dritten Kaffee, als Deputy Carla Rosenberg eintrat.

„Was gibt's?“, fragte er, denn Carla hatte einen besorgten Ausdruck im Gesicht.

„Der Fall Dave Lynn, ich komme gerade von der Gerichtsmedizin.“

„Ja, und? Der Kerl war besoffen.“

„Nicht nur, er hatte Nitrazepam im Blut.“

„Nitra..., was?“

„Nitrazepam, ein Schlafmittel.“

„Ein Schlafmittel? Wo hatte er das her?“

„Manche nehmen das, um in einen rauschartigen Zustand zu gelangen, die Befragung der anderen Studierenden im Park ergab aber, dass sie nur Bier getrunken hatten. Und eine Flasche Whisky. Sie stimmten freiwillig einer Blutentnahme zu, und es bestätigte sich, keiner von ihnen hatte irgendwelche anderen Drogen genommen."

„Und Dave Lynn?"

„Er hatte eine Rotweinflasche im Arm. Halb ausgetrunken. Sie war nicht mit Schlafmittel versetzt. Wenn, dann nahm er das in Tablettenform zu sich. Laut seiner Freunde war er aber weder depressiv, noch äußerte er den Wunsch, sich umzubringen. Er studierte Medizin, er hätte gewusst, was er da tat. Die Menge war tödlich. Er wäre daran gestorben, wäre er nicht zuvor im Creek ertrunken."

„Also ein doppelter Tod quasi?"

„Ja, ein richtiger ‚Overkill', so sieht es aus. Und Chief, noch etwas. Der Name Nitrazepam ist mir zuletzt häufiger begegnet. Ich habe mir erlaubt, ein paar Todesfälle der letzten Zeit zu untersuchen. Erinnern Sie sich noch an Hannah Miller?"

Der Chief horchte auf.

„Das Mädchen mit dem Motorrad in der Schlucht?"

„Ja, sie hatte auch Nitrazepam intus. In sehr hoher Dosierung."

„Interessant!"

Rosenberg nickte.

„Und war dann noch Mrs. Hudson, die alte Frau, die letztes Jahr an einer Überdosis Schlafmittel in Verbindung mit Rotwein starb."

„Nitraze..." Der Chief stolperte über das schwierige Wort.

„Ja, Nitrazepam", ergänzte Deputy Rosenberg hilfsbereit. „Und dieser Lehrer vor drei Wochen, ..."

„Mr. Bender von der Highschool, sagen Sie bloß, ...“

„Nein, er hatte kein Nitrazepam im Blut, aber der Rotwein, den man aufgefunden hatte, ...“

„Ja, was ist damit?“

„Dieselbe Marke wie bei Dave Lynn und Mrs. Hudson!“

Der Chief fluchte. „Mit was haben wir es hier zu tun?“

„Chief, Sie wissen, wir haben die Ermittlungen im Fall Bender aufgenommen, weil die Tochter es beantragte. Nun erscheinen ihre Aussagen in einem ganz anderen Licht. Hier ist die Akte!“

Rosenberg reichte ihrem Chef einen Ordner.

Chief Johnston blätterte die Protokolle durch.

Dann blickte er auf und starrte Deputy Rosenberg verblüfft an.

„Laut seiner Tochter trank Mr. Bender niemals Rotwein. Nie! Er hatte eine – wie heißt das? – ah ja, eine Histamin-Intoleranz, so steht es hier. Er vertrug keinen Rotwein. Als die Tochter von der verschütteten Flasche erfuhr, machte sie ein gewaltiges Theater“, erinnerte er sich.

„Ja, deswegen führten wir Befragungen durch, um sie zu beruhigen.“

Der Chief klopfte auf die Akte.

„Ich denke, wir werden den Fall aufrollen und eine gründliche Hausdurchsuchung vornehmen, soweit ich weiß, steht es seitdem leer. Die Tochter ließ es zusperren und will sich irgendwann darum kümmern. Sie lebt in einem Provinznest in Missouri. Besorgen Sie sich ihr Einverständnis, Deputy Rosenberg. Dann trommeln Sie die Mannschaft zusammen. Holen Sie alle Akten der seltsamen Todesfälle der letzten Jahre hervor. Versuchen Sie, Verbindungen zu knüpfen. Diaze... wie immer das heißt, und Rotwein. Gehen Sie die Zeugenaussagen im Fall Hannah Miller noch einmal durch, wer hatte Verbindung mit ihr? Verfolgen Sie jede Spur und sei sie noch so unwahrscheinlich. Achten Sie vor allem auf Selbstmorde. Es juckt mich im Urin, wir sind da auf eine große Sache gestoßen. Gut gemacht, Rosenberg, ich werde einen Vermerk in Ihre Akte machen, jetzt versauen Sie es nicht!"

Er entließ Deputy Carla Rosenberg mit einem Kopfnicken und vertiefte sich wieder in Mr. Benders Akte.

Der Mörder dachte, er sei schlau gewesen, aber nun hatte er Fehler gemacht.

Alles kam einmal ans Tageslicht, nichts blieb auf ewig verborgen!

Cataleya

Neela und Josh sind mir böse, sie sind enttäuscht von mir. Ich merke das deutlich. Es tut mir leid, wahrscheinlich sind sie neidisch, weil sie gern dabei gewesen wären. Das kann ich verstehen.

Aber ich musste es einfach tun, es war herrlich. Und ich würde am liebsten heute wieder losziehen, bestimmt findet sich jemand.

Doch heute ist Sonntag, der Tag des Herrn. Da ruht man, so sagen sie es in der Kirche. Also werde auch ich zuhause bleiben.

Ich nütze die Zeit, um alles für Sie aufzuschreiben, ich überlege, was noch interessant für Sie sein könnte. So viel ist in meinem Leben nicht passiert, als ich kleiner war, machten wir ein paar Urlaubsreisen, wir waren sogar in Disneyland, da war ich ungefähr sechs Jahre alt.

Josh traute sich nicht in die großen Achterbahnen und ich durfte nicht, weil ich zu klein war. Dennoch war es ein Erlebnis, wir sahen all die Disney Figuren, die wir aus den Filmen kannten, machten Bilder mit ihnen. Ich besitze sie noch, meine Mutter ließ sie in ein Fotobuch ausdrucken.

Ich habe das Buch gerade vor mir, blättere es durch, es sind schöne Erinnerungen. Wir waren drei Tage dort,

Neela hatte den Aufenthalt zu ihrem zehnten Geburtstag geschenkt bekommen.

Glückliche Kindergesichter!

Auf einem Bild sieht man uns alle drei mit riesigen Eistüten, ich dachte damals, so muss der Himmel sein. Wie dumm ich war! Mich wegen einer Eistüte so zu freuen ...

Die anderen Male waren wir an der See. Einmal fuhren wir mit Vater weg, er hatte darauf bestanden. Wir zelteten am Pazifikstrand und grillten abends am Lagerfeuer.

Wie hell die Sterne über uns leuchteten, ich mochte das. Aber der Ausflug war kein Erfolg, Neela und Josh stritten die ganze Zeit mit Vater, wir hassten ihn, er mischte sich in alles ein, er wollte, dass Josh mit ihm Fußball spielte und wir Mädchen sollten uns mit Federball oder so begnügen.

Wir weigerten uns und so brachen wir das Ganze ab.

Vater lieferte uns wieder bei Mutter daheim ab und jeder war froh darüber.

Ja, das sind so die Geschichten, mit denen ich aufwarten kann.

Wenn ich oft höre, welch aufregende Erlebnisse andere Kinder haben, werde ich direkt neidisch, bei uns ist so rein gar nichts passiert.

Für mich waren immer schon Bücher wichtiger als alles andere und ich werde von meinen Geschwistern oft deswegen verlacht.

Aber Bücher bieten eine eigene Faszination, sie ziehen einen in eine andere Welt, man öffnet den Buchdeckel und schon ist diese Welt da. Ich liebe historische Romane, nicht diese Schnulzen, in denen die schwache Frau in die Arme des starken Mannes sinkt, nein, Romane, die über den Bruderkrieg gehen, über die Revolution und solche Dinge. Ich habe auch die Hexen von Salem gelesen und dieses Buch fesselte mich sehr.

Vielleicht bin ich deshalb so fasziniert vom Tod durch Erhängen, denn die meisten Angeklagten wurden auf diese Weise hingerichtet. Einer dagegen wurde mit Steinen zu Tode gequetscht, das stelle ich mir sehr schmerzhaft vor, er war 80 Jahre alt, das hätte man leichter haben können.

Es gibt eine historische Zeichnung von dieser Hinrichtung, die ich häufig betrachte, jedes Detail prägte ich mir im Lauf der Zeit ein.

Immer wieder überlege ich, was da wohl im Körper passiert, wie sich das anfühlen mag. Es war sicher nicht schnell und sanft gegangen, daher lehne ich das ab, auch wenn ich zugeben muss, dass mich das Ganze auf irgendeine Weise fasziniert.

Jedes Mal, wenn ich darüber genau nachdenke, stelle ich fest, dass wir noch nicht viele Dinge ausprobiert haben. Menschen können auf so verschiedenartige Weisen sterben, wir waren relativ einfallslos bis jetzt. Ja, zugegeben, wir wollen immer, dass es unseren Opfern gut geht dabei, da bleiben dann nicht viele Möglichkeiten.

Josh und Neela kommen zu mir, sie wollen über Sherilyn reden, endlich geht es los! Wir planen, das Wichtigste wird sein, dass wir ihre Leiche wegschaffen, so, dass sie bald gefunden wird, damit ihre Eltern nicht zu lange im Ungewissen bleiben.

Das wäre grausam, das haben sie nicht verdient, Josh sagt, sie seien wirklich nett.

Sherilyn
Montag, 21. Mai

Josh strahlte, als er Sherilyn im Gang erblickte. Es war noch Zeit, er winkte ihr zu und hinter der Spindtür verborgen drückte er ihr einen Kuss auf die Wange.

„Was sind das alles für Leute?“, fragte sie und deutete auf eine Gruppe von Männern und Frauen, die stramm durch den Flur marschierten.

Josh hob die Schultern. „Vielleicht Polizisten?“

„Nochmals wegen Mr. Bender? Ich dachte, das sei vorbei!“

„Ich habe keine Ahnung. Essen wir gemeinsam zu Mittag?“

„Natürlich“, lachte sie. „Nicht, dass du einer anderen schöne Augen machst!“

„Wie könnte ich! Die schönsten Augen hast du, jede andere muss gegen dich verblassen.“

Sie errötete natürlich. Er umarmte sie kurz und schlenderte dann in seinen Kursraum.

Cataleya hatte auf Sherilyn gewartet. Sie lächelte und wie immer lief es Sherilyn kalt über den Rücken.

Das Lächeln wirkte so seltsam, es passte nicht zu Cataleya. Wie eine Spinne, die die Fliege in ihr Netz bittet. Komischer Vergleich, Sherilyn hatte ihn einmal in einem Buch gelesen, doch er traf es, besser konnte man es nicht ausdrücken.

Was war nur mit dem Mädchen los? Sie war so anders als Josh, der von Natur aus freundlich war.

Bei Cataleya wirkte alles aufgesetzt und angelernt, nicht echt. Aber sie musste ja nicht mehr als nötig mit ihr zusammen sein und gestern im Haus der Mortons war es wirklich schön und gastlich gewesen.

Neela war einfach ein Engel, jeder mochte sie, auch Sherilyn.

Es hatte keinen Sinn, darüber nachzudenken, die Literaturstunde begann pünktlich und Sherilyn gab ihre Hausarbeit ab.

Deputy Carla Rosenberg

Zur selben Zeit ließ sich Deputy Carla Rosenberg im Sekretariat das letzte Jahrbuch der Schule aushändigen. Sie musste nicht lange suchen, auf der ersten Seite, bei den Schülersprechern, wurde sie schon fündig. Neela Morton. Sie strahlte auf dem Bild, ein sehr hübsches, fotogenes Mädchen, eigentlich fast ein Model, an ihren Ohren blitzten Ohrgehänge.

Es gab keine Zweifel.

Carla Rosenberg verglich das Bild mit dem Inhalt ihrer kleinen Tüte. Es waren dieselben. Auffällige runde, vergoldete große Ohrstecker, an denen die verzierten Buchstaben N und M hingen.

Neela Morton. N und M.

Sie waren in Mr. Benders Haus im flauschigen Wohnzimmerteppich gefunden worden.

Carla musste sichergehen, es gab bestimmt mehrere Menschen mit den Initialen N und M. Sollte diese Neela ihre vorweisen können, war alles in Ordnung. Wenn nicht, würde sie sich Fragen gefallen lassen müssen.

Natürlich war sie nicht mehr an der Schule, doch bestimmt wussten die Lehrer über sie zu berichten, es war sogar leichter, denn sie konnten freier über sie sprechen, als wenn sie noch Schülerin gewesen wäre.

Carla hörte die nächste halbe Stunde nur Lobeshymnen. Noch nie sei so ein freundliches, hilfsbereites, engagiertes und intelligentes Mädchen an der Schule gewesen wie Neela Morton. Kein auch nur ansatzweise böses Wort fiel über sie, im Gegenteil.

Sie war Tutorin gewesen, hatte schwächere Schüler unterstützt, hatte Kampagnen für mittellose Kinder gestartet und geleitet, war in die Schulmannschaften aufgenommen worden, von jeder Seite hatte sie nur Respekt und Bewunderung geerntet.

Deputy Rosenberg schwirrte der Kopf, sie dachte an ihre eigene Highschool-Zeit und überlegte bei sich, dass sie diese Neela Morton jetzt schon nicht mochte. Little Miss Perfect, anders konnte man sie wohl nicht bezeichnen. Seltsam war nur, dass bei all den Berichten niemals eine Spur von Neid aufklang, wie es sonst eigentlich üblich war. Solche Stars hatten Feinde und Konkurrentinnen, Neela dagegen schien äußerst beliebt gewesen zu sein.

Nebenbei erfuhr sie, dass Neela zwei Geschwister an der Schule hatte und Cataleya Morton bei Mr. Bender im Geschichtskurs gewesen war.

Sie erkundigte sich auch nach den beiden und hier waren die Auskünfte zögerlicher.

Joshua Morton, ein sehr schüchterner Junge, aber von ausgesuchter Höflichkeit, keiner konnte Schlechtes über ihn sagen, auch wenn es Gerüchte gab, die mit Mädchen zusammenhingen.

Anscheinend war er sehr populär.

Seine Schulleistungen waren mittelmäßig, kein Vergleich zu seinen Schwestern.

Cataleya, eine Musterschülerin, nur A+, höchstens im Sport blieb sie unter den Erwartungen, aber sie war eifrig und konzentriert bei der Sache und schaffte auch hier respektable Ergebnisse.

Joshua dagegen glänzte im Sport. Er spielte in der Football-Mannschaft und war ein begeisterter Basketballer.

Cataleya, ja, was sollte man zu ihr sagen? Sie fiel nicht auf im Kurs, wenn sie sich meldete, wusste sie mehr als die Lehrer, daher waren alle froh, wenn sie still blieb.

Sie war unglaublich belesen und sollte sie eine Wissenslücke haben, war sie spätestens am folgenden Tag aufgefüllt und sogar noch getoppt.

Aber menschlich gesehen blieb sie im Dunkeln, sie hatte keine Freundin ...

„Doch“, wurde die Kollegin unterbrochen. „Cataleya sieht man nun öfter mit Sherilyn Brown. Sherilyn geht angeblich mit Joshua Morton zur Prom!“

Die umstehenden Kollegen grinsten, natürlich, Miss Dalton, die Sekretärin der Schule, wusste immer am besten über Klatsch und Tratsch Bescheid.

Dann würde es schon stimmen.

Dennoch war es mehr als unwahrscheinlich, dass Cataleya sich irgendjemandem anschließen oder wirklich anvertrauen würde.

Sie war der geborene Einzelgänger und mit sich selbst zufrieden.

Deputy Rosenberg zog sich zurück und nahm sich ihre Notizen wieder vor. Der Name Joshua Morton kam ihr bekannt vor, in welchem Zusammenhang noch einmal?

Und sie sog die Luft ein.

Er war Hannah Millers Freund gewesen.

Hannah Miller, die kurz vor ihrem Tod noch Sex gehabt hatte, das war festgestellt worden.

Warum hatte man da nie mehr wirklich nachgeforscht? Weil Teenager sich täglich aus den unglaublichsten Dingen umbringen, ja, da stand es im Protokoll, Joshua Morton hatte angegeben, er hätte mit ihr eine Verabredung gehabt, doch sie sei nicht gekommen.

Anscheinend hatte sie jemand anderen getroffen.

Joshua war zum Todeszeitpunkt zuhause gewesen, das war geprüft worden und stand felsenfest. Er hatte ein Alibi.

Dennoch war es ein seltsamer Zufall.

Deputy Rosenberg beschloss, der Sache nachzugehen. Wo fing sie an? Bestimmt nicht mit Neela, die wollte sie sich für später aufheben, nein, am besten mit ... sie suchte die Sekretärin, Miss Dalton, und ließ sich noch einmal den Namen von Cataleyas Freundin nennen. Das Mädchen, das mit Joshua Morton zur Prom gehen würde.

Sherilyn Brown, ja, mit ihr wollte sie beginnen.

Befragung Sherilyn Brown
Montag, 21. Mai 2018, 10:30 Uhr
Ort: Ashland Highschool, 201 S Mountain Ave, Ashland, OR
Anwesend: Deputy Carla Rosenberg, Deputy Mia Robson, Sherilyn Brown, 16 Jahre.

Carla Rosenberg sah sich einem sehr hübschen, sportlichen, blonden Mädchen gegenüber, das ein wenig ängstlich wirkte.

„Du musst keine Angst haben", beruhigte sie Sherilyn. „Ich bin Deputy Rosenberg, das ist Deputy Robson, sie wird darauf achten, dass alles mit rechten Dingen zugeht. Es ist keine offizielle Anhörung, du kannst Antworten verweigern, aber du solltest streng bei der Wahrheit bleiben, damit würdest du uns sehr helfen. Ich habe nur ein paar Fragen, zunächst einmal, kennst du diese Ohrringe?"

Carla hatte beschlossen, mit dem Beweisstück zu beginnen, es würde vielleicht auch Sherilyns Befangenheit nehmen.

Sherilyn warf einen überraschten Blick auf die kleine Tüte und runzelte die Stirn.

„Die waren doch vor einem halben Jahr Mode, viele trugen sie. Man konnte die Buchstaben kaufen, ich hatte auch welche. Aber sie sind unpraktisch, man bleibt überall hängen und zum Sport kann man sie gar nicht brauchen. Daher packte ich sie weg."

„Die Initialen sind N und M. Sagt dir das etwas?"

Sherilyn schüttelte den Kopf.

„Weißt du vielleicht noch, wer sie als Erstes trug hier an der Schule?"

Sherilyn dachte angestrengt nach. Dann hob sie resigniert die Schultern. „Es tut mir leid, ich achte nicht auf so etwas. Aber es gibt eine Reihe von Mädchen, die könnten Ihnen das sicher beantworten."

„Ja, danke, Sherilyn, es macht nichts, wir werden das schon herausfinden. Ich hörte, du hast einen Freund?"

Sherilyn wurde rot. „Ja, ich habe einen Freund, aber nicht, wie Sie vielleicht denken, er ist anständig und ich auch. Wir wollen mit allem warten."

„Das ist wichtig für dich?"

„Ja, sehr wichtig."

„Für deinen Freund auch?"

Sie zögerte.

„Für deinen Freund auch?", wiederholte Carla die Frage.

„Für meinen Freund ist wichtig, was mir wichtig ist", antwortete Sherilyn leicht trotzig.

„Er ist dein erster Freund?"

„Ich wüsste nicht, was das für eine Rolle spielt!"

„Eigentlich keine, ich bin nur neugierig", lächelte Deputy Rosenberg.

„Er ist mein erster Freund."

„So etwas ist immer schön, so romantisch, nicht? Was macht ihr denn in eurer gemeinsamen Zeit? Ihr unternehmt doch etwas?"

„Wir treiben Sport, er ist ein guter Sportler und ich auch. Das nehmen wir beide sehr ernst!"

„Sport", seufzte Carla. „Das war immer mein Lieblingsfach an der Highschool, im Sport war ich spitze! Und wenn man dann noch einen Trainingspartner hat, das ist das Höchste!"

Sherilyn lächelte versonnen. „Ja, ich genieße es auch."

Carla zwinkerte ihr verschwörerisch zu.

„Darf ich denn den Namen erfahren?"

Sofort wurde Sherilyn wieder misstrauisch.

„Warum befragen Sie mich eigentlich? Was habe ich getan?"

„Hast du etwas getan?"

„Nein! Natürlich nicht. Glauben Sie etwa, ich hätte diese Ohrringe gestohlen? Ist es das? Ich habe eigene und ich lege sie nicht einmal an! Sie stören, sie hängen sich überall ein und einmal hätte ich mir beinahe das Ohrläppchen aufgerissen."

„Sherilyn, jetzt beruhige dich, dir wird nichts, absolut gar nichts vorgeworfen. Aber ich brauche deine Einschätzung, weil du jemanden gut kennst, den ich auch befragen werde. Ich möchte wissen, was du von Joshua und Neela Morton hältst."

Nun war es heraus. Es gab kein Zurück mehr.

Carla war ins tiefe Wasser gesprungen, jetzt musste sie schwimmen oder sie würde untergehen.

Sherilyn starrte sie an.

„Warum?", brachte sie hervor. „Und woher wissen Sie von Josh und mir?"

„Es scheint allgemein bekannt zu sein, es wurde im Lehrerzimmer erzählt. Ich wollte eben von dir erfahren, ob es stimmt und außerdem möchte ich gern wissen, ob ich Joshuas Worten Glauben schenken kann. Du kennst ihn also, du vertraust ihm, stehst ihm nahe. Hältst du ihn für einen aufrechten, ehrlichen Menschen?"

„Selbstverständlich!"

„Wusstest du, dass er mit Hannah Miller zusammen war? Die diesen schrecklichen Unfall hatte?"

„Ja, das wusste jeder."

„Ihm werden lockere Beziehungen nachgesagt, da ist wohl nichts dran?“

„Nein, da ist nichts dran. Ich habe ihn gefragt, er sagt, die Mädchen behaupten das, sie wollen sich wichtigmachen, sie versuchen es bei ihm, so wie Susan, meine Freundin. Aber er will das nicht. Er will nur mich!“

„Das ist wunderschön, Sherilyn, dann wird das so sein. Kannst du mir dasselbe auch zu Neela Morton sagen? Du kennst sie doch?“

„Neela ist eine Seele von Mensch. Sie ist so nett und immer freundlich. Alle mögen sie.“

„Alle. Du auch?“

„Ja!“

„Jetzt noch eine letzte Frage. Könntest du dir einen Grund vorstellen, warum Neela Mr. Bender nicht mochte?“

„Mr. Bender? Den Lehrer? Doch nicht Neela!“

Eine seltsame Aussage, fand Deputy Rosenberg.

„Wer dann?“, entfuhr es ihr und sie versuchte, ihr Gesicht weiter unter Kontrolle zu halten.

„Keiner mochte ihn so richtig. Er verstand etwas von seinem Fach, aber er war komisch. Wenn ihn jemand hasste, dann Cataleya.“

Sherilyn hatte gesprochen, ohne nachzudenken, und sie erschrak über sich selbst.

„Cataleya Morton? Wieso?“

Sherilyn lachte unsicher.

„Nein, natürlich hasste sie ihn nicht wirklich, aber als sie vor kurzem ein B statt ihrer gewöhnlichen A+ bekam, da sah sie aus, als wolle sie ihn ermorden. Sie ist es einfach nicht gewöhnt, ein B zu bekommen, das hat sie schwer getroffen. Sie wollte aber noch unbedingt wissen, was sie falsch gemacht hatte, und hatte vor, einen Termin mit ihm zu vereinbaren, ja, das fällt mir gerade wieder ein. Und als er tot war, war das eigentlich das Einzige, was sie sagte, nun könne sie ihn nicht mehr fragen."

„Nun, das tut wohl nichts zur Sache", wiegelte Carla ab, doch ihre Gedanken rasten. „Cataleya ist deine Freundin?"

Wieder zögerte Sherilyn. „Sie will meine Freundin sein, ja, aber ehrlich gesagt, wäre sie nicht Joshs Schwester ... sie ist in Ordnung!", fügte sie mit fester Stimme an. „Sie hat Schreckliches hinter sich, wenn man das weiß, versteht man, warum sie so komisch ist."

„Schreckliches? Was denn?"

„Sie musste zusehen, wie ihr eigener Vater von Klippen ins Meer stürzte. Es muss so schlimm gewesen sein. Josh sagte, sie hätte noch versucht, ihn zu halten, doch hätte es nicht mehr geschafft. Sie sprach tagelang kein Wort."

„Das arme Mädchen", stimmte Carla automatisch zu.

Noch ein Unfall, der mit den Morton-Geschwistern zusammenhing. Wie viele noch?

Warum war davon nichts in den Akten vermerkt?

Sie beschloss, sich kundig zu machen.

Doch zunächst musste Sherilyn verabschiedet werden.

„Hör zu, Sherilyn, im Zuge der Ermittlungen möchte ich dich bitten zu schweigen über das, was wir hier besprochen haben. Es ist wichtig, hörst du? Du machst dich strafbar, wenn du ein Wort verlauten lässt. Bitte erwähne weder diese Ohrringe noch all die anderen

Dinge. Wenn man dich fragt, sage, es ging noch einmal um Mr. Bender, wie er so war und ob du etwas über sein Privatleben weißt. Ich werde alle Kursteilnehmer zu mir holen und du bist zufällig sogar noch die Erste im Alphabet. Versprichst du mir das?“

Sherilyn nickte. Sie hatte noch nicht wirklich erfasst, was diese Befragung bedeutete.

„Und, Sherilyn, bitte sei vorsichtig, aber das bist du sowieso, wie ich dich einschätze!“

Verwundert verabschiedete sich Sherilyn. Sie wagte es nicht, eins und eins zusammenzuzählen, doch es stand zu klar vor ihr.

N und M. Neela Morton.

Wieso waren Neelas Ohrringe in diesem Beutel? Waren es überhaupt Neelas Ohrringe?

Es gab viele Mädchen mit diesen Initialen, sie überlegte, welche Namen sie kannte. Es musste andere geben, auch wenn ihr niemand einfiel.

Und überhaupt, was hieß es schon, wenn das Neelas Ohrringe gewesen waren?

Richtig, gar nichts!

Sie wanderte wie im Traum in den Kursraum zurück und schickte, wie von Deputy Rosenberg angefordert, Charles Decker zur Befragung.

Sie musste sich das alles ganz in Ruhe überlegen. Und ja, sie würde auf sich aufpassen.

Sie beschloss, vor Josh dieses Geheimnis erst einmal zu bewahren, auch wenn sie ein schlechtes Gewissen hatte. Josh hatte auch seine Heimlichkeiten, das wusste sie.

Cataleya saß wie immer an ihrer Seite und arbeitete konzentriert.

Sie war klein und unscheinbar.

Ohne Glanz. Aber auch ohne Freude. Sherilyn hatte Cataleya noch nie aus ganzem Herzen lachen sehen. Ihr Herz zog sich zusammen.

Sie fühlte, da war etwas ganz und gar nicht in Ordnung.

Bevor Charles Decker eintrat, wandte sich Deputy Robson an Carla.

„Ich will mich ja nicht einmischen, aber wieso um Himmelswillen hast du das Mädchen angelogen?“

„Weil ich sagte, es sei strafbar, wenn sie etwas verrät?“

„Ja, wie kommst du auf so was? Es ist keine offizielle Befragung.“

„Sie hält sich an Regeln, sie wird nichts tun, von dem sie glaubt, das sei gegen das Gesetz. Ich möchte sie schützen, sie wird schweigen und das könnte ihr das Leben retten.“

Deputy Robson nickte langsam.

„Ich sehe zwar nicht, warum sie in Gefahr sein sollte, wir reden hier von Highschool-Kids. Und auch wenn du vielleicht recht hast, du lieber Himmel, du begibst dich auf dünnes Eis. Sagen wir dem Chief besser nichts davon!“

Befragung Cataleya Morton
Montag, 21. Mai 2018, 10:55 Uhr
Ort: Ashland Highschool, 201 S Mountain Ave, Ashland, OR
Anwesend: Deputy Carla Rosenberg, Deputy Mia Robson, Cataleya Morton, 15 Jahre

Deputy Rosenberg blickte neugierig auf, als Cataleya Morton eintrat. Das Mädchen schien vollkommen unbefangen, sogar leicht ärgerlich. Ihre dunklen Augen richteten sich ungeduldig auf die Polizistinnen.

Ansonsten war sie unscheinbar, klein und sie wirkte viel jünger, als sie war.

„Guten Morgen, Cataleya, setz dich bitte!“, bat Carla.

„Guten Morgen, wird es lange dauern?“

„Nein, warum?“

„Wir haben den Geschichtskurs bei der neuen Lehrkraft, ich möchte nichts versäumen, es ist wichtig für die Semesterprüfungen.“

„Ich verstehe, nun, wir werden uns beeilen. Kennst du diese Ohrringe?“

Gespannt beobachteten die beiden Deputys Cataleyas Reaktion.

Sie zuckte kurz zusammen, das war deutlich zu erkennen, doch dann war ihre Stimme nur gelangweilt.

„Meine Schwester Neela besitzt solche. Sie waren eine Zeitlang überall zu sehen, daher trägt sie sie nicht mehr, kann sein, dass sie sie verschenkt hat, das tut sie oft, wenn Modeschmuck Mainstream geworden ist. Sie will immer das Neuste haben.“

„Eine sehr intelligente Antwort“, dachte Deputy Rosenberg für sich.

„Aber diese Ohrringe können doch nur von jemandem getragen werden, der dieselben Initialen hat!“, wandte sie laut ein.

Cataleya starrte sie verächtlich an.

„Wie viele Menschen laufen mit den Initialen N und M herum? An der Schule kenne ich einige. Und dann war es doch Mode, dass man seinen eigenen Vornamen und den des Freundes oder der Freundin nahm, Naomi zum Beispiel, ihr Freund heißt Fred, sie trägt die Dinger immer noch und macht sich lächerlich.“

„Ein interessanter Aspekt, der viele Möglichkeiten offenließ“, überlegte Carla im Stillen.

„Weißt du, ob deine Schwester ihre Ohrringe noch besitzt?“, wollte sie wissen.

„Wenn sie sie nicht verschenkte, bestimmt. Sie ist sehr ordentlich“, antwortete Cataleya ausdruckslos.

„Warum sind diese Ohrringe so wichtig?“

„Das kann ich dir leider nicht sagen, die Ermittlungen sind noch streng geheim.“

Carla wechselte abrupt das Thema, irgendwie musste sie dieses Mädchen doch erreichen?

„Ich hörte, du bist eine gute Schülerin!“

Carla erntete erneut einen missbilligenden Blick.

„Ich würde sagen, ich bin die Beste hier“, kam es gelangweilt. „Wollen Sie meine Zeugnisse sehen?“

„Ich glaube es dir auch so. Deine Freundin ist Sherilyn Brown, nicht wahr? Kannst du uns etwas über sie erzählen?“

Carla versuchte es verzweifelt in jede Richtung und plötzlich hatte sie das Gefühl, als sei das Mädchen aufgewacht. Cataleyas Gesicht lief rot an und sie verknotete die Hände in ihrem Schoß.

„Sherilyn? Ja, sie ist meine Freundin und die Freundin meines Bruders. Sie gehen zusammen zur Prom. Eigentlich wäre ich seine Partnerin gewesen, aber ich verstehe, dass er lieber mit Sherilyn hingeht. Sie ist so viel hübscher als ich."

„Es wäre ja auch ziemlich seltsam, mit der Schwester auf die Prom zu gehen", lachte Carla.

Cataleya lachte ebenfalls. Aber es wirkte unecht, sie lachte, weil Carla damit begonnen hatte, sie lachte, weil sie offensichtlich dachte, das gehöre sich so.

„Hast du denn jemanden für die Prom?", wollte Rosenberg weiter wissen.

„Ich?"

Cataleya war vollkommen erstaunt.

Sie schien zu überlegen.

„Ich glaube nicht, dass ich mich dort blicken lasse, mir liegt so etwas nicht, ich bleibe lieber daheim und lese, ich wäre nur mit meinem Bruder gegangen, falls er kein Mädchen gefunden hätte. Aber das ist natürlich Blödsinn, sie fliegen alle auf ihn, er hätte jede haben können. Mich wird sowieso keiner fragen."

Sie hob achtlos die Schultern.

Neela, die allseits beliebte Schülersprecherin, Joshua, der die Mädchen begeisterte, und im Gegensatz dazu die unscheinbare Cataleya, wie musste es für das Mädchen sein, so im Schatten ihrer Geschwister zu stehen?

„Vielleicht doch noch?", ermunterte Rosenberg.

„Ich glaube es kaum, ich möchte es wohl auch gar nicht."

„Ja, gut, wenn das für dich in Ordnung ist ... Zurück zu Sherilyn. Glaubst du, sie ist ehrlich?"

„Ist sie es denn nicht?“, fragte Cataleya verständnislos. „Zu mir war sie es immer. Sie will besser sein als ich, aber das gelingt ihr nur im Sport. Ansonsten habe ich die A+ und Sherilyn nicht immer.“

„Und das freut dich, wenn du besser bist als sie?“

Wieder hob sie die Schultern.

„Für mich ist es selbstverständlich, dass ich die Beste bin. Was Sherilyn hat, ist mir eigentlich egal.“

„Einmal warst du es nicht, habe ich gehört, in Geschichte hattest du nur ein B!“

Nun war es offensichtlich.

Cataleya wirkte regelrecht verstört.

„Das war nicht richtig!“ Ihre Stimme war laut. Viel lauter als vorher. „Mr. Bender machte einen Fehler, ich wollte ihn zur Rede stellen, wollte die Arbeit mit ihm besprechen, aber dann starb er vorher. Er konnte es nicht mehr korrigieren. Das war ungerecht! Nun bleibt das B.“

„Das ist deine einzige Sorge?“

Cataleya fasste sich sofort. „Nein, natürlich ist es sehr traurig, dass er starb, er war ein guter Lehrer. Aber hier machte er einen Fehler! Einen großen Fehler!“

Es schien ihr sehr wichtig zu sein.

„Es ist immer traurig, wenn jemand stirbt, den man kennt“, bestätigte Carla.

„Er hatte eine sehr schöne Beerdigung, alle weinten.“

„Du auch?“

„Natürlich weinte ich, man weint doch auf Beerdigungen, all die Reden, die vielen Blumen ...“

„Ich hörte, dein Vater ist auch verunglückt?“

Deputy Robson sog scharf die Luft ein. Nun ging Carla eindeutig zu weit.

Sie war kurz davor einzugreifen, doch dann besann sie sich, denn Cataleyas Reaktion war mehr als seltsam.

Cataleya saß starr da und antwortete zunächst nicht. Als schien sie zu überlegen, wie sie sich verhalten musste. Schließlich senkte das Mädchen den Kopf und barg das Gesicht in den Händen.

„Ich will nicht mehr daran denken“, flüsterte sie. „Es war so schrecklich. Ich will es vergessen!“

Wie einstudiert kamen die Worte, da war kein wirkliches Gefühl dahinter.

Robson und Rosenberg fühlten sich, als würden sie einem miserabel inszenierten Theaterstück beiwohnen. Konnte das auf ein Trauma zurückgeführt werden?

Carla begann, ein schlechtes Gewissen zu haben.

„Bist du deswegen in Behandlung?“, fragte sie vorsichtig mitfühlend.

Cataleya nickte.

„Ja, bei Dr. Myers in der Klinik meiner Mutter. Jede Woche gehe ich zu ihm, er ist ein hervorragender Arzt.“

„Sollen wir ihn herholen?“, fragte Carla. „Brauchst du ihn?“

Cataleya schüttelte den Kopf.

Sie richtete ihren Blick wieder auf Carla. In ihren Augen standen Tränen. Doch das Gesicht passte nicht dazu, es war nach wie vor ausdruckslos, keine Spur von Trauer. Nur die Tränen ...

„Es tut mir leid“, entschuldigte sich Carla. „Ich hätte das nicht erwähnen sollen, ich dachte, das sei lange her und deshalb ...“

„Es war vor etwas mehr als zwei Jahren. Unser Vater nahm uns mit auf einen Ausflug ans Meer. Wir stiegen die Klippen hinauf. Er machte einen Spaß am Rand und dann löste sich ein Stein. Ich stand am nächsten bei ihm, wollte ihn halten, aber er fiel vor meinen Augen, etwa 300 Fuß tief ..."

Wieder barg sie den Kopf in den Händen.

Carla schwieg betroffen. Schließlich winkte sie Deputy Robson zu. „Würdest du bitte die Sekretärin informieren? Ich fürchte, Cataleya braucht Betreuung."

Deputy Robson nickte erleichtert.

Das war gehörig schiefgegangen, sie würden von Glück reden, wenn sie mit einem Rüffel davonkamen.

Cataleya hob den Kopf. „Ich brauche nichts, ich will zurück in meinen Kurs, ich versäume zu viel. Darf ich gehen?"

„Also gut, ich denke, wir sind fertig."

„Auf Wiedersehen!"

Cataleya stand auf und verließ den Raum.

Dennoch informierte Deputy Robson das Sekretariat und Miss Dalton rief Cataleyas Mutter an.

Mrs. Morton reagierte empört und beschwerte sich sofort beim zuständigen Polizeirevier, dann fuhr sie höchstpersönlich zur Schule und drohte mit Konsequenzen, wie man es wagen könne, Kinder zu befragen, ohne die Eltern zu informieren.

Selbst der Hinweis, dass es keine offizielle Befragung gewesen war, half nicht.

Die Polizistinnen mussten die Schule verlassen und die Ermittlungen sofort beenden. Deputy Rosenberg wurde vom Dienst bis auf Weiteres suspendiert und nähere Untersuchungen zur Vorgehensweise wurden eingeleitet. Mrs. Morton brachte Cataleya nachmittags zur Klinik, wo sie eine Extrastunde bei ihrem Psychiater hatte, wie konnte man nur ihr Kind erneut diesem Trauma aussetzen?

Es war unerhört.

Sie würde alle Hebel in Bewegung setzen, dass die Beteiligten ihre gerechte Strafe erhalten würden.

Mein Finger geht im Kreise
Auf eine kurze Reise
Bleibt mein Finger steh'n
Darfst du geh'n.

VI. KAPITEL

Cataleya

Ich liege mal wieder auf meinem Bett und denke nach. Es war ein merkwürdiger Tag. Ich wurde heute von einer Polizistin befragt, sie zeigte mir Neelas Ohrringe.

Natürlich gehören sie Neela. Ich erkannte sie sofort, ich wusste aber auch, dass sie bestimmt nicht ohne Grund in diesem Plastikbeutel lagen. Daher erzählte ich den Polizisten, dass Neela sie nicht mehr getragen und vielleicht verschenkt habe.

Ich kann mich erinnern, Neela vermisst ihre Ohrringe, sie fragte mich vor ein paar Tagen danach, sie liebt sie, wenn sie auch immer behauptet, sie seien unglaublich unpraktisch, weil man damit überall hängen bleiben würde.

Aber das band ich dieser neugierigen Polizistin bestimmt nicht auf die Nase.

Und dann wollte sie seltsame Sachen wissen, wie ich in der Schule sei, und sie befragte mich zu Sherilyn. Hier war ich aus dem Konzept gebracht, wieso Sherilyn? Wird sie etwa gar wegen irgendetwas verdächtigt?

Nein, das kann nicht sein.

Das Seltsamste war jedoch, als sie meinen Vater erwähnte. Ich war wirklich überrascht, fragte mich, woher sie das wusste. Doch ich musste mich zusammennehmen und besinnen, wie ich es gelernt habe, Kopf in die Hände, automatisch die Sätze sagen „ich möchte es vergessen, es war schrecklich ...“ und die Augen unauffällig so reiben, dass sie rot werden, als würde man weinen.

Wie immer gelang es, sie glaubten mir und hatten ein schlechtes Gewissen.

Natürlich wurde Mutter informiert, sie kam und machte einen höllischen Aufstand, brachte mich nachmittags zu Dr. Myers und ich erzählte dem schläfrigen Knaben, was er hören wollte.

Wie aufgewühlt ich sei, mich an alles wieder erinnern zu müssen, ich könne nicht schlafen, das übliche blablabla. Und wie erwartet bekam ich ein Rezept für Benzodiazepine. Ich löste es im Beisein meiner Mutter ein und versprach, sie nach Anweisung zu nehmen.

Ich denke, ich kann sie besser verwenden. Vielleicht sogar für Sherilyn, eine Überdosierung mit Benzos führt zu Bewusstseinstrübung und Atemlähmung, vor allem im Zusammenhang mit Alkohol, das ist mir doch schon längst bekannt.

Josh weiß inzwischen ebenfalls Bescheid wegen der Ohrringe, wir überlegen beide, wo und warum man sie fand. Ich bemühe mein Hirn, mir fällt so etwas nicht auf, ich beobachte nicht gut, ich könnte nie sagen, was jemand anhat oder welchen Schmuck er trägt, für so etwas habe ich kein Auge. Es ist mir einfach nicht wichtig genug, aber nun scheint es essenziell zu sein, dass wir uns erinnern.

Neela ist heimgekommen und wir fragten sie sofort. Nun wissen wir es genau.

Es ist ein großer Schlag.

Neela trug die Ohrringe bei Mr. Bender. Sie erinnert sich, sie saß mit ihm auf seiner großen Couch und es war schwierig, sich ihm zu nähern.

Der Zufall kam ihr zu Hilfe, sie blieb sie mit einem Ohrring an ihrer Strickjacke hängen, als sie sie ablegen wollte, und sie bat Mr. Bender, ihr zu helfen.

Er nahm die Ohrringe heraus und war ihr nun ganz nahe, der Rest war einfach.

Wo er die Ringe hingelegt hatte, konnte sie nicht mehr sagen, sie hatte sie danach komplett vergessen, sie schalt sich selbst.

Wie hatte ihr das nur passieren können.

Aber der Lehrer war so leidenschaftlich gewesen, hatte sich förmlich auf sie gestürzt, vollkommen sexhungrig, es war schwer gewesen, ihn abzuwehren und ihn dazu zu überreden, nach oben zu gehen.

Ja, ich kann mich erinnern, sie wirkte völlig zerzaust, den Minirock hatte sie hochgeschoben, er küsste sie wild auf der Treppe, seine Hände waren auf ihrem Hintern festgewachsen, bis er eben auf mich traf, Neela überrascht losließ und dann ... der Rest ist Geschichte.

Wir räumten wirklich gut auf, doch an die Ohrringe dachten wir nicht.

„Sie können jedem gehören“, meinte Josh.

Ich kaue auf meiner Unterlippe. Diese Deputy Rosenberg gefällt mir nicht, sie hat einen Verdacht gegen mich, ich fühle es.

Mutter erzählte mir, sie sei vom Dienst suspendiert und das geschehe ihr recht. Wie könne sie nur so mit mir umgehen, das sei unerhört.

Sie sitzt gerade an ihrem Laptop und schreibt eine Beschwerde. Soll sie nur, dann ist sie wenigstens beschäftigt.

Deputy Rosenberg, sie geht mir nicht aus dem Kopf. Sie weiß etwas oder sie ahnt etwas. Ich sage meinen Geschwistern nichts.

Das ist meine Sache.

Neela

Die Ohrringe, diese unseligen Ohrringe. Wie hatte ihr das nur passieren können, sie war doch sonst so gewissenhaft.

Neela machte sich die größten Vorwürfe.

Überhaupt schien nun alles zu entgleiten, die Polizei hatte Verdacht geschöpft und Cataleya war nicht mehr zu kontrollieren.

Josh hatte es gesagt, es war zu Ende. Der Traum war vorbei.

Neela betrachtete sich im Spiegel, sie sah das schöne Bild von sich, doch sie blickte tiefer, dorthin, wo der bohrende Schmerz saß, der ihr nie auch nur einen Moment Pause gönnte.

Dieser Schmerz verhinderte, dass sie ein normales Leben würde führen können, er war wie ein Krebsgeschwür, das sich nun ungehindert verbreitete und alles überwucherte, sie hatte keine Kraft mehr, dagegen anzukämpfen.

Das Spiegelbild schien sich regelrecht zu verzerren, eine hässliche Fratze blickte ihr entgegen.

Sie fühlte, wie sich ihre Hülle geradezu auflöste, alles, was sie getan hatte, um den Schein zu wahren, würde nun bald im richtigen Licht erscheinen.

Man würde mit dem Finger auf sie zeigen, sie so sehen, wie sie in Wahrheit war.

Ein unerträglicher Gedanke.

Neela setzte sich an ihren Schminktisch und machte sich sorgfältig zurecht, solange es ging, würde sie schön sein und den Kopf aufrecht tragen, das war sie sich schuldig.

Deputy Carla Rosenberg

Inzwischen war die Nacht hereingebrochen und Carla war immer noch wütend, zum Teil auf sich selbst, aber natürlich auch auf Mrs. Morton, die so einen Aufstand gemacht hatte wegen ihrer Tochter.

Carla musste sich jedoch eingestehen, sie hatte es vermasselt. Die Suspendierung als logische Folge, etwas Schlimmeres konnte ihr doch gar nicht passieren.

Sie war mit vollem Eifer in den Polizeidienst gestartet, als einziges Mädchen unter drei Brüdern hatte sie sich ihr Leben lang durchsetzen müssen, sie hatte immer mehr leisten müssen als andere, um anerkannt zu werden, denn sie war ja „nur“ ein Mädchen. Als ihr ältester Bruder auf die schiefe Bahn geriet und im Gefängnis landete, war ihr klargeworden, dass sie die andere Seite vertreten würde.

Gegen den Willen der Eltern, die sie gerne verheiratet gesehen hätten, bewarb sie sich bei der Polizei und wurde sofort angenommen, da sie stark und sportlich war, und ihre Schulleistungen waren nicht die schlechtesten gewesen.

Die Karriere hatte vielversprechend begonnen, ihr Ehrgeiz hatte sie ausgezeichnet, sie war gleich nach der

Ausbildung nach Ashland versetzt worden und der Chief, der ihr Talent sofort erkannt hatte, betraute sie mit kniffligen Aufgaben, die sie allesamt auch dank ihres Instinkts hervorragend gemeistert hatte.

Bis auf heute.

Dabei war sie sich so sicher gewesen, auf der richtigen Spur zu sein. Mit dieser Cataleya stimmte etwas nicht, sie hatte so offensichtlich Theater gespielt, da war etwas, das Carla nicht mit Händen greifen konnte. Aber sie würde es herausfinden.

Sobald sie im Dienst zurück war, würde sie sich Cataleya Morton vornehmen.

Sie rief sich die Befragung in allen Einzelheiten ins Gedächtnis zurück. Das Gespräch über die Prom, da hatte sie beinahe Mitleid für das unscheinbare Mädchen empfunden, das ihrem Bruder nur einen Gefallen tun würde, wenn sie mit ihm hinging.

Für Cataleya selbst war die Prom etwas, das sie nichts anging, sie wusste, niemand würde sie einladen, sie hatte sich damit abgefunden, unbeliebt und unbeachtet zu sein. Und wie es schien, war es für sie in Ordnung. Das war doch nicht normal, nicht für ein Mädchen in Cataleyas Alter.

Carla dachte an ihre eigene Highschool Zeit zurück. Sie war nun nicht gerade umschwärmt gewesen, doch es war nie ein Problem gewesen, einen Partner für die Bälle zu finden. Ja, sie hatte das Getue rund um diese Feste selbst als albern empfunden, aber sie hatte mitgemacht, denn es gehörte dazu. Und sie wollte ein Teil der Gemeinschaft sein. Am Ende war es immer sehr lustig und nett gewesen, sie hätte es nicht versäumen mögen.

Cataleya schien über dem Ganzen zu stehen. Carla scheiterte bei der Vorstellung von einer glücklich lächelnden Cataleya in einem eleganten Ballkleid an der Seite eines netten jungen Burschen.

Wer sollte bei diesem Mädchen an einen vergnüglichen Abend denken? Wer würde dieses Mädchen küssen wollen? Mit ihm tanzen?

In Carlas Kopf formten sich Bilder von einem Roboter, der mechanisch Tanzschritte ausübte, ja, so würde Cataleya sein, perfekt, doch ohne Gefühl, ohne Freude.

Und dann das Thema Mr. Bender. Wie hatte Cataleya gesagt?

„Natürlich weinte ich. Man weint doch auf Beerdigungen!“

Carla ging das nicht aus dem Kopf.

Man weint ...

Man weint auch, wenn der Vater vor den eigenen Augen Klippen hinunterfällt und stirbt.

Und wenn man es nicht als traurig empfindet, muss man nachhelfen und Tränen hervorrufen.

Wusste Cataleya überhaupt, was Trauer bedeutete?

Carla schauderte, als sie an die dunklen Augen zurückdachte, sie bargen ein Geheimnis, das war eindeutig. Dieses Geheimnis würde sie lüften, das versprach sie sich selbst.

Aber nicht heute. Heute saß sie auf ihrer gemütlichen Couch und starrte in den Fernseher, ohne etwas von dem zu verstehen, was da gezeigt wurde. Sie überlegte, sich einen Cocktail zu mixen, sich zu betrinken, aber wenn morgen der Chief sie zurückbeordern würde, und sie hätte einen Kater, nein, undenkbar, sie musste bei klarem Verstand bleiben, musste den Chief davon überzeugen, dass sie nicht anders hätte handeln können. Er würde sie verstehen, das wusste sie, doch über die Suspendierung konnte auch er nicht so einfach hinweggehen. Es konnte sie alles kosten, vielleicht wurde sie versetzt.

Sie barg den Kopf in den Händen bei dieser Vorstellung.

Sie wollte nicht weg, nur, wenn eine Beförderung erfolgte, da würde sie überall hingehen, denn sie war unabhängig.

Doch eine Beförderung war nun ausgeschlossen.

Carla konnte es nicht verhindern, die Tränen begannen zu fließen.

Und dann wurde sie aus ihrer Starre gerissen, denn es läutete an der Wohnungstür.

Carla warf einen Blick auf die Uhr, es war kurz nach zehn, wer konnte das sein? Ein Kollege? Vielleicht gar der Chief?

Sie blickte durch den Spion und sog verblüfft die Luft ein, als sie die Gestalt erkannte, die Einlass begehrte.

Ohne weiter nachzudenken, öffnete sie die Tür.

Cataleya
Dienstag, 22. Mai

Ich erwachte heute Morgen mit einem Hochgefühl. Es war wieder wundervoll und so einfach. Warum machen es einem die Menschen immer so leicht?

Ich googelte gestern eine Weile und fand heraus, wo Deputy Rosenberg wohnte. Eine kleine Wohnung im Zentrum, problemlos zu finden, bequem zu erreichen. Ich wartete, bis alle gut beschäftigt waren, dann schlich ich mich aus dem Haus.

Es dauerte wirklich nur zehn Minuten, bis ich bei Miss Rosenberg klingelte.

Sie öffnete selbst, sie sah aus, als hätte sie geweint, sie war vollkommen fertig. Umso besser. Ich heulte ihr etwas vor, ich hätte das nicht gewollt und ich müsse ihr etwas sagen, vielleicht, wenn sie das wüsste, könnte sie ihren Job wiederbekommen.

Sie ließ mich ein. Ich bin nur ein kleines unscheinbares Mädchen, sie ist die trainierte Polizistin, mit mir wird sie doch allemal fertig.

Sie brachte mich in ihr Wohnzimmer und ich erzählte ihr, dass ich vor Josh und Neela Angst hatte. Sie seien so seltsam und sie würden oft gemeinsam ausgehen, heimlich, sie hätten mich beschworen, nichts zu verraten.

Miss Rosenberg wurde ganz aufgeregt, sie fragte, ob sie das aufnehmen dürfe.

Gern, sagte ich, und ob ich etwas zu trinken haben könne, meine Kehle sei so trocken vom vielen Weinen.

Sie brachte uns Saft und Gläser. Während sie ihr Handy vorbereitete, leerte ich den Inhalt aller Benzokapseln in ihr Glas. Ich war gut vorbereitet. Das Pulver aus den Kapseln war in einer unschuldigen kleinen Tüte gewesen.

Und dann erzählte ich und sie nahm alles auf.

„Können wir trinken?“, fragte ich und leerte das Glas in einem Zug.

Sie füllte es wieder, trank selbst, schenkte sich nach und ich fragte, ob sie etwas Alkohol hätte.

Das sei nicht üblich, meinte sie, ich sei zu jung.

Ich bat sie darum, ich war so aufgewühlt, nur ein klein wenig, sie gab nach und holte Bier. Ich hasse Bier, doch was half es, wir tranken aus der Flasche. Ich merkte, dass sie bereits benommen wurde, es hatte lang gedauert, aber nun wurde es offenkundig. Sie musste noch mehr trinken, noch viel mehr.

Sie bekam es nicht mehr mit, ich versetzte ihr nächstes Bier mit Nitrazepam, das ich ebenfalls vorrätig gehabt hatte. Dann löschte ich die Aufnahme, indem ich ihre Hand führte. Sie wurde schwächer und schwächer.

Es wurde Zeit.

Ich legte das Handy auf den Tisch, nahm wieder ihren Finger und hielt ihn über den Aufnahmeknopf.

„Sprich mir nach!“, befahl ich. „Ich habe meinen Job verloren! Sprich!“

Ich musste es ein paar Mal laut vorsagen, dann endlich lallte sie ins Handy und ich hatte den Aufnahmeknopf gedrückt.

„Ich kann nicht mehr!"

Auch das wiederholte sie. Mehrmals.

Ich hörte die Aufnahme ab am Ende.

„Ich habe meinen Job verloren. Ich kann nicht mehr. Ich kann nicht mehr. Ich kann nicht mehr!"

Das sollte genügen. Ich wartete noch eine Weile an ihrer Seite. Sie übergab sich, das war nicht schön, aber ich putzte nichts zusammen, da musste ich durch. Gleich darauf schlief sie ein, ihr Kopf lag nach hinten, würde sie sich noch einmal übergeben, würde sie daran ersticken. Sie hatte keine Kraft mehr, sich aufzurichten.

Ich wischte meine Bierflasche sorgfältig ab, gab sie ihr in die Hand und führte sie an ihren Mund.

Ein bisschen was war noch drin, ich versetzte es noch einmal mit Nitrazepam, es lief an beiden Seiten am Gesicht hinab, den Hals hinunter, in den Ausschnitt ... sie war eine schöne Frau, es drängte mich, ihre Brüste zu streicheln.

Wieder überfiel mich plötzlich die Erinnerung, wir lagen alle vier nackt im Bett, Mutter und wir drei. Ich war etwa fünf Jahre alt und wir durften sie überall berühren, es war so schön, ich mochte ihren Busen, ich saugte und nuckelte daran, als sei ich ein Baby.

Ich liebte das.

Josh rieb sich stets an ihr, Neela genoss einfach ihre Umarmung.

Ich hatte eine wundervolle Kindheit, dank meiner Mutter, und nun stand ich vor Deputy Rosenberg und geriet in Versuchung.

Aber ich wusste, ich würde Spuren hinterlassen, dabei fühlte ich den Drang, ihr die Bluse zu öffnen, ihre Haut zu fühlen, es wurde übermächtig, ich konnte nicht widerstehen.

Ich zog meine Handschuhe aus der Tasche, legte sie an und streichelte Miss Rosenberg überall sanft, sie sollte es doch auch schön haben.

Als ich sicher war, dass sie nicht mehr erwachen würde, räumte ich alles auf, spülte mein Saftglas, trocknete es ab und stellte es in den Küchenschrank zurück.

Dann verließ ich vorsichtig die Wohnung und lief nach Hause. Niemand hatte bemerkt, dass ich weg war. Alle schliefen bereits. Ich war die Herrin über Leben und Tod, nach wie vor.

Sherilyn

Endlich schien alles wieder normal zu sein, keine Polizisten waren an der Schule zu sehen. Sherilyn traf Josh gleich am Dienstagmorgen und sie küssten sich heimlich. Josh war wie immer, höflich und nett, er begleitete sie zum Kursraum und verabschiedete sich mit einem Küsschen auf die Wange.

Sie liebte das, seine Zurückhaltung und seine Zärtlichkeit, wenn er ihr die Haare aus dem Gesicht strich. Und nun war es vor aller Welt offenkundig, dass sie zusammengehörten.

Sherilyn saß im Kursraum und der Unterrichtsstoff flog an ihr vorüber. Wie immer war Cataleya neben ihr vertieft und konzentriert, nichts konnte sie je vom Lernen abhalten.

Bei Sherilyn war das anders, vor allem heute.

Die Gerüchte, die sie über Josh gehört hatte, konnten nicht stimmen.

Nur wenn sie an die Szene in ihrem Zimmer dachte, fühlte sie Misstrauen.

Das war das Schlimmste. Wie konnte sie Josh lieben, wenn sie ihm nicht traute?

Dann die Warnungen von Deputy Rosenberg am Vortag, sie solle auf sich aufpassen, was hatte sie nur damit gemeint? Die Befragung war eigentlich nur über die Morton-Geschwister gegangen, wenn sie sich recht erinnerte.

Hatte man sie geholt, weil sie vielleicht über die drei mehr sagen konnte als andere?

Sherilyn begann zu überlegen. Was genau wusste sie über die Familie?

Da war der Unfall des Vaters.

Nichts davon hatte Cataleya jemals erwähnt, es war passiert, bevor sie an die Highschool kamen. Cataleya war an der Grundschule immer ein Jahr unter ihr gewesen, dann plötzlich hatte sie sich als Freshman eingefunden, im selben Jahr, in dem auch Sherilyn an der Highschool anfing. Da musste der Unfall schon passiert sein, sonst hätte sie doch davon gehört.

Cataleya hatte die letzte Grundschulklasse einfach übersprungen, sie war intelligent, und sie kam glänzend durch den Stoff, sie würde einen hervorragenden Abschluss feiern, das war sicher.

Aber wer war sie?

Im ersten Jahr hatte man sie nur zusammen mit Neela und Josh gesehen.

Neela hatte ihre Schwester förmlich an die Hand genommen, ihr alles gezeigt, ihr alles beigebracht.

Sherilyn überlief ein Schauder. Selbst wenn Cataleya jünger war als alle anderen, so war sie doch kein Baby. Sie hätte allein herausfinden können, wie es an der Schule lief, aber es war Neela gewesen, die sie überall einwies mit einer Fürsorge, die schon auffällig war.

Jetzt im Nachhinein zumindest.

Letztes Jahr war Cataleya einfach eine von vielen gewesen, Sherilyn hatte kaum auf sie geachtet, doch natürlich hatte man das mitbekommen, dass das Mädchen von Neela vor die Klassenzimmertür geführt worden war und Anweisungen bekommen hatte, die ohne Wenn und Aber befolgt wurden. Cataleya hörte auf ihre Schwester wie auf eine Mutter. Komisch war das schon, die Mutter war doch zuhause?

Sherilyn erinnerte sich zurück, ab wann war ihr Cataleya eigentlich so richtig aufgefallen?

Als sie glänzende Zensuren erhielt, von denen andere nur träumen konnten?

Weil die Schülersprecherin höchstpersönlich ständig in Cataleyas Nähe war und man sich daher mit allen Problemen an sie wenden konnte?

Neela hatte immer ein offenes Ohr für alle gehabt, nie war sie unfreundlich gewesen oder hatte jemanden abgewiesen.

Doch wenn Sherilyn überlegte, hatte sich Cataleya stets in Neelas Schatten befunden, und war Neela anderweitig unterwegs, war Josh zur Stelle.

Josh, sie erinnerte sich an das letzte Jahr, sein Lächeln hatte sie vom ersten Moment an verzaubert. Doch sie hatte das vor ihm verborgen, nie hätte sie gedacht, dass so ein gutaussehender Junge, der Schwarm vieler Mädchen, sich für sie interessieren könnte. Da waren immer andere um ihn herumgeschwänzelt.

Hannah Miller zum Beispiel. Sie hatte groß herumgetönt, dass Josh ihr Freund sei. Hinter vorgehaltener Hand war geflüstert worden, dass man die beiden auf dem Schulparkplatz entdeckt hätte. In eindeutiger Position.

Hannah hatte sich sogar damit gebrüstet, also in Andeutungen.

Sherilyn empfand nur Verachtung für sie, wie konnte ein Mädchen sich so gehen lassen, niemand würde sie mehr anrühren wollen.

Plötzlich und unerwartet war sie gestorben, sie hatte sich umgebracht.

Warum, wusste keiner, sie hatte keinen Abschiedsbrief hinterlassen.

Sherilyn sah Josh noch vor sich, wie er weinte und von seinen Schwestern getröstet wurde. Er hatte Hannah wohl sehr geliebt. Als sie ihn jedoch vor kurzem gefragt hatte, war davon nicht viel zu spüren gewesen.

„Es ist lange vorbei“, hatte er nur achselzuckend gemeint. Lange? Nicht einmal ein Jahr ...

Und dann war da Susan, die alles tat, damit Josh in ihre Fänge geriet. Diese falsche Schlange.

Und Mary-Belle, die mit Josh die meisten Kurse gemeinsam besuchte, sie blickte auf Sherilyn mit einer Verachtung herab, die nur schwer zu ertragen war.

„Hoffentlich genießt du den Sex mit ihm“, hatte sie erst gestern gehässig gerufen, als sie mit Josh an ihr vorbeigelaufen war. „In der Schultoilette ist er am besten! Das weiß fast jede hier.“

Josh hatte Sherilyn schützend an sich gezogen und nichts gesagt.

„Damit müssen wir leben“, hatte er hinterher gemeint. „Sie sind eifersüchtig auf dich. Mach dir nichts draus, Sheril, du bist mein Mädchen.“

Wenig später war sie Mary-Belle beim Sport wieder begegnet, dieser triumphierende Blick war kaum auszuhalten.

„Er ist immer noch gut“, hatte sie ihr zugeraunt. „Aber das weißt du ja selbst!“

Sherilyn war wütend geworden. „Lass Josh in Ruhe! Er will mit dir nichts zu tun haben!“

Mary-Belle hatte nur aufgelacht.

„Du wirst schon noch draufkommen“, hatte sie gekichert und den Zeigefinger in einer eindeutig obszönen Geste in den Mund gesteckt.

Sherilyn hatte sich voller Ekel abgewendet.

Sie würde es Josh heute Abend erzählen, sie waren verabredet.

Ja, das würde sie tun. Sie fühlte sich gleich besser. Und nun war es Zeit, sich auf den Unterricht zu konzentrieren, Cataleya war schon eifrig am Schreiben, schuldbewusst zückte Sherilyn den Kugelschreiber und tat es ihr gleich.

VII. KAPITEL

Ashland PD, East Main Street
Dienstag, 10:00 Uhr

Chief Detective Earl Johnston blickte von seiner Akte auf, als es an der Tür klopfte. Deputy Robson trat ein.

„Sie wollten mich sprechen?“, fragte sie.

„Ja, setzen Sie sich. Können Sie mir noch einmal genau erzählen, wie das gestern ablief? Deputy Rosenberg habe ich erstmal aus der Schusslinie genommen, sie soll sich zuhause besinnen, morgen oder übermorgen werde ich sie herbeordern. Aber dennoch interessiert es mich. Welche Spur verfolgt Rosenberg? Wissen Sie etwas darüber?“

Deputy Robson hob die Schultern.

„Sie war sehr interessiert an dieser Neela Morton, der Schwester des Mädchens, das gestern so einen Aufstand verursachte.“

„Warum?“

„Wegen der Ohrringe. Die Initialen passen und Neela hatte definitiv solche Ohrgehänge, wir haben es im Jahrbuch gesehen.“

„Aber wo ist die Verbindung? Der Lehrer über die Schwester, diese Hannah über den Bruder ... aber all die anderen Fälle, die wir hervorgezogen haben und die mit Rotwein und diesem Zita..., dem Schlafmittel eben, zusammenhängen. Da ist nichts, was die zusammenführt."

Robson blickte verwirrt drein.

„Ich verstehe es auch nicht, Chief. Ich meine, das sind Highschool-Kids, wir suchen aber doch einen Mörder, nehme ich an?"

Der Chief trommelte nachdenklich mit den Fingern auf dem Tisch herum.

„Es ist noch nicht so richtig raus, wen oder was wir suchen. Wir haben hier eine Reihe von Todesfällen, die zumindest Fragen aufwerfen. Die aber genauso gut Unfälle gewesen sein können. Weder das Schlafmittel noch der Rotwein führen zu irgendeiner Spur, das sind Dinge, die kriegst du überall. Jetzt sollten wir zunächst diese Mutter, diese Mrs. Morton beruhigen. Das ist vielleicht eine unangenehme Person ..."

Robson zögerte, doch dann entfuhr es ihr doch.

„Das mit Cataleya gestern, das war irgendwie beängstigend."

„Inwiefern? Erzählen Sie!"

Robson berichtete genau, auch das Gefühl, dass man einem Theaterstück zugeschaut hatte.

„Es war so ein seltsamer Eindruck, den wir bekamen, das Mädchen saß starr da, schien zu überlegen, was sie tun sollte, dann den Kopf in den Händen, kein Weinen, nichts Lautes, nur diese Sätze, die wie einstudiert klangen ..."

„Was genau sagte sie?"

„So was wie ‚ich will nicht mehr daran denken, ich will es vergessen, es war schrecklich', einfach, was man erwarten würde. Aber sie sah nicht danach aus, verstehen Sie, Chief? Die Tränen in den Augen, so ganz ohne Zusammenhang zum übrigen Gesicht. Wenn jemand weint, dann verändert sich der Ausdruck, die Mundwinkel gehen nach unten, oder die Augen werden traurig, hier war nichts, sie saß unbeweglich da, nur die Augen waren rot und voller Tränen."

„Sie hatte das Gesicht in den Händen? Nun, da gibt es natürlich Möglichkeiten, Tränen zu produzieren, nur, warum sollte sie das? Wenn sie ihren Vater abstürzen sah, dann rief das ein Trauma hervor, wie wir ja gestern vorzüglich belehrt wurden. Und traumatisierte Personen reagieren nicht immer so, wie es üblich ist."

„Ja, aber Chief, da war noch mehr seltsam. Ihre Reaktion auf Mr. Bender. Sie war nicht traurig, weil er tot war, sie war wütend, weil er ihr eine schlechtere Note als gewohnt gegeben hatte und er es nicht mehr richtigstellen konnte. Sie betonte, dass er einen großen Fehler gemacht habe, mehrmals!"

„Einen großen Fehler, und kurz darauf starb er ...", sinnierte Chief Detective Johnston.

„Und ihr Lachen, Chief, ich habe in meinem Leben noch niemanden so unecht lachen hören, wie einstudiert."

„Kein echtes Lachen, kein echtes Weinen, deutet auf eine gestörte Persönlichkeit hin, wollen Sie das damit sagen?"

Robson zögerte. Doch dann brach es aus ihr heraus. „Wenn jemand tief gestört ist, dann Cataleya Morton. Warum auch immer!"

Der Chief nickte bedächtig.

Er schickte Deputy Robson hinaus und griff zum Telefon. Hier konnte nur noch ein Experte helfen, er würde einen Profiler anfordern. Der Verdacht auf Mord schien hinreichend gegeben.

Das Gespräch verlief zu seiner Zufriedenheit.

Er dachte kurz nach und wählte dann die Nummer der psychiatrischen Klinik. Dort ließ er sich mit dem Büro von Dr. Myers verbinden, dem Arzt der kleinen Morton. Vielleicht konnte der ihm etwas erzählen.

Doch wie erwartet wurde er abgewiesen, alles sei vertraulich, man würde keine Informationen über Patienten weitergeben.

Chief Johnston besann sich auf einen anderen Weg und ließ Deputy Luke Smith holen. Er hatte bei seinem Anruf erfahren, was er hatte wissen wollen, und instruierte seinen Deputy.

Als er wieder allein war, suchte er im Internet nach posttraumatischen Störungen. Interessiert vertiefte er sich in die Seiten, doch nichts passte genau zu dem, was er von Deputy Robson gehört hatte.

Cataleya hatte vom Unfall ihres Vaters frei weg erzählt, ohne zu stocken, und anscheinend ohne Erinnerungslücke, auch nicht in der Art eines Flashbacks. Da war sich Robson sicher gewesen.

Er seufzte am Ende. Vielleicht überließ er solche Themen besser den Psychofritzen, wie er sie heimlich nannte. Er konnte im Moment nur abwarten.

Und morgen würde er Deputy Rosenberg zu sich zitieren. Ihre vielversprechende Karriere hatte sie sich sowieso versaut, schade, ihr Ehrgeiz hatte ihm sehr gefallen. Er begann zu überlegen, wo er sie zukünftig einsetzen konnte, denn fallenlassen würde er sie nicht. Und wer wusste schon, ob ihr Instinkt nicht am Ende auf die richtige Spur führen würde?

Die psychiatrische Klinik

Deputy Luke Smith war ein gutaussehender junger blonder Mann und daher für den Auftrag, den der Chief ihm erteilt hatte, wie geschaffen. Nach zehn Minuten erreichte er die psychiatrische Klinik und fragte sich zu Dr. Myers‘ Büro durch.

Im Vorzimmer saß Patricia Conwell, eine äußerst attraktive Frau in den Dreißigern, sie war gerade in ein Telefonat verstrickt und lächelte Deputy Smith entschuldigend an. Smith beobachtete sie und musste grinsen, als er an den Chief dachte.

„Geh da hin, Smith, die wickelst du um den Finger, hol so viel Informationen aus ihr raus, wie du nur kannst. Am Telefon hörte sie sich jung und sexy an, lass deinen Charme spielen“, hatte er gesagt und Smith freute sich auf den Job. Das war doch einmal eine Abwechslung!

Er erwiderte daher das Lächeln und wartete geduldig. Endlich legte sie den Hörer auf.

„Haben Sie einen Termin?“, fragte sie. „Dr. Myers ist nicht mehr da, er hat auswärts zu tun, tut mir leid!“

Deputy Smith machte ein enttäuschtes Gesicht.

„Oh“, seufzte er. „Da wurde ich wohl falsch informiert. Zu dumm. Wie bekomme ich nun die Auskunft, die mein Chef braucht? Ohne sollte ich mich nicht bei ihm blicken lassen!“

„Wie gesagt, es tut mir leid und ich muss auch zugeben, es ist schwer, einen Termin zu bekommen, Dr. Myers ist vollkommen ausgebucht. Geht es um etwas Persönliches?“

„Nein, rein dienstlich! Ich hätte ein paar Informationen gebraucht.“

Er schaffte es, richtig verzweifelt auszusehen.

„Was mache ich jetzt nur?“, fragte er.

Patricia war voller Mitleid.

So ein hübscher Junge ...

„Ich kann Ihnen wohl nicht helfen?“, schlug sie lächelnd vor.

„Das würden sie tun? Ich brauche nur ein paar Daten, man hat sie mir versprochen.“

„Ja ... warum benötigen Sie denn diese Daten?“

„Es geht um eine Ermittlung, über die ich noch nichts sagen darf! Alles streng geheim!“

Patricia riss ihre Augen auf. Sie war voller Neugierde. „Nun, vielleicht fragen Sie mich einfach?“

„Wie lange ist Dr. Myers schon hier?“, platzte Luke heraus.

Sie schien aufgeregt. „Geht es um den Doktor?“

„Wie gesagt, streng geheim“, wandte Luke zögerlich ein.

Sie straffte die Schultern und fühlte sich sehr wichtig. Geflissentlich raschelte sie mit ihren Papieren.

„Ja, Dr. Myers ist seit etwa zehn Jahren hier, ich kann ihnen das genaue Datum sagen, warten Sie ...“

Sie sah im Computer nach und Smith notierte sich gewissenhaft alle Daten, die Patricia ihm nannte.

„Nun verraten Sie schon, Deputy ...“

„Nennen Sie mich doch Luke!“

Sie strahlte ihn an.

„Dann sagen sie bitte auch Pat zu mir!"

„Gerne, Miss, Pat, ..."

„Bitte Luke, Sie können mir doch vertrauen, hat der Doktor etwas mit dem Fall zu tun, in dem Sie ermitteln?"

„Der Doktor wohl nicht ..."

„Aber einer der Patienten?" Pat schlug erschrocken die Hand vor den Mund. „Jeder sagt mir immer, es sei gefährlich, hier zu arbeiten, man wisse ja nie, wer kommt."

„Da haben Sie bestimmt recht, aber Sie sind gesichert?"

„Selbstverständlich! Ich habe eine Waffe, Pfefferspray und die Möglichkeit, sofort einen Alarm auszulösen. Wer ist es denn?"

„Was können Sie mir über die Patienten sagen? Wechseln sie oft?"

Pat lachte auf. „Du liebe Zeit, nein, die meisten sind schon Jahre hier, man hat kaum eine Chance, bei Dr. Myers einen neuen Termin zu bekommen, höchstens über Beziehungen."

„Ich wette, Sie kennen alle, die hierherkommen! Und wahrscheinlich auch deren Probleme!"

Pat grinste.

„Das dürfen Sie glauben, ich kriege allerhand mit. Und ich vermute stark, es hat etwas mit einem ganz besonderen Patienten zu tun, ich traue ihm nicht, er sieht mich immer mit diesem Blick an, der mich schaudern lässt."

Smith tat so, als würde er interessiert aufhorchen. „Das klingt ja fürchterlich. Erzählen sie mir mehr!"

Pat wand sich.

„Ich darf leider nichts sagen, das fällt alles unter meine Schweigepflicht, ich hoffe, ich habe nicht zu viel verraten."

„Nein, natürlich nicht und ich verstehe schon!", nickte Luke. „Es ist immer schwierig zu wissen, was man mitteilen kann und was nicht, geht mir ja genauso. Dr. Myers hat wohl Patienten jeden Alters! Auch Patientinnen?"

„Selbstverständlich, Frauen und Männer, aber normal nur Erwachsene. Tatsächlich haben wir zurzeit aber sogar eine Jugendliche, das ist eine Ausnahme, der Doktor musste sie vor einem Jahr übernehmen, ansonsten hat er keine Teenager. Die sind nicht so sein Fachgebiet."

„Ja, ich weiß, das habe ich auf seiner Homepage schon gelesen. Dennoch hat er ein junges Mädchen, sieh an!"

„Ja, das war, weil Miss Watson vor einem Jahr so plötzlich ausfiel, und die Mutter des Mädchens ist Ärztin an der Klinik, Sie wissen schon, Einfluss ist alles", raunte Pat verschwörerisch.

„Ja, davon kann ich auch ein Lied singen, Sie glauben nicht, was alles möglich ist. Warum fiel denn diese Miss Watson aus?"

Pat blickte sich unruhig um. Doch sie wollte erzählen und das war sowieso in den Zeitungen gestanden, beruhigte sie ihr schlechtes Gewissen.

„Es war eine dumme Sache, Miss Watson war nicht lange bei uns, sie hatte ausgezeichnete Zeugnisse, sie wohnte auch ein wenig weiter weg, war nur einmal in der Woche hier in der Klinik, so kannte sie kaum jemand. Und dann geschah aus heiterem Himmel dieses Unglück."

Smith war nun wirklich gespannt. „Ein Unglück?"

Pat nickte. Wieder drehte sie schnell den Kopf, ob auch tatsächlich keiner zuhörte.

„Sie brachte sich anscheinend um", flüsterte sie. „Gänzlich unerwartet, wie gesagt, hier wusste man nichts von ihr, keiner hatte auch nur die geringste Ahnung, dass sie persönliche Probleme hatte. Wir waren alle wie vor den Kopf gestoßen."

„Das glaube ich", meinte Luke mitfühlend. „Gab es wenigstens einen Abschiedsbrief? Gründe?"

„Nein, nichts! Keiner weiß, warum sie das tat. Nun, ihre Patienten mussten verteilt werden und bei einem Mädchen setzte ihre Mutter durch, dass sie zu Dr. Myers kam. Das arme Ding, sie hat es aber auch schwer. Sie ist so ein liebes Persönchen!"

„Und trotzdem benötigt sie einen Psychiater? Ja, da steckt man oft nicht drin!"

„Sie sagen es!", bestätigte Pat eifrig. „Das Mädchen erlebte ein schreckliches Unglück und war natürlich traumatisiert. Aber sie ist so freundlich und ist das höflichste Kind, das man sich vorstellen kann. Das erlebt man nicht oft mit den Jugendlichen heutzutage!"

Das Gespräch wendete sich der unverschämten Jugend zu.

Und Deputy Smith war froh, dass Pat nicht mitbekommen hatte, welch wichtige Informationen sie ihm verraten hatte.

Es waren nun bestimmt keine höchst vertraulichen Interna, man hätte sie auch auf andere Weise beschaffen können, aber so war es einfacher gewesen.

Luke Smith lud Pat noch auf einen Kaffee ein und die beiden plauderten freundlich in der Kantine, aber er erfuhr nichts mehr von Belang und verabschiedete sich.

Nachdenklich fuhr er zum Department zurück, er war gespannt, was sein Chief sagen würde.

Ashland PD, East Main Street
Dienstag, 13:00 Uhr

„Sie haben sich ganz schön Zeit gelassen!“, polterte Chief Johnston los, als sich Deputy Smith endlich wieder bei ihm meldete.

Der Deputy hob die Schultern.

„Ich musste unauffällig vorgehen.“

„Und, was haben Sie erfahren?“

Luke berichtete.

Der Chief fuhr hoch. „Wieder ein Unglücksfall? Ein Selbstmord? Warum wissen wir nichts davon?“

Er telefonierte eine Weile herum und fand bald heraus, dass diese Miss Watson in Medford gewohnt hatte und daher außerhalb seines Gebietes gewesen war. Er forderte den Bericht an und man versprach, ihn im Lauf des Nachmittags zu senden.

Er war beinahe schon sicher, dass dieses Schlafmittel, dessen Name er sich nicht merken konnte, und Rotwein eine Rolle gespielt hatten. Nachdenklich spielte er mit seinen Stiften und zeichnete Kreise auf seine Unterlage.

Wo war die Verbindung?

Der Vater, die Psychologin, die Schülerin, der Lehrer, die konnten alle mit den Morton-Kindern in Zusammenhang gebracht werden, aber nicht immer mit demselben Kind. Dieser tote Junge vom Sonntag, er ebenfalls, wenn man in Betracht zog, dass er an derselben Universität studierte wie Neela Morton. Und was war mit den anderen Fällen, waren sie nur Zufall?

Er nahm sich alle Akten noch einmal vor, suchte nach Hinweisen, doch da war nichts. Er strengte sein Gedächtnis an und erinnerte sich an einen weiteren Fall, der Schlagzeilen gemacht hatte, und griff zum Telefon.

„War da nicht noch ein Highschool-Lehrer, der tödlich verunglückte? So vor einem Jahr?"

Er erhielt die entsprechende Auskunft, Mr. Frings, Sportlehrer und begeisterter Kletterer, war abgestürzt auf einer eigentlich gesicherten Kletterstrecke. Ein Haken ziemlich weit oben hatte sich gelöst, daraufhin hatte er den Halt verloren. Der Haken war von oben nicht erreichbar, man musste hinklettern, um an ihn heranzukommen.

Es gab eine Untersuchung, einen vagen Verdacht, der Haken sei mit einem Hammer bearbeitet worden, doch wie sollte das zugegangen sein? Es war ein Unfall gewesen, so etwas kam vor, bedauerlich, doch jeder Kletterer kennt das Risiko, Mr. Frings hatte sich nicht doppelt gesichert, hatte auf die Haken allein vertraut und das war sein eigener Fehler gewesen. Viele taten das, jeder wusste, dass es gefährlich werden konnte, aber die doppelte Sicherung war so zeitaufwändig und so verzichtete man oft auf den zusätzlichen Schutz. Er war allein unterwegs gewesen, das Wetter neblig und schlecht, so hatte es auch keine Zeugen gegeben, man hatte den armen Kerl erst am nächsten Tag gefunden.

Dennoch, jetzt im Zusammenhang gesehen erschien der Unfall wieder in neuem Licht.

Sherilyn

Die Sportstunde tat Sherilyn gut. Zusammen mit den anderen Cheerleadern schaffte sie einige schwierige Figuren und war sehr stolz am Schluss.

Schließlich waren die Kurse zu Ende und sie begab sich auf den Sportplatz, wo sie auf Josh traf.

Sie trainierten eine Weile und joggten dann nebeneinanderher, um sich auszulaufen und herunterzukommen.

„Mary-Belle machte heute schon wieder so üble Bemerkungen", erzählte Sherilyn.

Josh lachte spöttisch. „Lass sie doch, sie ist eifersüchtig!"

„Sie deutete an, dass ihr beide heute Sex auf dem Klo hattet."

Josh wurde wütend, wieso konnte diese dumme Gans von Mary-Belle ihren Mund nicht halten?

Natürlich stimmte es, sie hatte keine Ruhe gegeben, da hatte er sie mit sich gezogen und es ihr richtig besorgt. Er hatte ihr befohlen, nichts zu verraten, doch das hatte sie anscheinend nicht befolgt. Nun musste er Sherilyn beruhigen.

„Kann es dir nicht egal sein, was sie von sich gibt? Sie will dich nur provozieren. Wie könnte ich eine andere auch nur ansehen, wenn ich doch dich habe. Ich werde mit ihr reden, wenn du willst!“

„Nein, bitte nicht, sie soll nicht merken, dass ich mich aufrege.“

„Du hast recht“, stimmte Josh grimmig zu, wusste aber bereits, dass er Mary-Belle eins mitgeben würde. Jetzt war es sowieso schon egal.

Dieses kleine Biest brauchte noch eine Lehre, die sie nicht vergessen würde.

VIII. KAPITEL

Cataleya

Noch zwei Tage, dann wird Sherilyn hier bei mir im Zimmer sein. Ich kann es schon kaum mehr erwarten, bin ruhelos, meine Hände zittern wieder.

Wie kann ich mich nur ablenken?

Josh war bis vorhin mit ihr unterwegs. Heute hatte er Mary-Belle im Klo, ich musste Wache stehen.

Was Josh nur an ihr findet?

Sie ist eine billige Nutte, schmeißt sich jedem um den Hals.

Am liebsten würde ich wieder losziehen, aber ich habe das Gefühl, dass Neela aufpasst, gestern spielte sie am Computer, da ging es leicht, ich glaube jedoch, sie merkte, dass ich weg war. Sie sagte nichts, sie musterte mich nur mit diesem seltsamen Blick.

Ich bin wirklich gut darin, Stimmungen und Reaktionen zu deuten, das muss ich, damit ich weiß, wie ich reagieren soll. Wann lacht man, wann weint man? Da gibt es feste Regeln, Neela überwachte mich streng, als ich kleiner war, sie deutete mir immer an, was ich zu tun hatte, inzwischen weiß ich das selbst.

Wenn jemand einen Witz erzählt, lacht man, vor allem wenn derjenige selbst lacht.

Schwierig wird es, wenn dein Gegenüber ein undurchdringliches Gesicht macht, dann weiß ich oft nicht, was ich wann tun soll, aber irgendjemand verrät sich immer, man schaut in die anderen Gesichter wie in einen Spiegel, es geht wirklich einfach.

Neela brachte mir bei, stets freundlich zu sein, so kommt man am leichtesten durchs Leben, sagt sie. Die schwierigste Zeit war wohl, als ich noch ein Grundschuljahr hätte absolvieren müssen und Josh und Neela beide an der Highschool waren. Neela überredete Mutter, einen Antrag für mich zu stellen, damit ich vorzeitig an der Highschool beginnen durfte, und das war kein Problem bei meinen Leistungen.

So stand ich weiter unter der Aufsicht meiner Geschwister und konnte nichts falsch machen. Das war mir auch lieber so. Außerdem ist der Stoff an der Highschool bei Weitem interessanter und man kann die Kurse nach Interesse und Fähigkeit auswählen.

Ich erwähnte ja schon, dass wir alle drei im ersten Jahr den Psychologiekurs besuchten, Sherilyn war auch dabei, fällt mir gerade ein. Wir besprachen sogar einige von Mutters Publikationen, sie hat wirklich Ahnung von der Materie.

Ich bin stolz auf unsere Mutter, sie schaffte es, uns großzuziehen und diese fundierten Arbeiten zu schreiben. Einige davon beruhen tatsächlich auf unserem Verhalten, sie hat viel über Kinderpsychologie veröffentlicht. Es war lustig, in der Schule zu lesen, was sie über uns dokumentiert hatte, manchmal erkannte ich einen von uns wieder und ich wunderte mich, dass niemand sonst das tat.

Ich möchte kein kleines Kind mehr sein, ich bin jetzt fast erwachsen und ich weiß, dass ich mich bald auf eigene Füße stellen muss.

Was erwarte ich mir eigentlich von der Zukunft?

Werden Neela, Josh und ich zusammenbleiben?

Das wäre schön, dann müssten wir uns keinen anderen Partner suchen, sondern könnten einfach eine Familie bleiben und gemeinsam weiter für Mutter sorgen.

Ich werde wohl Literatur studieren, deshalb schreibe ich das Ganze hier ja, damit ich einen Platz bei Ihnen an der Universität bekomme.

Ich möchte vielleicht später auch an der Uni lehren, das würde mir Spaß machen, ich bin sicher eine hervorragende Lehrerin, ich weiß so viel und ich werde sehr streng sein.

Bei mir werden nur die Besten eine Chance haben.

Kinder möchte ich nicht. Nein, das ist nichts für mich.

Falls Neela welche haben will, wird sie sich einen anderen Partner zum Zeugen aussuchen müssen, es ist allgemein bekannt, was dabei herauskommt, wenn Bruder und Schwester ein Kind bekommen, wir sind nicht so dumm, dass wir das nicht wissen.

Neela kann sich einen wirklich großartigen Mann dafür wählen, sie ist so hübsch, so intelligent, sie kann jeden haben, den sie will. Und dann wird sie ein wunderbares

Kind zur Welt bringen, ich stelle mir das aufregend vor. Es wird genau so frei aufwachsen, wie wir drei es taten.

Ja, das ist meine Zukunft, wie ich sie mir wünsche.

Wir können dann auch weiterhin unserem Hobby nachgehen und Menschen in den Tod führen.

Wenn ich nur daran denke, ich war jetzt kurz abgelenkt, aber nun überfällt es mich wieder mit aller Macht.

Ob ich einfach zu Josh gehe und mit ihm Sex habe? Ob das hilft? Bei Neela wirkt es, sie ist danach immer ruhiger.

Aber wenn wir das vorher tun, wird er mir dann noch Sherilyn ausliefern? Sie ist der Preis, sagte Josh. Ich bekomme Sherilyn und er mich.

Noch zwei Tage, ich halte das nicht aus.

Ich kann doch nicht jede Nacht losziehen und jemanden ermorden. Nein, ich muss warten, auch wenn es mir schwerfällt.

Daher werde ich mich nun in meine Geschichtsarbeit vertiefen. Die neue Lehrerin ist sehr gut, finde ich, sie hat wirklich Ahnung, ich werde sie morgen beeindrucken.

Ja, das mache ich, damit kann ich mich auch ablenken.

Neela und Josh

Josh saß neben Neela auf dem Bett und sie blickten sich verzweifelt an.

„Sie war gestern wieder unterwegs!“, flüsterte Neela. „Wer weiß, was sie anstellte. Ich wollte sie etwas fragen, aber sie war nicht auf ihrem Zimmer.“

„Es ist egal“, versuchte Josh zu trösten. „Wir müssen nur noch bis Donnerstag durchhalten. Wir wussten, dass es nicht ewig so weitergehen kann.“

„Haben wir einen Fehler gemacht, Josh? Hätten wir es von Anfang an unterbinden sollen?“

„Wir waren uns einig, nicht wahr? Als sie Daddy von den Klippen stieß, fanden wir es beide lustig. Wie konnte er nur nicht merken, wen er da vor sich hatte? Sie sind alle blind! Es geschah ihm recht.“

Neela lachte traurig.

„Ja, es war wirklich so eindeutig und er meinte noch, er müsse sie kritisieren. Cata zu kritisieren, das ist noch keinem gut bekommen. Nur wir dürfen das.“

„Ich wäre mir da nicht mehr lange sicher“, befürchtete Josh. „Sie wacht allmählich auf, geht eigene Wege, sie wird sich nicht mehr lange von uns etwas sagen lassen. Weißt du eigentlich, was sie da die ganze Zeit schreibt?“

„Nein, ich wollte es lesen, aber sie hat es entweder gut versteckt oder immer dabei. Vielleicht ist es etwas für die Schule.“

Josh schüttelte den Kopf. „Ich fragte Sherilyn unauffällig, sie müssen nichts schreiben. Es muss etwas anderes sein. Wir sollten sehen, dass wir es in die Hände kriegen. Bevor es jemand anderer liest!“

„Planen wir den Donnerstag, da können wir das mit erledigen. Du hast die Schlafmittel?“

„Ja, klar, so schnell geht der Vorrat nicht aus.“

„Schau, dass Cata ihn nicht vorher findet, sie bringt es fertig und verbraucht noch einen guten Teil. Ich habe keine Lust, schon wieder Rezepte zu fälschen. Wir können sie hier nicht einlösen, wir müssen wegfahren dafür.“

Josh nickte. „Ich werde die Tabletten hüten wie meinen Augapfel. Cata freut sich schon so darauf. Sie kann es kaum mehr erwarten.“

„Ich weiß, wir müssen sehr vorsichtig sein. Wir haben nicht viel Zeit, bis Mutter nach Hause kommt, da muss alles erledigt sein.“

„Nur die Ruhe, wir schaffen das, Neela.“

Sie umarmten sich und gaben sich Trost und Zuversicht.

Noch zwei Tage!

Ashland PD, East Main Street
Mittwoch, 23. Mai, 8:00 Uhr

Chief Johnston blickte seufzend von der Akte Aurelia Watson auf.

Es war wie erwartet, dasselbe Schlafmittel und Rotwein. Zusätzlich diesmal Abgase, sie hatte sich in der Garage ins Auto gesetzt und den Motor laufen lassen. Es hatten keinerlei Zweifel am Selbstmord geherrscht.

Es klopfte an der Tür und nach Aufforderung trat Dr. Roberta Jennings ein, eine sehr erfolgreiche Profilerin. Sie ließ sich vom Chief aufklären und betrachtete stirnrunzelnd seine Aufzeichnungen.

„Beinahe jedes Mal eine ähnliche Methode“, schloss sie. „Zweimal stürzte jemand ab, hier kein Anhalt für Drogen, ein Treppensturz, dabei wurde Rotwein gefunden, einmal haben wir einen Unfall in einer Schlucht mit Nitrazepam und Rotwein, dann die anderen Fälle, alle mit Nitrazepam und Rotwein. Davon drei Ertrunkene, einmal Tod in der Garage, zwei Tote in der Badewanne, einer im Creek, und zwei weitere, die eine Treppe hinunterfielen. Sie wollen eine Verbindung, sie ist offensichtlich.“

„Welche?“

„Sämtliche Fälle sind eindeutig als Unfall oder Selbstmord deklariert worden, meistens gab es einen

Einsatz von Drogen, und zwar nur da, wo es notwendig war, dass das Opfer vorher betäubt wurde."

„Sie meinen also, das sind alles verkappte Morde?"

„Es sieht so aus! Wie der oder die Täter im Einzelnen vorgingen, müsste man genau klären."

„Warten Sie: die Täter? Wir haben nicht nur einen Täter?"

Roberta schwieg und sortierte die Akten nach Todesursache.

„Ich sehe Ihr Problem, Chief", meinte sie schließlich ruhig. „Es scheint keine Verbindung zu einer einzelnen Person zu geben. Sie fanden heraus, die Mehrzahl der Toten hatte Kontakt mit der Familie Morton. Aber nicht mit einem speziellen Mitglied, sondern mit jeweils einer anderen Person. Hier, bei diesen Fällen wiederum gibt es absolut keinen bekannten Kontakt zur Familie!"

Roberta sortierte die Akten neu. Diesmal nach Kontaktpersonen.

„Können Sie mir etwas über den Täter oder vielleicht sogar die Täterin sagen?", fragte der Chief.

„Ich muss mir das genauer ansehen, dazu werde ich eine Weile brauchen. Ich möchte nicht beeinflusst werden von irgendwelchen Hinweisen auf Personen, ich muss mich in das Tatgeschehen hineinversetzen. Ist es möglich, dass ich wenigstens einen Tatort besuche?"

Der Chief nickte.

„Wir haben die Erlaubnis von Mr. Benders Tochter, alles zu tun, was nötig ist. Die gründliche Durchsuchung des Hauses ist abgeschlossen, ich schicke Deputy Robson mit Ihnen hin!"

„Vielen Dank Chief. Mr. Bender, das ist der Lehrer, der die Treppe hinunterfiel."

„Ja, Sie können auch zum Klettersteig und zur Schlucht, in der Hannah Miller umkam.“

„Sehr gut, dürfte ich ein Büro haben, wo ich noch einmal in Ruhe lesen kann?“

Für Dr. Roberta Jennings wurde eilends ein Raum eingerichtet und nach zwei Stunden eifriger Lektüre fuhr sie mit Deputy Robson los, um die Tatorte zu besuchen.

Chief Johnston versuchte inzwischen, Deputy Rosenberg zu sich zu beordern, doch sie ging nicht ans Telefon. Ihr Handy war nicht erreichbar.

Ja, gut, das war verständlich, dennoch, sie sollte ihre Pflichten kennen, dachte der Chief ärgerlich. Sie war zwar vom Dienst suspendiert, hatte aber zur Verfügung zu stehen. Nun gut, einen Tag wollte er ihr noch geben, dann würde er jemanden zu ihrer Wohnung schicken, falls sie sich bis dahin nicht gemeldet hatte.

Josh

Josh hatte nicht vergessen, dass er Mary-Belle noch eine Lehre erteilen wollte.

Er fing sie in der Mittagspause ab und verabredete sich mit ihr für den Donnerstagnachmittag. Diese Zeit würde er sich noch nehmen. Neela wusste Bescheid, ob er es Cata erzählen würde, bezweifelte er, er fand, das erledigte er besser ohne seine Schwestern.

Ohne sich etwas anmerken zu lassen, aß er mit Sherilyn und Cataleya in der Kantine zu Mittag, er war im Gegenteil sehr aufmerksam und liebevoll zu den beiden Mädchen und genoss es, dass Sheril so offensichtlich in ihn verliebt war. Wieder stellte er fest, dass er sie wirklich mochte, dass es bei ihr etwas völlig anderes war, er freute sich immer, sie zu sehen und mit ihr zu sprechen, sie war witzig, direkt und ehrlich. Was gäbe er darum, ganz normal zu sein, mit ihr befreundet zu sein und vielleicht sogar eine gemeinsame Zukunft planen zu können.

Nie hatte er erwartet, dass ihm das passieren würde, Neela hatte bis jetzt sein Leben bestimmt, nun musste er feststellen, dass er durchaus andere Chancen gehabt hätte. Er musste es einsehen, es war zu spät, er konnte nicht mehr zurück, er musste sich fügen. Nicht ganz zwei Tage hatte er noch, in denen er den Schein wahren würde und einfach so tun als ob.

Erneut stieg die Wut in ihm hoch auf die Person, die ihnen das alles angetan und die ihr Leben zerstört hatte.

Er betrachtete Cataleya, für sie war die Welt in Ordnung, sie würde niemals begreifen, was falsch gelaufen war. Sie musste beschützt und behütet werden, würde man wissen, wer sie war, würde man sie einsperren.

Sie davor zu bewahren, war seine und Neelas Aufgabe.

Cataleya, sie wirkte so unscheinbar und unbeholfen, wie ein kleines Kind. Ihre dunklen Augen beobachteten die Welt, woher nahm sie nur diese Zuversicht, dass ihr niemals irgendetwas Böses zustoßen würde?

Er wusste, was sie sich für die Zukunft erträumte, sie sprach oft darüber.

Ihre Naivität hatte etwas Rührendes, sie war immer die Kleine gewesen, die bis heute nicht begriff, was man ihnen angetan hatte.

Wie schwärmerisch sie auf die Vergangenheit blickte, dabei hatte sie allen Grund, wütend zu sein.

Er hatte sich oft mit Neela unterhalten, wann sie eigentlich bemerkt hatten, dass mit Cata etwas nicht stimmte.

Sie war anders. Ja, einfach anders.

In der Schule hatte man sie deswegen ausgelacht, gemobbt, bis Josh eingegriffen hatte und ihre Mitschüler erkannten, dass Cataleya einen Beschützer hatte, mit dem nicht zu spaßen war.

Außerdem war sie bald die Klassenbeste gewesen und von allen Lehrern gelobt und gefördert worden. Es hatte sie schlichtweg nicht interessiert, was andere von ihr dachten, alles war an ihr abgeprallt, Freunde wollte und brauchte sie nicht.

Der schlimmste Mobber hatte irgendwann einen hässlichen Unfall mit seinem Rad. Das Vorderrad hatte sich plötzlich gelöst und der Junge war kopfüber auf die Straße gestürzt und nur mit viel Glück beinahe unversehrt davongekommen.

Ein anderer Mitschüler, der Cataleya nur geärgert hatte, hatte Giftsumach in seiner Schultasche und niemand wusste, wie die Blätter hineingekommen waren.

Der arme Kerl hatte die Hand voller Blasen, als er in seine Tasche fasste, und musste zum Arzt gehen.

Es hatte mehrere dieser Vorfälle gegeben und nur Josh und Neela hatten gewusst, wer dahintersteckte. Die kleine, fleißige, ruhige Cataleya mit den unschuldigen dunklen Augen wurde niemals verdächtigt, sie glitt wie ein unsichtbarer Geist durch die Schule und nichts schien sie wirklich zu erreichen.

Allein in den Schulstunden war sie vorhanden, wissbegierig, intelligent und immer die Beste. Keiner konnte ahnen, was in dem Mädchen vorging, welche perfiden Pläne sich ihr Gehirn ausdachte. Bis jetzt hatte sie Josh und Neela alles anvertraut, doch nun ging sie eigene Wege, sie war unkontrollierbar geworden.

Josh bemerkte, dass Catas Hände zitterten, und er entdeckte Schweißperlen auf ihrer Stirn. Es kostete sie anscheinend große Mühe, in Sherils Nähe ruhig zu bleiben. Ja, es wurde Zeit, lange würde sie sich nicht mehr vor der Welt verbergen können. Dann würde jeder erkennen, wer sie war.

Er dachte zurück an seinen Vater, an den letzten Ausflug, den sie zusammen gemacht hatten. Er war ein Feigling gewesen, er allein hätte es in der Hand gehabt, sie alle zu retten, doch er war geflohen.

Ohne zu zögern, hatte seine Kinder zurückgelassen bei dieser Frau, sie hatte ihm gedroht, ihn wegen Kindesmissbrauchs anzuzeigen, das hatte er ihnen auf dem Ausflug verraten.

Er hatte seine Kinder um Verzeihung gebeten, wollte endlich zu seiner Verantwortung stehen, doch Josh und Neela hatten nur Verachtung für ihn übrig.

Und plötzlich hatte er gemerkt, wie gestört Cataleya war, Josh erinnerte sich daran, wie entsetzt der Vater gewesen war, als er erkannte, dass Cataleyas Verhalten nur ein Spiegelbild war.

Neela hatte sich so viel Mühe gegeben, ihr alles beizubringen, und wie immer war Cata eine aufmerksame, gelehrige Schülerin gewesen, aber wer Cata näher kannte, wer sich wirklich mit ihr unterhielt, dem musste es auffallen.

Sie kopierte ihr Gegenüber, das war alles, und für den Alltag genügte es.

Was sie im Inneren dachte, wusste niemand, es schien, als sei sie nicht von dieser Welt.

Dann hatte Vater seinen größten Fehler überhaupt gemacht, er hatte Cata darauf angesprochen und ihr vorgeschlagen, in eine psychiatrische Klinik zu gehen, wo man ihr helfen würde.

Psychiatrie, Cataleyas Albtraum. Sie waren alle als Kinder dort gewesen, sie hatten gesehen und von ihrer Mutter erzählt bekommen, wie mit den Kranken verfahren wurde.

Wie verständnisvoll und freundlich besorgt Vater plötzlich gewesen war. Neela wurde so wütend, sie schrie auf ihn ein, es war zu spät, sah er das nicht? Sie waren doch bereits alle verloren. Wie konnte er jetzt noch glauben, sie könnten dem Verhängnis entgehen?

Und natürlich war es Cataleya, die handelte. Sie gab ihrem Vater einen Stoß, der ihn über die Klippen warf. Hinunter auf die felsige Küste des Meeres. Neela und Josh waren erst fassungslos gewesen, doch dann stimmten sie in Cataleyas Lachen mit ein, ja, das war sein Lohn gewesen, der Lohn für seine Feigheit und seine Gewissenlosigkeit.

Und das Verhängnis konnte noch einmal aufgeschoben werden, sie tanzten vor Freude oben auf den Klippen.

Neela brachte Cataleya anschließend alle Sätze bei, die sie immer aufsagen musste, wenn man sie auf den Tod des Vaters ansprach. Und sie sollte Tränen bereithalten, das war unverzichtbar.

Man weinte, wenn der Vater starb. Cataleya sah das ein und reagierte stets zuverlässig, da war nichts zu befürchten.

Die Mittagspause war allzu schnell vorüber, Josh verabschiedete sich von den beiden Mädchen und verschwand in seine Arbeitsgruppe. Es war wichtig, den Schein noch aufrechtzuerhalten.

Bis zum Schluss!

Sherilyn

Abends auf dem Sportplatz bemerkte Sherilyn, dass Josh mit besonderem Ehrgeiz seine Übungen absolvierte.

„Was hast du vor?“, fragte sie lachend. „Willst du heute schon den Weltrekord brechen?“

„Vielleicht!“, keuchte Josh.

Sherilyn beobachtete ihn beunruhigt, irgendetwas war anders als sonst. Josh schien gegen einen unsichtbaren Feind zu kämpfen, er stürzte sich geradezu wütend auf alle Herausforderungen.

Sherilyn versuchte mitzuhalten, doch das gelang ihr nicht, sie gab das bald auf und behielt ihr eigenes Tempo bei. Erst beim Auslaufen konnten sie sich endlich wieder unterhalten.

„Sag, was war heute los mit dir?“, wollte sie wissen. „Du bist abgegangen wie eine Rakete!“

„Ich habe das einfach gebraucht. Manchmal hat man so Tage, kennst du das nicht?“

„Doch, ja ... aber dann ist meistens etwas passiert. Willst du es mir nicht anvertrauen?“

Josh schwieg eine Weile.

„Nein“, antwortete er schließlich. „Nein, du würdest es nicht verstehen. Ich will heute nicht darüber reden, ich werde dir das morgen erzählen, da geht es mir besser und ich lache darüber!“

„Also gut, aber denk daran, Josh, ich bin deine Freundin, mir kannst du doch alles sagen. Ich könnte dir vielleicht helfen.“

Er stoppte abrupt und sie musste ein paar Schritte zurücklaufen, um wieder zu ihm zu gelangen.

Mit hängenden Schultern stand er vor ihr, sein Gesicht rot und verschwitzt von der Anstrengung, die Augen unendlich traurig. Sie fasste seine Hand.

„Josh“, flüsterte sie. „Was ist los? Du hast doch etwas?“

„Sheril, du bist das wunderbarste Mädchen der Welt und ich liebe dich. Vergiss das nie. Versprichst du mir das?“

„Josh ...“

„Du willst wissen, was mit mir ist? Du willst es wirklich wissen?“

„Ja, natürlich, alles, was dich anbelangt, interessiert mich!“

Josh schluckte.

„Komm morgen Abend zu uns, ich werde dir alles erzählen. Morgen nach dem Abendessen, um acht Uhr, ich warte auf dich. Wirst du kommen? Bitte, Sheril.“

„Aber, was soll ich meinen Eltern sagen?“

„Dass du Cata besuchst, weil du mit ihr etwas für die Schule machen willst!“

Sheril reagierte entsetzt, sie log ihre Eltern nicht gerne an.

„Bitte, Sheril, es ist wichtig!“, flehte Josh. Seine traurigen Augen überzeugten sie endlich.

„Also gut, ich werde kommen.“

Er umarmte und küsste sie, es war ein intensiver Kuss und Sheril spürte, dass Josh Halt brauchte, irgendetwas stimmte ganz und gar nicht, sie war sehr besorgt. Eigentlich sollte sie glücklich sein, sie hatte den wunderbarsten Jungen der Schule an ihrer Seite, sie war verliebt und er liebte sie, dennoch war da etwas zwischen ihnen, das sie nicht greifen konnte und das ihr Angst machte.

Nachdenklich lief sie nach Hause, duschte und aß mit den Eltern zu Abend.

Sie kündete weisungsgemäß an, dass sie am nächsten Abend zu Cataleya gehen würde, sie würden gemeinsam an einem Projekt arbeiten und der ehrgeizigen Cataleya reichten die Stunden an der Schule bei Weitem nicht aus dafür.

Ihre Eltern akzeptierten das arglos. Sie vertrauten ihrer Tochter voll und ganz und Sherilyn hatte ein schlechtes Gewissen. Aber sie versprach sich selbst, auf sich aufzupassen und nichts zu tun, was sie hinterher zutiefst bereuen würde. Sie wollte einfach wissen, welche Probleme Josh quälten, warum er vor ein paar Tagen mit ihr weggehen hatte wollen. Wovor versuchte er zu fliehen? Hatte es doch mit Drogen zu tun? Er hatte das geleugnet, aber sein seltsames Verhalten gab ihr zu denken.

Später in ihrem Zimmer strengte sie sich vergeblich an, sich auf ein Geschichtsbuch zu konzentrieren. Sie war sicher, dass Cataleya das längst gelesen hatte, und wollte ihr in nichts nachstehen. Doch die Buchstaben verschwammen vor ihren Augen.

Immer wieder huschte Joshs Gesicht durch ihren Kopf, sein trauriger Blick, seine Hoffnungslosigkeit.

Heute, beim Mittagessen war ihr seine aufgesetzte Fröhlichkeit so richtig aufgefallen. Da war nichts Echtes, nichts wirklich Herzliches gewesen, aber als er gesagt hatte, dass er sie liebte, da hatte Sherilyn gespürt, dass es die Wahrheit war.

Nur warum machte sie das nicht glücklich?

Irgendetwas fehlte, oder irgendetwas störte.

Cataleya ... War sie es? Der kleine Schatten an Joshs Seite? Sherilyn fühlte sich unbehaglich, sobald sie an Cataleyas dunkle Augen dachte. So seltsam hypnotisierend. Ansonsten ausdruckslos, keine Freude, keine Trauer, nichts. Nur unbewegt auf sie gerichtet. Ja, das war es, was so komisch war.

Cataleya behauptete, ihre Freundin zu sein, doch sie schien gar nicht zu begreifen, was das hieß.

Es reichte nicht, einander nur anzustarren.

„Freundinnen liegen gemeinsam im Bett und tuscheln!“, hatte sie vor kurzem sinngemäß gesagt.

Cataleya schien das in Büchern gelesen oder vielleicht in Filmen gesehen zu haben, es hatte ein wenig vom Charme der 50er Jahre, es war nichts, was heutzutage üblich war. Man tauschte sich über Insta oder Whatsapp aus, man schrieb sich messages, man lag doch nicht zusammen in einem Bett. Sherilyn fühlte einen Schauder über ihren Rücken laufen.

Die ganze Szene in Cataleyas Zimmer war so unwirklich gewesen. Sie wollte da nie wieder hin. Morgen musste sie es vielleicht, nein, sie ging zu Josh, sollte sie das absagen? Vielleicht konnten sie sich woanders treffen? Auf neutralem Boden? Das Haus der Mortons hatte so etwas Steriles gehabt, alles war sauber, alles aufgeräumt, nichts Persönliches war zu bemerken, außer vielleicht im Wohnzimmer, wo Mrs. Morton am Tisch gesessen war mit einer Tasse Kaffee.

Nein, sie wollte da nicht hingehen. Auch nicht für Josh. Sie würde ihm morgen absagen. Oder gleich. Sie zog ihr Handy hervor und schrieb Josh eine Nachricht.

„Tut mir leid, ich kann morgen nicht kommen, können wir uns woanders treffen?“

Sie musste lange auf eine Antwort warten.

Josh

Er hatte es geschafft. Es war so einfach gewesen, Neela hatte es vorausgesagt.

„Gib ihr das Gefühl, dass du sie brauchst!“, hatte sie empfohlen. „Sie ist anständig, keine Bitch, sie wird kommen, wenn sie glaubt, dass sie dir helfen kann!“

Es war ihm nicht schwergefallen. Seine Traurigkeit musste er nicht spielen und auch nicht seine Angst vor dem, was passieren würde.

Auf seinem Bett liegend dachte er an Sherilyns langes blondes Haar, an ihre sportliche Erscheinung, ihre Freundlichkeit und Hilfsbereitschaft.

Schließlich erhob er sich und ging zu Neela. Lange sprach er mit ihr und sie tröstete ihn.

Und dann kam Sherilyns Nachricht auf sein Handy.

„Das verkompliziert die Sache“, meinte Neela.

„Was soll ich ihr schreiben?“

„Glaubst du, sie hat etwas gemerkt?“

Josh nickte.

„Das ist sicher. Sie traut mir nicht mehr. Ist ja auch kein Wunder.“

„Sie ist anscheinend nicht dumm. Warum muss es sie sein?“

Josh hob die Schultern.

Sie überlegten lange. Dann schrieb Josh endlich:

„Okay, lass es gut sein, Sheril, dann ist es sowieso egal.“

Neela war überzeugt, das würde Sheril ein schlechtes Gewissen verschaffen.

Und genau das schien der Fall zu sein.

„Was ist los, Josh, ich will dir helfen!“

„Dann komm morgen, ich kann dir das nur hier zeigen!“

„Warum?“

„Komm, oder lass es, es ist alles gut! Es ist deine Entscheidung!“

Es dauerte lange, bis Sheril zurückschrieb.

„Also gut. Bis morgen!“

„Bis morgen, ich liebe dich!“

Erleichtert umarmten sich Josh und Neela. Es würde also funktionieren.

Cataleya

Erneut liege ich auf dem Bett und denke an morgen. Ich habe nachgeschaut, es sind noch genügend Schlafmittel im Versteck. Sie reichen für Sheril, sie wird benommen sein, wir wollen sie ja nicht gleich umbringen, wir wollen noch eine Weile mit ihr spielen.

Immer wieder male ich es mir aus, in allen Einzelheiten. Ich habe gelesen, dass man Schmerzen hat, wenn man langsam aufgehängt wird. Das Zungenbein bricht, das Gewicht des Körpers zieht nach unten, nein, ich möchte nicht, dass sie leidet, ich bin von dieser Vorstellung abgerückt. Wir werden sie anders töten, sie soll schön bleiben bis in den Tod, jeder soll sie ansehen und weinen, weil so ein hübsches Mädchen zu früh gestorben ist.

Wir werden es wohl so machen wie immer, mit Tabletten und Alkohol geht es sanft hinüber. Daher wird Neela morgen noch einmal eine Apotheke aufsuchen müssen, damit wir genug haben.

Ob sie Deputy Rosenberg schon gefunden haben?

Es war noch nichts in den Nachrichten, man konnte nichts über sie in der Zeitung lesen. Ich freue mich schon darauf, welchen Wirbel das verursachen wird. Die arme Deputy Rosenberg, sie verkraftete die Suspendierung nicht. Sie war eine wirklich gutaussehende Frau, ehrgeizig und nicht dumm. Es war schön, sie zu streicheln und ihre Brüste zu berühren. Ob ich es Neela und Josh erzählen soll? Nein, das bleibt mein kleines Geheimnis, ich werde sie damit überraschen, das wird lustig.

Ich möchte schlafen, damit es schneller morgen wird. Ich bin so aufgeregt wie ein kleines Kind. Ich werde Sherilyns Göttin sein, die Herrin über Leben und Tod und ich freue mich auf den Moment, wenn sie mich erkennt als das, was ich bin.

Und nun, wenn ich an Rosenberg denke, fällt mir etwas Wichtiges ein. Wie konnte ich das nur vergessen? Ich muss zu Josh und Neela.

Ich teilte ihnen mit, welchen Fehler wir bei Mr. Bender gemacht hatten. Natürlich schaffte ich es, ohne zu gestehen, woher ich das wusste. Ich sagte ihnen, Carla Rosenberg hätte das bei der Befragung an der Schule erwähnt.

Mr. Bender trank nie Rotwein. Er war auf irgendeine Weise allergisch dagegen. Deputy Rosenberg hatte mir das in Wahrheit an jenem Abend verraten, sie war schon ziemlich betrunken gewesen und hatte etwas von großem Fehler gelallt, den Josh und Neela begangen hätten. Sie hatte mir tatsächlich geglaubt, dass die beiden für die Morde verantwortlich waren.

Neela und Josh waren sehr erschrocken, aber sie schluckten die Geschichte mit der Befragung. Wenn mich auch Neela äußerst misstrauisch anblickte gerade. Josh meinte, es sei egal, deswegen würde man bestimmt nicht auf uns kommen.

Die vergessenen Ohrringe waren natürlich ein Missgeschick, aber Neela winkte ab. Sie habe sich ihre Antwort vorbereitet.

Wir mussten lachen, als sie uns alles erzählte, das war so typisch Neela. Sie ist einfach intelligent, niemand würde sie übertölpeln.

Jetzt bin ich beruhigt, das mit dem Rotwein war eine dumme Sache. Rosenberg trank zum Glück Bier.

Wann sie sie wohl finden werden? Ich hoffe rechtzeitig, nicht, dass sie anfängt, übel zu riechen.

Das hätte diese wunderschöne Frau nicht verdient.

IX. KAPITEL

Ashland PD, East Main Street
Donnerstag, 24. Mai 8:00 Uhr

Chief Earl Johnston hatte kaum sein Büro betreten, als das Telefon läutete. Er nahm ab und erfuhr die Untersuchungsergebnisse. Bei Mr. Bender hatte man DNA gefunden, die man keiner Person zuordnen könne. Gut, er hatte eine Putzfrau und laut seiner Tochter öfter Besuch von Freunden, da würde man Untersuchungen machen müssen. Doch die DNA einiger Haare auf der Couch hatten mit Spuren auf den Ohrringen übereingestimmt.

Neela Morton.

Es wurde Zeit, sie zu einer Befragung zu holen. Sie war volljährig, wie der Chief wusste, ihre Mutter würde sich nicht einmischen können, wie sie es bei der jüngeren Schwester getan hatte.

Er rief die Deputys Robson und Smith zu sich und befahl ihnen, sich zur Universität zu begeben und Neela ins Department einzuladen, es sei keine offizielle Befragung, ob sie freiwillig bereit sei.

Und sie sollten über Deputy Rosenbergs Apartment fahren, sie hatte sich noch nicht gemeldet, allmählich wurde es Zeit.

Die Deputys nickten und verabschiedeten sich. Chief Johnston stattete unterdessen der Profilerin Dr. Roberta Jennings einen Besuch ab.

„Haben Sie schon etwas?“, fragte er.

Sie blickte ihn leicht ratlos an.

„Ich kann Ihnen nicht viel sagen, Chief. Das Vorgehen scheint mir eindeutig zu sein. Keines der Opfer, sollten es tatsächlich Mordopfer sein, hat lange gelitten. Im Fall von Hannah Miller reichte die Dosis des Nitrazepam bei Weitem nicht aus, um sie zu töten, aber sie muss benommen gewesen sein, bekam nichts mehr wirklich mit.

Es kann tatsächlich sein, dass es ein Unfall war, wenn sie unter dem Einfluss der Drogen noch mit dem Motorrad fuhr. Es kann aber genauso gut sein, dass ein Mörder nicht wollte, dass sie Angst haben musste. Und gerade im Fall von Hannah Miller sollten wir von zwei Tätern ausgehen.“

„Warum?“

„Jemand muss das Motorrad gefahren haben, der Mörder wird kaum zu Fuß von dort oben heimgegangen sein. Das Nitrazepam wurde kilometerweit entfernt entdeckt. Ja, es geht allein, aber zu zweit wäre es einfacher, wenn der Mittäter mit dem Auto unterwegs war. Ebenso Mr. Bender, der Lehrer. Es muss ein kräftiger Mensch gewesen sein, der ihn die Treppe hinunterwerfen konnte. Er selbst war sportlich und durchtrainiert. Oder es waren zwei.“

„Das Überraschungsmoment?“

„Stellen Sie sich die Situation vor, Sie gehen die Treppe hinauf und oben wartet jemand. Er könnte Sie niemals so überraschen, dass es ihm gelingt, Sie hinunterzustoßen. Sie würden sich am Geländer festklammern oder sich abrollen. Der oder die Täter haben das verhindert. Was soll ich Ihnen zum Täter sagen können, falls es einen gibt? Er ist schlau, sehr schlau. Er kennt sich mit Medikamenten aus, hat auch Zugang zu Mengen, die man normal nicht bekommt. Er will nicht, dass die Opfer leiden, und ich bin überzeugt, er handelt nicht allein. Ich sehe beinahe psychopathische Züge, als würde es hier jemand genießen, wenn Menschen sterben. Und da hätten Sie eine Verbindung zwischen allen Fällen. Es ginge dann nicht um Rache, nicht um persönliche Dramen, es ginge um einen Mörder, der töten will und der dabei unterstützt wird."

Dem Chief blieb der Mund offenstehen.

„Wir suchen einen Psychopathen? Und nicht nur einen, sondern zwei? Die Fälle hängen also nicht wirklich zusammen, es sind alles Zufälle?"

„Nein, das würde ich nicht sagen, Chief. Ich glaube, dass einige dieser Fälle tatsächlich Verbindungen zu bestimmten Personen haben, dass es persönliche Motive gab. Aber eben nicht bei allen. Dennoch gehe ich von ein und denselben Tätern aus."

„Noch einmal von vorn. Welche Fälle haben persönliche Motive?"

„Es gibt drei Tote, die mit der Highschool in Verbindung stehen. Da würde ich ansetzen."

„Die beiden Lehrer und das Mädchen."

Dr. Jennings nickte.

„Was schätzen Sie, wie alt ist der oder sind die Täter? Ist es ein Mann oder eine Frau?", wollte der Chief wissen.

„Die Einfachheit des Vorgehens lässt auf junge Menschen schließen."

„Wie jung?"

„Das kann ich wirklich nicht sagen. Es kann ein Erwachsener sein, der im Herzen jung blieb, der nie über das Kindesalter hinausging. Die Verwendung von Tabletten und der Mangel an Brutalität spricht für eine Frau."

Der Chief überlegte. „Wir sollten uns in der Psychiatrie noch einmal umsehen, hatte Deputy Smith nicht jemanden genannt, den diese Vorzimmerdame verdächtigte? Einen von Myers Patienten?"

„Legen Sie sich nicht zu früh fest, Chief, das kann ich Ihnen nur raten."

„Nein, das werde ich nicht. Deputy Smith sprach sowieso von einem Mann, wenn ich mich recht erinnere. Gute Arbeit bisher, Dr. Jennings. Letzte Frage, was sagen Sie, waren es Morde oder Unfälle?"

Roberta blickte auf das Chaos von Akten auf ihrem Schreibtisch.

Dann antwortete sie fest. „Ich lehne mich aus dem Fenster, Chief, aber ihr Gespür war richtig, es sind Morde! Sie müssen es nur noch beweisen!"

Der Chief nickte bedächtig.

Gerade rechtzeitig kehrte er in sein Büro zurück.

Das Telefon klingelte.

„Ja?", bellte der Chief.

„Smith hier, Rosenberg antwortet nicht. Die Tür ist verschlossen, die Post liegt auf dem Boden, die Zeitung seit Dienstag auch, die Nachbarin sagt, sonst würde Rosenberg immer Bescheid geben, wenn sie wegfahren würde."

Dem Chief lief es kalt über den Rücken.

„Brechen Sie die Tür auf!", befahl er ruhig. „Sollte es sich als Irrtum herausstellen, bezahle ich die Tür aus eigener Tasche, aber tun Sie es, sofort!"

„Ich habe eine bessere Idee, der Hausmeister hat bestimmt einen Schlüssel."

„Dann holen Sie ihn. Schnell! Rufen Sie mich sofort wieder an, wenn Sie die Tür aufgekriegt haben!"

Der Chief musste zehn lange Minuten ausharren. Die ganze Zeit hatte er auf das Telefon gestarrt. Sein ungutes Gefühl verstärkte sich mit jeder Sekunde. Als es läutete, war er gefasst.

„Die Tür ist offen, Chief, wir gehen rein, ich muss sagen, es riecht seltsam hier!"

Der Chief hörte Schritte, dann Mia Robsons Aufschrei.

„Carla! Um Himmelswillen!"

„Rühr nichts an, Mia", rief Luke Smith. Und mit ruhigerer Stimme ins Telefon: „Carla ist offensichtlich tot, Chief. Sie liegt hier auf der Couch, überall sind Bierflaschen, ihr Handy befindet sich auf dem Tisch."

„Ich schicke sofort eine Einsatztruppe, warten Sie vor der Tür!"

Der Chief legte auf und gab seine Befehle. Dann ließ er seinen Kopf auf den Schreibtisch sinken und trommelte mit den Händen auf das Holz.

Warum hatten sie nicht eher bei Rosenberg kontrolliert? Luke hatte die Dienstagszeitung erwähnt, dann war sie seit Montagabend tot. Am Tag ihrer Suspendierung war sie offensichtlich gestorben.

Er nahm seine Jacke und begab sich höchstpersönlich zum Tatort.

Er musste es wissen.

Sherilyn

Es war am Morgen seltsam, Josh zu begegnen.

Er begrüßte Sherilyn freundlich mit einem Kuss und war wieder so gelassen wie sonst auch.

Aber sie glaubte ihm nicht mehr. Sie fühlte deutlich, dass er nur eine Maske trug, dass er nicht derjenige war, der er vorgab zu sein. Ein paar Mal hatte sie den wahren Josh aufblitzen sehen und er hatte ihr Angst gemacht.

Sie hatte begonnen, an allem zu zweifeln und sie überlegte ernsthaft, ob sie Schluss machen sollte. Heute Abend, wenn sie bei ihm war, würde sie es vielleicht tun, es kam auch darauf an, was er ihr erzählen wollte.

Cataleya kam ihnen entgegen.

Sie lächelte Sherilyn zu.

Dieses Lächeln, was war nur so falsch daran?

Dass die Augen nicht mitlachten? Diese starrenden dunklen Augen?

Trotzdem hob Sherilyn freundlich die Hand.

„Hi, Cata“, grüßte sie. „Heute bekommen wir unsere Literaturaufsätze, du hast sicher wieder A+!“

„Was sonst?“, nickte Cataleya ernsthaft. „Ich hörte, du kommst heute Abend zu uns?“

Sherilyn wechselte einen Blick mit Josh.

Er zog sie in seine Arme.

„Sie kommt zu mir, Cata! Wir haben etwas zu besprechen und du wirst nicht stören!"

„Sheril ist auch meine Freundin", widersprach Cataleya beleidigt.

„Du kannst sie jederzeit einladen, aber heute ist sie mein Gast."

„Ich verstehe, ihr wollt ungestört bleiben!"

„Nein, so ist das nicht gemeint", warf Sherilyn hastig ein. „Wir wollen nur miteinander reden, nichts weiter."

„Dann tut das, komm, wir sind spät dran!"

Und Cataleya eilte in den Kursraum, um wenig später ihren ausgezeichneten Essay zurückzuerhalten. Achtlos steckte sie ihn in ihre Tasche und konzentrierte sich auf den Unterricht.

Es war wie immer.

Nein, nicht wie immer, eines fiel Sherilyn auf, Cataleya war heute schick angezogen und hatte die strähnigen, schulterlangen Haare zum Teil geflochten, was wirklich nett aussah.

Doch, auch Cataleya war hübsch, nicht so gutaussehend wie ihre Geschwister, aber das war, weil sie nicht strahlte, weil sie immer noch das Mädchen war, das niemandem auffiel.

Wieder musste Sherilyn an einen Schatten oder einen Geist denken, nicht an eine Person.

Josh

Josh war auf dem Gang zurückgeblieben und hatte den Mädchen lange nachgestarrt. Es war egal, ob er zu spät kommen würde, er wollte den Anblick in seinem Gedächtnis behalten. Seine jüngere Schwester, so eifrig und klug, so darauf bedacht, immer die Beste zu sein. Nichts anderes interessierte sie wirklich, sie hatte sich heute Morgen darauf gefreut, dass die Semesterprüfungen bald beginnen würden, und konnte es kaum erwarten, sie zu schreiben.

Neela war den Tränen nahe gewesen, das hatte er bemerkt. Sie hatte darauf bestanden, dass Cata sich heute besonders modisch kleidete, zu Ehren Sherilyns und weil sie heute eine Frau werden würde. Cataleya hatte wie ein kleines Kind freudig reagiert. Sie war aufgeregt und hatte es sogar zugelassen, dass Neela ihr die Haare frisierte.

Währenddessen hatte sie unablässig von Sherilyn und den Prüfungen gesprochen. Nichts konnte ihr Glücksgefühl trüben, heute war der Tag, auf den sie so lange gewartet hatte, und dann, wenig später, würde es endlich die Abschlusstests geben.

Ja, ein kleines Kind, das traf es wohl. Sie war im Alter von vier oder fünf Jahren stehen geblieben, sie würde nie wirklich erwachsen werden. Joshs Hass auf die Person, die ihnen das angetan hatte, wuchs ins Unermessliche. Er ballte hilflos die Fäuste.

Neela

Es sollte ein schöner Tag für Cataleya werden. Ihre kleine Schwester, das sorgsam gehütete und gehegte Mädchen mit dem Wesen eines Kindes ... Neela hielt nur mühsam die Tränen zurück.

Sie hatte Cataleya frisiert, ihr etwas Hübsches zum Anziehen herausgesucht, der Unterschied war verblüffend. Das Schattenkind war plötzlich in die Sonne getreten, die dunklen, sonst so ausdruckslosen Augen strahlten in der Vorfreude. So hätte es eigentlich immer sein sollen. Cataleya waren allzu früh die echte Freude und das Lachen genommen worden.

Neela dachte zurück an die Vergangenheit, an die Schlingen, die sich so fest zugezogen hatten und die keinen von ihnen mehr frei ließen.

Sie hatten alle verschieden reagiert. Cataleya war in der seelischen Entwicklung stehengeblieben, sie hatte eigentlich den besten Weg für sich gewählt, denn ihr war nicht bewusst, was man ihr angetan hatte.

Josh war geradezu sexsüchtig geworden. Für ihn war Sex gleichbedeutend mit Liebe, mit dem Drang und dem Wunsch geliebt zu werden, Nähe zu spüren. Sherilyn hatte an diesen Tatsachen gerüttelt, doch Neela wusste, wie Josh in Wirklichkeit war, und dass das Mädchen in Wahrheit keine Chance gehabt hatte, auch wenn es kurzzeitig so ausgesehen hatte. Ihr konnte er nichts vormachen, Josh würde sich nicht mehr ändern.

Und sie selbst?

Sie hatte die Aufgabe übernommen, über ihre Geschwister zu wachen, sie zog die Aufmerksamkeit aller auf sich, ihr Glanz strahlte über Josh und Cataleya, so dass niemand die beiden näher beachtete. Wobei das bei Josh nicht immer funktioniert hatte, denn er wirkte gerade durch seine scheinbare Schüchternheit attraktiv für Mädchen.

Es war offensichtlich: Sie, Neela, hatte die größten Opfer gebracht, sie war freundlich zu Menschen gewesen, denen sie am liebsten ihren Hass ins Gesicht geschrien hätte, wie oft hatte sie sich zusammennehmen müssen und nur mühsam zurückgehalten, was sie wirklich dachte.

Sie erinnerte sich an die Jungen und Männer, mit denen sie Sex gehabt hatte, manchmal, um sie für ihren Tod zu verführen, manchmal auch nur, um wenigstens irgendetwas zu fühlen, doch keiner hatte in ihr etwas bewegen oder den Schmerz in irgendeiner Weise lindern können.

Im Gegenteil!

Die Verachtung für die Mitstudierenden, für die Lehrkräfte, für alle, mit denen sie zu tun hatte, war unendlich angewachsen, sie fühlte, sie würde dem inneren Druck nicht mehr lange standhalten können, sie wollte es hinausbrüllen in alle Welt.

Einmal nur wünschte sie, sie könnte so sein, wie sie wirklich war. Nur ein einziges Mal.

Sie dachte an das Bild von Edvard Munch, der Schrei.

Das war sie, Neela, sie schrie innerlich, denn niemand durfte es hören.

Sie seufzte und traf die letzten Vorbereitungen. Für Cataleya musste sie es tun, das war wichtig, sonst nichts. Doch dann setzte sie sich an ihren Schreibtisch und zeichnete wild, sie würde heute später in der Universität erscheinen, es würde kaum auffallen und es war sowieso egal.

Nachdenklich betrachtete sie die Bilder und verbarg sie sorgfältig in ihrem Schreibtisch. Dann blickte sie zur Uhr, es war kurz vor zehn Uhr, sie würde es gerade rechtzeitig zur zweiten Vorlesung schaffen.

Entschlossen machte sie sich auf den Weg.

X. KAPITEL

Carla Rosenbergs Apartment
Donnerstag, 9:30 Uhr

Die polizeiliche Untersuchung war in vollem Gange. Rosenbergs Handy war noch minimal aufgeladen und mit Gesichtserkennung hatte man es einschalten können, kurz bevor man Carla im Leichensack in die Gerichtsmedizin abtransportierte.Der Chief persönlich hielt das kleine Smartphone in der Hand, das er so oft bei Carla gesehen hatte. Sofort öffnete sich eine Sprachnachricht und der Chief ließ sie laufen.

„Ich habe meinen Job verloren! Ich kann nicht mehr! Ich kann nicht mehr! Ich kann nicht mehr!“

Es war eindeutig Carlas Stimme, lallend und undeutlich in der Aussprache, aber sie war es.

Der Chief änderte das Passwort, ließ das Handy in eine Plastiktüte fallen und übergab es einem Polizeibeamten.

„Bringen Sie das ins Labor, die Spezialisten sollen es näher untersuchen. Passwort ist das Übliche.“

Der Beamte nickte und verschwand.

Wieder deutete alles auf Selbstmord hin. Und diesmal sogar mit einer Abschiedsbotschaft. Der Chief hielt es schließlich nicht mehr aus, fuhr zurück in sein Büro und verlangte, dass man ihm die Sprachnachricht überspielte. Er ging sofort damit zu Dr. Roberta Jennings und ließ sie hören. Die Profilerin horchte zu, drückte immer wieder auf die Playtaste.

„Ich brauche Lautsprecher, ich muss das noch genauer hören", verlangte sie und kurz darauf ertönten Carla Rosenbergs letzte Worte in voller Lautstärke. Es war unheimlich. Nun entdeckte es auch der Chief.

„Es ist jemand bei ihr", stellte er fest.

Roberta nickte.

„Ich hatte von Anfang an das Gefühl, dass ich jemanden atmen höre. Jemand, der nicht Carla Rosenberg ist!"

„Frau oder Mann?"

„Ich bin kein Experte, da müssen Sie jemand anderen fragen, aber Chief, es klingt nach Frau, oder nach ganz jungem Mann, nicht wahr?"

Der Chief nickte grimmig.

„Wir ermitteln wegen Mordes. Und ich weiß, wen ich mir zuerst ins Büro hole!"

„Darf ich dabei sein?"

Der Chief überlegte nur kurz.

„Ja! Ich fände es gut, wenn Sie dabei sind!"

Befragung Neela Morton
Mittwoch, 23. Mai, 11 Uhr
Ashland PD, East Main Street
Anwesend: Chief Earl Johnston, Deputy Mia Robson, Dr. Roberta Jennings,
Neela Morton, 19 Jahre

Sie hatten Neela mitten aus einer Vorlesung geholt, sie war sofort bereitwillig mitgegangen, wollte nur erschrocken wissen, um was es denn ginge, ob mit ihren Geschwistern oder ihrer Mutter etwas passiert sei.

Nein, wurde sie beruhigt, es sei eine Routine Befragung. Sie schien erleichtert und fragte nicht weiter nach.

Als Neela in das Vernehmungsbüro geführt wurde, hatte man sofort den Eindruck, als ginge die Sonne auf. Sie brachte eine Aura von Attraktivität und Freundlichkeit mit, die ihresgleichen suchte.

Mia Robson verglich sie im Geist mit ihrer unscheinbaren Schwester Cataleya, was für ein Unterschied.Neela nahm auf ihrem vorgesehenen Stuhl Platz, sie wirkte nervös, aber das war kein Wunder, man wurde nicht jeden Tag auf ein Polizeirevier beordert. Der Chief hielt Neela ein Bild von Carla Rosenberg unter die Nase. „Kennen Sie diese Frau?"

Neela betrachtete das Foto erstaunt. Keinerlei Anzeichen von Wiedererkennen war zu bemerken.

Sie schüttelte den Kopf. „Nein, tut mir leid, ich habe sie noch nie gesehen."

Man musste ihr glauben, ihre Stimme klang fest und sicher. Als Nächstes kam ein Bild von Dave Lynn. Diesmal eine eindeutige Reaktion.

Sie blickte traurig auf.

„Ja“, flüsterte sie. „Ich kannte Dave. Ich kann nicht sagen, dass ich ihn besonders mochte, es ist schlimm, was ihm passierte. Ich weiß, dass er oft und gerne trank, er lud mich ein paarmal ein, aber das ist nicht so meine Art. Und er war ...“

Sie schwieg, schien erschrocken über sich selbst.

„Ja?“, fragte der Chief. „Seien Sie einfach ganz ehrlich!“

„Er ist tot, da will ich nichts Schlechtes über ihn sagen. Er war nett, jeder mochte ihn eigentlich.“

„Aber? Hören Sie, Neela, wir wollen herausfinden, was genau passiert ist, dazu brauchen wir jegliche Information, die helfen könnte.“

Sie zögerte, doch dann brach es aus ihr heraus.

„Er war ein Angeber. Er protzte mit seinen reichen Eltern, seinem Auto und dass er jedes Mädchen haben könnte. Ich ging ihm gerne aus dem Weg. Dennoch, ich habe ihm das bestimmt nicht gewünscht, ich kannte ihn kaum, ich war nicht in seinem Freundeskreis. Warum ermitteln Sie? In den Zeitungen stand doch, es war ein Unfall?“

„Seine Eltern wollen, dass die Todesursache näher untersucht wird.“

„Ach so, ja, das ist verständlich. Bitte, ich will tun, was ich kann, um zu helfen. Nur, ich weiß nicht viel über ihn, außer das, was ich Ihnen gerade sagte. Ich könnte Ihnen ein paar Mädchen nennen, die ihn besser kennen.“

„Ja, das ist sehr freundlich von Ihnen, Neela, Sie können die Namen dann später zu Protokoll geben. Kannten Sie Mr. Bender?“

Neela riss die Augen auf. „Den Lehrer der Highschool? Natürlich kannte ich ihn!"

Ihrer Stimme war Abscheu anzumerken.

Der Chief horchte auf.

„Sie mochten ihn nicht?"

„Er ist tot und ich bin froh darüber!"

„Darüber würde ich gern mehr erfahren!"

Neela zögerte wieder. Ihre Augen waren weit geöffnet, sie war sichtlich nervös.

„Reden Sie, Neela!"

„Wenn ich Ihnen das sage, wird das jemand erfahren? Ich möchte nicht, dass meine Mutter davon hört oder sonst jemand. Behandeln Sie das vertraulich?"

Der Chief nickte.

„Ich kann Ihnen vorerst Verschwiegenheit zusichern, sollte es allerdings zu einer Verhandlung kommen und das, was Sie uns mitteilen, ist relevant, würden wir es heranziehen."

„Ohne meinen Namen zu nennen? Als anonyme Aussage? Würde das gehen?"

„Das kommt immer auf die Umstände an."

„Dann werde ich jetzt schweigen. Ich will das nicht erzählen, es ... ich will nicht mehr daran denken!"

„Sie waren bei ihm?", fragte der Chief.

Neela nickte.

„Wir haben das hier bei ihm gefunden."

Der Chief hob Neelas Ohrringe hoch.

Sie barg ihr Gesicht in den Händen. Deputy Robson wurde an Cataleya erinnert, sie hatte das auch getan. Und tatsächlich, als Neela wiederauftauchte, standen Tränen in ihren Augen.

Doch anders als bei Cataleya wirkte es echt.

„Kennen Sie diese Ohrringe?“, fragte der Chief noch einmal eindringlich.

Wieder nickte Neela. „Es sind meine!“, flüsterte sie. „Ich habe sie verloren.“

„Sie haben die Ohrringe verloren, als Sie Mr. Bender besuchten“, ergänzte der Chief.

„Ja, das habe ich wohl. Ich trage sie nicht sehr oft, sie sind so unpraktisch, aber an diesem Tag hatte ich sie dran, ich weiß auch nicht wieso. Sie waren ewig in meiner Schublade gelegen und am Morgen hatte ich mir gedacht, warum nicht? Sie sind schön und sie passten zu der Bluse, die ich anhatte.“

„Warum waren Sie bei Mr. Bender und an welchem Tag?“

„An welchem Tag, das weiß ich nicht mehr, oder doch, es muss ein Mittwoch gewesen sein, weil ich da nachmittags keine Vorlesung habe und in die Stadt gehe. Und dort ...“

„Was passierte dort?“

„Ich traf Mr. Bender. Sehen Sie, er war mein Highschool-Lehrer, er freute sich, mich zu sehen, ich hatte Zeit und er lud mich zu einem Kaffee ein. Wir unterhielten uns und ich klagte ein wenig, weil ich ein teures Buch kaufen musste für die Geschichtsvorlesung. Da sagte er mir, er hätte es zuhause und würde es mir gern leihen. Er wohnte ja nicht weit weg und ich dachte mir nichts dabei, er war mein Lehrer gewesen, ich vertraute ihm.“

„Also gingen Sie mit ihm?“

Neela nickte.

„Was ist dann geschehen?“

„Ich möchte nicht darüber sprechen!“

„Er bot Ihnen zu trinken an?“

„Ja“, kam es widerwillig.

„Rotwein?“

Neela schüttelte den Kopf. „Nein, keinen Rotwein, er ist allergisch darauf, das erzählte er mir und mixte uns Gin Tonic. Den könne er unbesorgt trinken.“

Der Chief sah sein Kartenhaus zusammenfallen.

Wenn Neela die Mörderin gewesen wäre, hätte sie nicht eine Flasche Rotwein verwendet, um den Unfall vorzutäuschen. Niemand hatte von der Allergie gesprochen, der Mörder konnte nicht davon gewusst haben. Trotzdem fragte er weiter und schließlich deutete Neela an, was geschehen war.

„Ich will es nicht erzählen, aber vielleicht können Sie es sich denken. Ich weiß nicht, was in ihn gefahren ist, er ... er konnte sich nicht mehr beherrschen, ich floh aus dem Haus, gerade noch, meine Bluse, meine schöne neue Bluse, ich musste sie vor meiner Mutter verstecken. Ich hoffe immer noch, ich kann sie wieder nähen“, flüsterte sie.

„Warum haben Sie das nicht angezeigt?“, wollte der Chief wissen.

Sie starrte ihn entsetzt an. „Damit alle über mich reden? Ich bin zu einem Mann ins Haus gegangen, ich war leichtsinnig, ich dachte doch, ich könne einem ehemaligen Lehrer vertrauen.“

Wieder barg sie den Kopf in den Händen und diesmal schluchzte sie.

Der Chief hielt es für besser, die Befragung vorerst zu beenden.

Doch eines war noch wichtig:

„Miss Morton, können Sie mir sagen, wo Sie Samstag und Montagabend waren?"

Neela fasste sich, was ihr offensichtlich schwerfiel, unwillkürlich bewunderte man ihre Selbstbeherrschung und Stärke. Sie beeindruckte jeden im Raum.

„Warten Sie, Samstag war ich zuhause, ich musste an einem Referat schreiben, wir hatten am Nachmittag Besuch von Joshs neuer Freundin Sherilyn. Sie geht mit Cataleya in dieselbe Jahrgangsstufe, sie ist ein sehr nettes Mädchen. Dann saß ich eigentlich den ganzen Abend am Computer, ich war online, weil zwei Kommilitoninnen am selben Thema arbeiteten. Ich ging dann spät ins Bett, nach Mitternacht, das weiß ich noch, ich ärgerte mich sehr, weil ich nicht vorangekommen war und den Sonntag auch noch brauchen würde. Und was wollten Sie noch wissen?"

„Montagabend!"

Neela überlegte. „Man kommt so durcheinander, nicht? Montag, ja, ich war zuhause. Mein Bruder und ich spielten Fortnite online mit unserer Community. Wir übertrieben leider, ich gebe es zu, wir hörten erst so um zwei Uhr auf, ich hatte am Dienstag richtig Probleme, mich zu konzentrieren."

Der Chief verabschiedete sich von Neela, bedankte sich für ihre Mithilfe und ließ sie zurück an die Universität fahren.

Nachdenklich blickte er Deputy Robson und Dr. Roberta Jennings an. „Was meinen Sie zu ihr?"

„Sie spielt besser als ihre Schwester, diese little Miss Perfect", gab Deputy Robson mitleidslos zur Auskunft.

Irgendetwas an Neela hatte sie gestört, sie konnte den Finger nicht darauflegen. Vielleicht weil das Mädchen so unangreifbar erschien. „Ich kann sie nicht leiden, aber wahrscheinlich bin ich die Einzige!“

„Sie wusste das mit dem Rotwein“, murmelte der Chief. „In diese Falle tappte sie nicht.“

Dr. Jennings räusperte sich. „Mein Eindruck war, sie wollte diese Geschichte von Mr. Bender erzählen. Sie stieß Sie geradezu mit der Nase darauf. Ihr Widerwille war nur vorgetäuscht, sie machte Sie geschickt neugierig, brachte Sie sofort auf eine eindeutige Fährte.“

„Sie glauben ihr diese Sache also nicht?“

Jennings zögerte. „Es kann passiert sein, wie genau, das ist die Frage. Ich meine nur, dass sie es ausnützte, um zu erklären, warum ihre Ohrringe dort waren. Denn sie wusste von ihrer Schwester, dass man ihre Ohrringe gefunden hatte. Und sie warf gleichzeitig ein sehr übles Licht auf diesen Bender. Dieses Mädchen ist intelligent und äußerst manipulativ.“

„Hmm ... Sie kannte Rosenberg nicht“, überlegte der Chief weiter.

„Nein, da haben Sie recht. Carla Rosenberg war ihr vollkommen unbekannt. Sie hat sie noch nie im Leben gesehen. So gut kann niemand schauspielern.“

„Und ihr Alibi für die zwei fraglichen Tage zu den Toden von Lynn und Rosenberg ist so gut wie lückenlos und nachprüfbar. Damit wären wir wieder am Anfang. Schade, es hätte so gut gepasst!“, bedauerte der Chief. „Wir müssen weitersuchen.“

Cataleya

Es ist so schön ruhig in der Bibliothek, hier kann ich mich am besten konzentrieren. Vorhin schickte mir Neela eine Nachricht, dass sie auf der Polizei befragt worden sei. Natürlich die Ohrringe ...

Ich rief sie sofort an und sie erzählte mir alles, auch dass sie die Rotweinfrage geschickt gekontert hätte. Ich bin so stolz auf sie.

Sie musste ihr Alibi für Samstag und Montag angeben, sie hat natürlich eins, sie war zuhause, am Montag waren sie und Josh sogar mit ihrer online Community zugange und spielten Fortnite, da hätte ein Erdbeben stattfinden können und sie hätten nichts mitbekommen.

Jeder glaubt auch von mir, dass ich zuhause war.

Mutter saß zur fraglichen Zeit im Wohnzimmer, sie hätte es gehört, wenn einer von uns weggegangen wäre. Außer man hätte - wie ich - gewartet, bis sie kurz aufs Klo ging. Und wäre erst wieder ins Haus, nachdem sie in ihrem Schlafzimmer war.

Das funktioniert ganz gut, niemand bekommt mit, dass wir weg sind, so haben wir das schon öfter gemacht. Mutter schaut nie in unsere Zimmer. Wir lassen leise Musik laufen oder einen Film am Computer, so denkt sie beim Schlafengehen, wir sind beschäftigt. Sie würde sich ab und zu wundern, würde sie die Zimmertüren öffnen.

Aber das könnte sie gar nicht, sie sind abgesperrt, wir gehen auf Nummer sicher.

Sherilyn sitzt neben mir und arbeitet.

Sie wirkt blass und nicht besonders glücklich.

Ich frage mich, was los ist.

Ich schreibe an Neela.

„Darf man eine Freundin fragen, warum sie traurig ist, und wie formuliert man das?“

Neela antwortet prompt.

„Du musst ein besorgtes Gesicht machen, nicht lächeln, lege die Hand auf ihre Schultern oder ihren Arm und sag ‚ich sehe dir an, dass etwas los ist, geht es dir nicht gut?‘ Frag sie, ob sie es dir nicht erzählen will und ob du ihr helfen kannst, und dann hör einfach nur zu. Schreib mir, wenn du unsicher bist, was du sagen sollst!“

Ich befolgte ihren Rat und legte die Hand auf Sherils Arm.

Sie zuckte zurück, blickte mich erschrocken an.

War das falsch?

Wenn man etwas falsch gemacht hat, muss man sich entschuldigen, ich weiß nicht, was nicht richtig war, doch ich entschuldigte mich vorsichtshalber, so hat Neela mir das beigebracht.

„Es tut mir leid, aber ich sehe dir an, dass etwas los ist, geht es dir nicht gut?“

Sherilyn starrte mich an. Sie hat Angst vor mir, das sah ich deutlich. Sie soll keine Angst vor mir haben, noch nicht!

„Erzähl mir doch einfach, kann ich dir helfen?“

Sie schüttelte den Kopf. „Ich werde heute mit Josh sprechen“, flüsterte sie.

Mehr konnte ich nicht aus ihr herausbringen.

Jetzt sitze ich ratlos über meinem Schreibblock und überlege, ob ich Neela noch einmal fragen soll. Oder noch besser, ich sage Josh Bescheid.

Er soll mit Sherilyn reden, damit heute ja nichts schiefgeht. Ich suche ihn gleich. Ach so, nein, das geht nicht, ich muss erst noch mein Buch zu Ende lesen, schließlich habe ich Pflichten zu erfüllen.

Aber dann sofort!

Sherilyn

Cataleya hatte etwas gemerkt, seltsam, das hatte Sherilyn ihr gar nicht zugetraut. Wie sie plötzlich die Hand auf Sherils Arm gelegt hatte, es war erschreckend gewesen. Und dann diese vertrauliche Frage, wie einstudiert.

Nein, Sheril würde sich bei Cataleya ganz bestimmt nicht aussprechen. Das Mädchen war unheimlich.

So war es vorher nicht gewesen, im Gegenteil, Sheril hatte Cataleyas Freundschaft geradezu gesucht, aber nun, seit sie sie näher kannte und seit sie wusste, dass mit Josh etwas nicht stimmte, wäre es ihr am liebsten, sie wäre den Geschwistern nie begegnet.

Wieder überlegte sie, das Treffen für den Abend abzusagen.

Sie konnte einfach eine Nachricht schicken und Josh mitteilen, dass es vorbei war. Dann musste sie ihm nicht dabei in die Augen sehen.

Nein, schalt sie sich selbst. Das war schäbig, so etwas machten nur Feiglinge. Sie würde es ihm von Angesicht zu Angesicht sagen.

Cataleya war längst wieder in ihr Buch vertieft und schien vollkommen ruhig. Erneut fiel Sherilyn auf, wie hübsch sie heute war und es drängte sie, ihr ein Kompliment zu machen, vielleicht würde sie das aus der Reserve locken.

Sie gab sich einen Ruck, was schadete es schon?

„Übrigens, Cata, du siehst heute toll aus, deine Haare, hast du das selbst gemacht?“

Cataleya fuhr überrascht hoch.

Und zum allerersten Mal entdeckte Sherilyn bei ihr ein echtes Lächeln, ein kleines, erstauntes, automatisches Verziehen der Mundwinkel, nicht gesteuert, ganz von selbst. Auch die Augen waren plötzlich weicher.

„Findest du? Neela frisierte mich heute Morgen. Sie wollte, dass ich an meinem besonderen Tag auch nett aussehe.“

„Hast du Geburtstag?“, fragte Sheril erschrocken.

„Nein, aber heute wird noch etwas Wunderbares passieren, ich erzähle dir das, wenn du zu uns kommst.“

Wieso wollen sowohl Josh als auch Cataleya ihr gerade heute alles Mögliche erzählen? Wieder lief es Sheril kalt über den Rücken. Aber sie beherrschte sich.

„Dann freue ich mich darauf“, antwortete sie mit Mühe.

Cataleyas Lächeln war erstorben. „Du freust dich nicht, ich sehe das“, stellte sie fest.

Sherilyn zwang sich zu einem Lachen. „Das bildest du dir ein. Ich gehe jetzt, ich bin fertig. Wir sehen uns nachher in Chemie.“

Sie erhob sich und floh geradezu aus dem Raum. Cataleya starrte ihr nach. Es half nichts, sie musste Josh suchen. Da stimmte etwas nicht.

Sie packte ihre Sachen zusammen und schrieb ihrem Bruder.

„Muss dich sprechen, sofort, komm zur Bibliothek!“

Tatsächlich erschien Josh nach ein paar Minuten. „Was ist los?“

„Du musst mit Sherilyn reden, ich glaube, sie will heute nicht kommen, sie war gerade so seltsam!“

Josh lächelte ihr beruhigend zu. „Keine Angst, Cata, sie wird kommen, alles läuft nach Plan.“

„Bist du sicher?“

„Bombensicher. Mach dir keine Sorgen. Es ist dein Tag heute!“

Cataleya war erleichtert. Wenn Josh das sagte, würde es stimmen.

Fröhlich begab sie sich in ihren Kursraum.

Ashland PD, East Main Street
Donnerstag, 24. Mai, 15:00 Uhr

Chief Johnston trommelte ungeduldig mit den Fingern auf dem Tisch herum.

Warum dauerte das alles so lange?

Schließlich erhielt er einen vorläufigen Bericht aus der Gerichtsmedizin.

Carla Rosenberg war am Montag zwischen 22 und 1 Uhr gestorben, genauer konnte man das nicht eingrenzen. Sie hatte Bier getrunken, doch die Todesursache war eine Überdosierung von Schlafmitteln gewesen. Die Menge hätte niemand überleben können, da wollte jemand auf Nummer sicher gehen.

Wie hatte man es geschafft, Rosenberg die Medikamente einzuflößen? Es war keine Gegenwehr erfolgt, alles schien aus freiem Willen geschehen zu sein. Der einzige Hinweis auf eine Fremdeinwirkung war der hörbare Atem einer zweiten Person auf der Handyaufnahme.

Das Handy wurde quasi auseinandergenommen. Jeder Telefonanruf wurde verfolgt, jede Nachricht gelesen.

Der Chief hatte eine neue Idee und griff zum Hörer.

„Ihr untersucht doch Rosenbergs Handy, nicht wahr?"

„Ja, wir haben alles aufgeschlüsselt, der Bericht wird Ihnen gleich zugesandt, Chief."

„Gut, danke, aber ich hätte noch was. Diese Sprachnachricht lässt mir keine Ruhe. Kann es sein, dass da etwas gelöscht wurde? Dass die länger war?"

„Sie wollen, dass wir gelöschte Daten aufspüren? Dafür brauchen wir einen Fachmann. Das kann dauern, Chief!"

„Es ist mir egal, wie lang es dauert. Beschafft diesen Fachmann und stellt mir alles wieder her, was die letzten Tage gelöscht wurde. Koste es, was es wolle!"

„Ok, Chief. Auf Ihre Verantwortung!"

„Die übernehme ich gern."

Der Chief war sich sicher, dass man etwas finden würde, es konnte nicht anders sein.

Diese zweite Person im Raum, sie hatte Rosenberg irgendwie hereingelegt.

Wer würde so etwas schaffen? Ein junger hübscher Kerl? Auf jeden Fall jemand, dem man das nicht zutraute. Jemand, der allem Anschein nach schwächer als Carla war, jemand, der perfide genug war, ihr Vertrauen zu gewinnen.

Warum hatte der Chief plötzlich das Bild eines unschuldigen Kindes vor Augen? Er hatte wohl zu viel

Horrorfilme gesehen, da war immer das Böse in einem Kind. In Wirklichkeit passierte so etwas nicht.

Oder doch?

Er ging ins Internet und googelte nach Kindern, die gemordet hatten. Mit irgendetwas musste er sich beschäftigen. Er war erstaunt, wie viele Fälle es gab, meistens hatten sie einen sexuellen oder gewalttätigen Hintergrund. Mädchen töteten genauso wie Jungen, oft hatten sie selbst Missbrauch und Gewalt erlebt. Es war erstaunlich, wie ihre Biografien sich oft glichen.

Alyssa Bustamante war 15 gewesen, als sie eine Sechsjährige tötete, ebenso Morgan Leppert, die zusammen mit ihrem Freund einen 62-Jährigen umbrachte.

Es gab sogar jugendliche Serienmörder, unglaublich! Sie waren doch selbst noch halbe Kinder, wie konnten sie nur auf so einen Weg geraten? So gewissenlos sein?

Der Chief schaltete die Seiten weg, er wollte sich nicht auf eine falsche Spur bringen lassen, nur weil eine fixe Idee sein Hirn beherrschte. Er musste auf dem Teppich bleiben und Schritt für Schritt an die Sache herangehen. Das Einzige, was ihn beunruhigte, war die Tatsache, dass die Morde anscheinend immer schneller hintereinander erfolgten. Vor drei Wochen der Lehrer, jetzt Samstag, Montag ...

Er fühlte es fast körperlich. Der nächste Schlag stand unmittelbar bevor und die Zeit drängte.

Dennoch durften sie nichts überstürzen.

Sherilyn

Die Sportstunden taten wie immer gut, sie reinigten die Gedanken, man powerte sich aus, wurde wieder zuversichtlicher.

Sherilyn musste beinahe über sich selbst lachen. Was hatte sie sich da nur zusammengereimt? Angst vor der kleinen Cataleya? Lächerlich!

Und Josh hatte doch gesagt, dass er sie liebe, sie hatte ihm das geglaubt. Sie war sich sicher gewesen, dass er das ehrlich gemeint hatte. Was sollte also schon groß passieren.

Sie stand mit ein paar Mädchen in einer Gruppe und sie machten eine Trinkpause. Meredith war kurz im Waschraum gewesen und kam eilig gelaufen.

„He, könnt ihr euch noch an die Polizistin erinnern, die am Montag diese Befragung machte? Sie hieß doch Rosenberg oder so?", rief sie von weitem.

„Ja! Was ist mit ihr?", fragten alle durcheinander. „Ist sie wieder da?"

„Sie ist tot! Ich habe gerade Nachrichten gesehen!"

In den Fluren der Schule gab es Bildschirme, auf denen stets die neusten Meldungen eingeblendet wurden.

„Tot?", fragte Sherilyn erschüttert. Sie erinnerte sich gut an diese freundliche Polizistin, die ihr am Ende noch eine Warnung gegeben hatte, sie solle vorsichtig sein. Und nun war sie selbst gestorben.

„Wie ist es passiert?“ Sherilyn hoffte irgendwie auf eine Schießerei oder etwas, das Polizisten einfach so zustieß.

Meredith hob die Schultern.

„Es stand nur etwas von mysteriösem Todesfall da und dass die Polizei ermittelt!“

Sherilyn rannte zu ihrer Tasche am Rand des Sportfeldes und holte ihr Handy heraus. Die anderen beobachteten sie verwundert.

Wieso war Sheril so aufgeregt? Was hatte sie mit dieser Polizistin zu schaffen?

Doch Sherilyn fand keine weiteren Informationen zu Carla Rosenbergs Tod.

Das Bild, das man von ihr veröffentlicht hatte, rührte sie. So eine junge, sportliche Frau, sehr ehrgeizig und klug.

Sherilyn versuchte, sich die Befragung ins Gedächtnis zu holen. Wieder hatte sie den Eindruck, als sei es nur um die Morton-Geschwister gegangen.

Sei vorsichtig!

Carlas Ratschlag, stand er mit ihnen im Zusammenhang? Oder war es nur eine allgemeine Aufforderung gewesen, die sie zu jedem sagte?

Sherilyn wandte sich an ihre Freundinnen.

Cataleya war nicht dabei, sie stand am anderen Ende des Feldes und sprach mit der Trainerin, wahrscheinlich begehrte sie Tipps, wie sie sich verbessern konnte.

Sport war nicht ihre Stärke, aber sie wollte nicht, dass die Sportnote ihr Zeugnis trüben würde, daher setzte sie alle Anstrengungen daran, ebenfalls hervorragende Leistungen zu bringen.

„Sagt mal, als ihr befragt wurdet von dieser Rosenberg, was wollte sie da wissen?“

Sherilyn erntete erstaunte Blicke.

„Das war doch nur so allgemeines Gewäsch!“, rief Meredith. „Ob ich Mr. Bender mochte, was er für ein Lehrer war. Wie es mir an der Highschool gefällt. Ein wenig über meine Freundinnen, ob es jemand gibt, den ich nicht leiden kann. Was geht das diese Polizistin an? Und dann zeigte sie mir Ohrringe.“

„Mir auch!“, fielen die anderen ein.

„Kanntet ihr die Ohrringe?“, wollte Sherilyn wissen.

„Die hat doch jede, ich habe auch welche, hätten meine sein können“, kicherte Meredith. „M für Meredith und N für Nathaniel!“

Die Mädchen lachten.

„Hast du denn deine noch?“, spottete Julie.

„Na klar!“

Sherilyn war erleichtert, sie hatte gar nicht daran gedacht, dass viele Mädchen die Initialen des Freundes gewählt hatten, somit konnte das N und M alles Mögliche bedeuten. Es musste nicht Neela Morton sein. Das ungute Gefühl wich ein wenig.

„Machen wir weiter“, schlug sie vor. „Sonst werden wir kalt.“

Die Mädchen strömten wieder auf das Feld und trainierten eifrig. Sherilyn fragte sich, was Meredith auf die Frage nach Mitschülern, die sie nicht leiden konnte, gesagt hatte. Sie war sich beinahe sicher, dass sie Merediths Antwort kannte.

Endlich war die Schule aus.

„Wir sehen uns dann“, rief Cataleya Sherilyn zu und winkte zum Abschied.

„Was hieß das denn jetzt?“, fragte Julie verwundert. „Du bist mit Cataleya verabredet?“

„Wohl eher mit Josh“, lachte Meredith. Der Neid schwang mit. Sie hatte ebenfalls schon lange ein Auge auf Josh geworfen.

„Sag bloß, du kommst zu denen ins Haus!“ Julie ließ nicht locker.

„Ich war sogar schon dort.“ Sherilyn ärgerte sich.

„Ehrlich? Wie sieht es dort aus? Ich glaube, du bist die Erste, die das geschafft hat, noch nie war jemand bei den Mortons zu Besuch.“

„Das ist doch Unsinn, Julie! Und wie soll es schon dort aussehen, ganz normal.“

Aber wenn Sherilyn überlegte, war es kein Unsinn. Sie kannte ebenfalls niemanden, der jemals im Haus gewesen war. Doch sie hatte auch nie danach gefragt.

Sie zog sich ihre Leichtathletikschuhe an und begann mit den Übungen. Vergeblich blickte sie sich nach Josh um, normal war er an ihrer Seite. Nach einer halben Stunde kam er tatsächlich, er schien erhitzt und abgekämpft und entschuldigte sich für die Verspätung, er sei aufgehalten worden. Verbissen stürzte er sich in das Training und war eine Zeitlang nicht ansprechbar.

Erst beim Auslaufen hätten sie eigentlich miteinander reden können, wie sie es sonst auch taten. Sherilyn war versucht, alles zu sagen, was ihr so durch den Kopf gegangen war. Sie war eine offene Person, die gerne aussprach, was sie dachte.

Aber Josh wollte nichts davon hören.

„Später, Sheril, ich möchte jetzt nicht, lass mich einfach nur bei dir sein!"

Und so schwieg sie. Doch ihr ungutes Gefühl verstärkte sich mit jeder Minute. In ihrem Kopf begannen sich Worte zu formen, sie wollte das mit Josh beenden, da war etwas, das sie nicht verstand und nicht greifen konnte, und es machte ihr Angst. Sie würde es ihm heute sagen müssen, auch wenn es ihr das Herz brechen würde. Sie liebte ihn doch so sehr.

Ja, heute, wenn sie bei ihm war, würde sie ihm mitteilen, dass sie nicht mehr mit ihm zusammensein wollte. Es war sicher das Beste so, sie konnte dann einfach gehen und ihn in der Obhut seiner Familie zurücklassen, die ihn unterstützen würde. Und sie selbst würde den langen Heimweg dafür hernehmen, ihren Tränen freien Lauf zu lassen.

Sherilyn atmete auf, als sie diesen Entschluss gefasst hatte. Sie wusste, sie hatte sich richtig entschieden! Nur noch dieser Abend, nur noch dieser eine Besuch im Haus der Mortons. Dann würde es vorbei sein!

XI. KAPITEL

Chief Earl Johnstons Haus
Donnerstag, 22:30 Uhr

Der Chief fluchte, als sein Diensthandy klingelte.

Er war gerade mitten in einem spannenden Film und hatte es gemütlich auf seiner Couch neben seiner Frau Rose, die bereits selig schlummerte und nun hochgeschreckt war.

„Was gibt's?", bellte er ins Telefon. Es war ein langer Tag gewesen, er brauchte Ruhe.

„Chief, wir haben eine Vermisstenmeldung!"

„Wer?"

„Ein Mädchen von der Highschool. Normal würden wir ja erst am nächsten Tag die Kavallerie rufen, aber Sie sagten doch heute, wir sollten jedem Hinweis nachgehen, der die Highschool betreffen würde."

„Ja, das ist richtig. Also, was ist los?"

Der Chief machte sich auf alles gefasst. Wer war es diesmal? Konnten sie noch etwas tun?

„Es handelt sich um eine Mary-Belle Krieger. Sie fehlt schon seit dem Nachmittag, hat sich für ihre Kurse am Nachmittag krankgemeldet und wurde seitdem nicht mehr gesehen."

„Keinerlei Hinweise mit wem sie unterwegs war?"

„Nein, bisher nichts! Die Eltern riefen vorhin an, sind außer sich vor Sorge. Angeblich hat ihre Tochter das noch nie gemacht, dass sie einfach wegblieb, sie sagte immer zuverlässig Bescheid. Auf dem Handy ist sie nicht erreichbar."

„Haben wir eine Handy-Ortung?"

„Nein und das ist seltsam. Es scheint, als sei das Handy einfach verschwunden."

„Oder man zerstörte den Chip", überlegte der Chief. „Schicken Sie einen Suchtrupp aus, trommeln Sie die Männer zusammen, wir nehmen die Hunde. Ich komme ins Department!"

Der Chief war mehr als beunruhigt. Er informierte seine Frau und zog seine Uniform an. Das musste er selbst in die Hand nehmen.

Gegen sieben Uhr am Morgen wurde das Mädchen von den Hunden gefunden. Sie lag in einer verlassenen Waldhütte auf dem White-Rabbit-Trailhead und befand sich im Koma.

Sie war gewürgt und bestialisch missbraucht worden und schien mit Medikamenten vollgepumpt zu sein.

Man brachte sie ins Hospital auf die Intensivstation, sie würde wohl überleben, aber sie war nicht vernehmungsfähig.

Die Brutalität, mit der vorgegangen worden war, war erschreckend. Bis jetzt hatte der Täter beinahe sanft gehandelt, doch das hier war ein aggressiver Gewaltakt gewesen.

Der Chief hatte sich an der Suche beteiligt, war die ganze Nacht unterwegs gewesen und nun erleichtert, dass Mary-Belle lebte, aber er fühlte, dass ihm das Ganze entglitt und er etwas übersehen hatte.

Dr. Roberta Jennings betrat sein Büro. Es war kurz nach acht Uhr.

„Hören Sie Chief, jetzt ist es eindeutig. Es sind mehrere Täter. Meine Ahnung war richtig, wir suchen psychisch gestörte Mörder. Es sind weibliche und männliche Täter. Das mit diesem Mädchen gestern war ein Mann, ich schätze ein sehr junger Mann, vielleicht noch ein Teenager. Die Tabletten weisen auf den Zusammenhang mit den anderen Fällen hin. Chief, suchen Sie an der Highschool. Vielleicht eine Freundesclique, so etwas gab es schon öfter, oder auch Geschwister."

„Geschwister!" Der Chief fuhr auf. Das Puzzle schien sich gerade vor seinen Augen zu vervollständigen.

Und dann erfolgte ein Anruf von der Abteilung, die Carla Rosenbergs Handy untersucht hatte.

„Chief, wir haben da eine interessante gelöschte Aufnahme wiederhergestellt, Sie sollten sich das anhören! Öffnen Sie die Datei, die wir ihnen gerade geschickt haben."

Der Chief folgte der Aufforderung sofort.

Gleich darauf klang klar Cataleyas Stimme durch den Raum, die davon erzählte, wie sehr sie sich vor ihren Geschwistern fürchtete, denn sie hätten all diese Morde begangen.

Der Chief hörte fassungslos den Einzelheiten zu, die Cataleya Carla Rosenberg mitgeteilt hatte.

„So hat sie sie also rumgekriegt", erkannte der Chief. „Dieses kleine Miststück ging zu Carla und heulte ihr was vor. Und dann flößte sie ihr dieses Nitradingsbums ein."

Er blickte auf die Uhr.

„Sie sind jetzt an der Highschool und an der Universität."

Der Chief trommelte seine Leute zusammen.

„Hier sind Haftbefehle für Cataleya, Joshua und Neela Morton. Bringen Sie die drei her, unverzüglich. Informieren Sie die Mutter der Kinder, sie ist Ärztin an der psychiatrischen Klinik, sie werden einen Anwalt wollen. Schnell!"

Und die Polizisten strömten aus, um die Verhaftungen vorzunehmen.

Ashland Highschool
Freitag, 8:35 Uhr

Deputy Luke Smith betrat zusammen mit den Deputys Robson und Frank Coleman die Highschool. Alles schien ruhig, die Schüler waren in ihren Kursräumen.

Die Polizisten eilten zügig zum Sekretariat der Schule. Dort fanden sie Aufruhr vor. Ein blondes Mädchen hatte geradezu einen hysterischen Anfall und brüllte auf die Sekretärin ein, die am Telefon saß und erleichtert aufblickte, als die Polizisten eintraten.

„Ein Glück, dass Sie da sind!", rief sie aus und knallte das Telefon in die Halterung. „Ich habe gerade bei Ihnen angerufen."

Das blonde Mädchen sprang auf die Polizisten zu. „Sie müssen zu Josh, zu den Mortons, schnell!"

Sie hielt ein aufgerissenes Päckchen in der Hand. „Das lag heute in meinem Spind, ich habe es nicht gleich gesehen, erst als ich noch einmal etwas holte, das ich vergessen hatte. Bitte! Schnell!"

Luke Smith räusperte sich. „Wir möchten zu Cataleya und Joshua Morton."

Das Mädchen heulte auf. „Sie sind nicht hier!"

„Sherilyn, nun beherrschen Sie sich endlich!", rief die Schulleiterin, die gerade eingetreten war und den Spektakel fassungslos beobachtet hatte.

Nach einigem Hin und Her stellte sich heraus, dass Cataleya und Josh heute nicht an der Schule erschienen waren.

Deputy Luke Smith informierte den Chief und er ordnete an, dass man zum Haus der Mortons fahren sollte. Sofort und unverzüglich.

Die Deputys rannten zu ihrem Wagen und schalteten die Sirene ein. Es war kein weiter Weg.

Das Haus war verschlossen, niemand öffnete.

„Brechen Sie die Tür auf", wies der Chief über Telefon an. Und dann wartete er. Dabei ahnte er schon, was die Polizisten vorfinden würden.

„Chief, wir haben eine Leiche hier!", teilte Deputy Coleman kurz darauf mit. „Eine Frau. Die Kehle ist durchgeschnitten!"

Und dann kam die Meldung von Deputy Smith. „Die Kinder sind oben. Tot."

„Alle drei?“

„Chief, hören Sie?“, drängte sich Deputy Robson dazwischen. „Es sind nur zwei. Neela und Josh Morton, ich erkenne beide. Sie liegen auf einem Bett. Cataleya ist nirgends zu sehen.“

„Suchen Sie nach ihr!“

Doch man fand sie nicht. Sie blieb verschwunden.

Sherilyn

Josh hatte am Donnerstag nach dem Training doch noch mit ihr geredet. Als sie sich verabschiedeten, hatte er sie umarmt.

„Sheril, es war schön mit dir. Glaube mir, ich liebe dich. Aber ich beende es hier an dieser Stelle. Ich denke, du bist einverstanden.“

„Josh, warum?“

„Weißt du das nicht? Spürst du es nicht?“

„Ich merke, dass etwas nicht in Ordnung ist.“

„Ja, Sheril, und es liegt nicht an dir, ich bin es, der nicht in Ordnung ist. Ich habe dich die ganze Zeit über betrogen, ich bin deiner nicht wert. Mary-Belle log nicht. Hasse mich einfach, dann ist es leichter. Du musst nun keine Angst mehr haben.“

„Woher weißt du, dass ich Angst habe?“, fragte sie erstaunt. So viel stürmte auf sie ein, Wut, Enttäuschung, Liebe, alles, aber das schien ihr am wichtigsten. Sie hatte Angst gehabt vor Josh und vor allem vor Cataleya.

„Es wäre ein Wunder, wenn du keine hättest. Du blickst tiefer als andere, Sheril, und du hast schon beinahe erkannt, wer ich bin. Ich verspreche dir, dass du keine Angst mehr haben musst. Ich lasse dich in Ruhe und Cataleya wird es auch. Es wird sein wie vorher. Du bist wieder frei. Geh jetzt nach Hause, ich hoffe, ich mache dich nicht zu traurig, aber glaube mir, es ist besser so. Viel besser! Such dir einen netten Freund, einen, der dich so liebt, wie du es verdienst.“

Er küsste sie auf die Wange und rannte weg, als sei er von Teufeln gejagt.

Sherilyn konnte es nicht fassen. Die Tränen liefen ihr übers Gesicht, Josh hatte Schluss gemacht.

Aber hatte sie selbst das nicht auch so gewollt? Es war doch ihr eigener Plan gewesen!

Sie hatte sich zuhause unter die Dusche begeben und versucht, vor ihren Eltern normal zu erscheinen. Und sie war andererseits auch erleichtert gewesen, dass sie nicht mehr ins Haus der Mortons gehen musste, daher hatte sie sich an ihren Schreibtisch gesetzt und versucht zu arbeiten. Doch es war ihr schwergefallen. Immer wieder hatte sie auf ihr Handy geblickt, hatte eine Nachricht erwartet, war selbst nahe dran gewesen zu schreiben, aber ihr Stolz ließ es nicht zu.

Josh hatte mit ihr Schluss gemacht. Er hatte sie betrogen, er war tatsächlich mit Mary-Belle zusammengewesen, alle Gerüchte hatten gestimmt.

Sherilyn wurde rot allein bei dem Gedanken, dass man über sie bestimmt gelacht hatte, die gutgläubige

Sherilyn, die den umschwärmten Josh zum Freund hatte und geglaubt hatte, mit ihm das Glück zu finden. Sie war zum Gespött der Schule geworden und das machte sie wütend.

Oh, sie würde den Kopf hochtragen, niemand würde ihr etwas anmerken, das nahm sie sich fest vor, und nach einer unruhig verbrachten Nacht war sie so unbefangen wie möglich in die Schule gegangen.

Weder Josh noch Cataleya waren aufgetaucht, was sehr verwunderlich war, vor allem Cata fehlte nie. Sie war auch nie krank. Sherilyn sah sich nach ihnen um und dann wurde sie abgelenkt, aufgeregte Freundinnen erzählten von Mary-Belle, die man schwer verletzt im Wald gefunden hatte.

Mary-Belle, in Sherilyn läuteten wieder alle Alarmglocken. Josh und Mary-Belle, Josh und Hannah Miller, sie war so durcheinander gewesen, dass sie die falschen Bücher in die Literaturstunde mitnahm und noch einmal zum Spind laufen musste.

Und da hatte sie ein Päckchen entdeckt.

Wie war es hineingekommen?

Josh ... er kannte ihre Kombination, er hatte sie oft genug dabei beobachtet, wie sie die Zahlen eingegeben hatte, war auch nicht weiter schwer gewesen, sie hatte einfallslos ihr Geburtsdatum gewählt, wie es die meisten Schüler taten. Was hatte man schon groß zu verbergen in den Spinden ...

Das Päckchen, sie nahm es heraus, es war von Josh.

‚Für Sherilyn!‘, stand darauf in großen schrägen Buchstaben. Sie riss das Papier auf, es war noch ein dickes Kuvert darin mit der Aufschrift ‚Für die Polizei‘, und ein Brief, der an sie gerichtet war.

Liebste Sherilyn,
wenn du das liest, sind wir bereits tot.

Sie hatte nicht weitergelesen. Sie war ins Sekretariat gerannt und hatte die Sekretärin angebrüllt, sie solle die Polizei informieren, sofort, sie sollten sofort zu den Mortons fahren, keine Zeit verlieren ...

Endlich hatte Miss Dalton zum Hörer gegriffen und da war auch schon die Tür aufgegangen und drei Polizisten im Raum gestanden.

Niemand hatte sich mehr um Sherilyn gekümmert. Sie war den Polizisten hinterhergerannt und selbst zum Haus der Mortons gelaufen. Sie musste es wissen.

Als sie dort ankam, war die Tür bereits aufgebrochen. Sie wollte ins Haus stürmen, wurde aber von einem Deputy daran gehindert.

„Was ist mit Josh?", schrie sie verzweifelt. „Ich bin seine Freundin, bitte, was ist mit ihm?"

Der Deputy führte sie in den kleinen Vorgarten und setzte sie auf einen Gartenstuhl. Er versuchte, zu Sherilyn durchzudringen, aber sie schien in tiefem Schock zu sein.

Endlich kam Deputy Robson aus dem Haus und erkannte das Mädchen. „Sherilyn?"

„Ja, bitte, sagen Sie mir, was los ist!"

„Das darf ich leider nicht."

„Sie sind tot, nicht wahr? Sie sind alle tot!"

Deputy Robson schluckte, der Anblick der drei Leichen hatte sie nicht kalt gelassen. Das war etwas, was man nicht so leicht ertrug, vor allem, wenn es sich um junge Menschen handelte und man mit dem Mädchen noch am Tag zuvor geredet hatte.

Neela, sie hatte selbst im Tod noch diesen Zauber. Welche Verschwendung von Jugend und Schönheit. Und der Junge, Josh, so gutaussehend und so verletzlich.

„Weißt du etwas darüber?“, fragte Robson.

Sherilyn hielt immer noch das Päckchen und den Brief umklammert.

„Er hat es mir geschrieben!“, flüsterte sie tonlos.

Robson horchte auf.

„Ein Abschiedsbrief?“, vermutete sie.

„Ich weiß es nicht, ich habe noch nicht wirklich gelesen.“

„Darf ich ihn sehen?“

Sherilyn blickte sie erschrocken an. „Er ist für mich!“

„Du bekommst ihn ja wieder, ich will ihn nur anschauen.“

„Ich habe selbst noch nicht gelesen.“

„Dann lies jetzt und wenn du fertig bist, würde ich dich bitten, mir den Brief zu übergeben, wir werden ihn brauchen für die Ermittlungen.“

„Es ist also wahr, Josh ist tot.“

Robson nickte. „Es tut mir leid.“

Sherilyn senkte den Kopf und vertiefte sich in das Schreiben. Die Buchstaben verschwammen vor ihren Augen, aber sie konzentrierte sich.

Liebste Sherilyn,

wenn du das liest, sind wir bereits tot.

Ich weiß nicht, wie ich dir das schonender mitteilen soll, aber glaube mir, wir wählen diesen Weg, weil er der beste für uns alle ist.

Du wusstest es, ich sah es in deinen Augen, du durchschautest uns, du hast Cataleya als das erkannt, was sie ist, ein Kind, das Recht und Unrecht nicht unterscheiden kann, ein Mensch, der nur durch Neela und mich existieren kann, weil sie sonst in der Welt verloren ist.

Die Komödie ist ausgespielt, wir können Cataleya nicht mehr helfen, niemand kann das.

Neela und ich taten alles, um Cata zu beschützen, um ihr Freude am Leben zu geben.

Ich kann dich nur noch um eins bitten, übergib der Polizei den Umschlag. Dort werden sie alle Antworten finden, unsere Geständnisse und auch den Namen der Person, die das alles auslöste, die uns missbrauchte und kaputtmachte. Sie soll zur Rechenschaft gezogen werden. Sie allein soll nun alles ertragen müssen und die Wahrheit ins Gesicht geschleudert bekommen.

Wir hoffen, man sperrt sie für immer ein. Sie hat uns das angetan, dafür muss sie büßen.

Liebste Sherilyn, du hattest zurecht Angst. Ich sollte dich an Cataleya ausliefern, ich sollte dich in unser Haus locken und du hättest es nie mehr lebend verlassen. Dein Gefühl war richtig, vertraue immer deinem Gefühl, das wird dir auch weiterhin das Leben retten. Die Gefahr ist um dich, immer und überall, das Böse zeigt sich nicht offen, es ist verborgen. Aber du kannst es sehen, bitte bewahre dir das.

Ich konnte es nicht tun, denn ich habe dich immer respektiert und geschätzt, ich wäre so gern mit dir zur Prom gegangen, ich meinte es ernst, als ich sagte, verschwinden wir von hier, vielleicht hätten wir es geschafft, aber jetzt, wo beinahe alles zu Ende ist, vermute ich, meine Vergangenheit hätte mich eingeholt. Es war zu spät.

Was hätten wir für ein schönes Leben haben können, wenn ich nicht derjenige gewesen wäre, der ich bin.

Du und ich, es war wie ein Traum und ich konnte diesen Traum die letzten Wochen einfach leben, danke dafür, Sherilyn, danke dafür, dass du mir zeigtest, dass Menschen anständig und ehrlich sein können, liebevoll, humorvoll und offen. Danke dafür, dass es dich für mich gab, du warst wie eine Hoffnung für mich. Kurzzeitig dachte ich, ich könne das Verhängnis abwenden, es gab Licht am Ende des Tunnels.

Ja, es war zu spät, viel zu spät, es hätte niemals funktioniert.

Wir wählen diesen Weg, um erneut Cataleya zu retten, sie vor allem zu bewahren, vor dem sie so viel Angst hat. Wir drei gehören zusammen, so war das schon immer. Wir waren in allem vereint und so bleiben wir es auch im Tod.

Du warst mein Lichtblick, ich wünsche dir ein erfülltes Leben, ich wünsche dir von Herzen, dass du es in die olympische Mannschaft schaffst, und wo immer ich sein werde, ich werde dir zujubeln und du wirst siegen, immer und überall.

Bitte, achte auf dich, vertraue immer auf dein Gefühl, glaube nicht dem Schein, sei weiterhin du selbst, verbiege dich für niemanden. Das ist alles, was ich dir mit auf den Weg geben kann. Leider kann ich dich nicht weiter begleiten.

Ich muss jetzt aufhören, Neela sagt, es reicht. Sie hat recht. Wie immer.

Bitte übergib alles der Polizei, du bist die Einzige, der ich traue, ich habe Angst, dass SIE es findet und verschwinden lässt. Also musst du das tun.

Lebe wohl!

Joshua

Sherilyn liefen die Tränen über das Gesicht. Sie erfasste noch nicht so wirklich, was in dem Brief stand. Cataleya war gefährlich gewesen? Sie hatten sich alle drei umgebracht, um Cata zu retten? Sherilyn verstand es nicht.

Sie reichte den Brief an Deputy Robson weiter. Vielleicht konnte sie Licht ins Dunkle bringen.

Robson las interessiert und blickte dann auf.

„Wo ist der Umschlag für die Polizei?“, fragte sie.

„Hier!“ Sherilyn übergab ihr alles.

Robson griff erneut zum Handy.

„Chief, ich habe etwas sehr Aufschlussreiches. Wir brauchen mehr Einsatzkräfte, fürchte ich. Und einen Psychologen für Sherilyn Brown, ja, sofort! ... Wie bitte? Ja, wir müssen Cataleya suchen, dringend, ich vermute, da ist etwas schiefgegangen bei der ganzen Selbstmordaktion. Ja, es war Selbstmord, Joshua Morton schreibt es in einem Brief an Sherilyn. ... Ja, Chief, eindeutig. Aber es hat nicht so funktioniert. Cataleya hätte ebenfalls sterben sollen. ... Ja, Chief, ich kümmere mich darum!“

Sherilyn hatte erschrocken zugehört.

„Cataleya lebt?“

„Wir wissen es nicht, sie ist verschwunden. Es kann sein, dass man sie vorher umgebracht und versteckt hat.“

Aber eigentlich passte das nicht, überlegte Robson. Im Brief stand eindeutig, dass die drei zusammen aus dem Leben scheiden wollten. War Cataleya überhaupt einverstanden gewesen? Hatte sie sich dagegen gewehrt? Und wieso war die Mutter tot? Von ihrem geplanten Tod stand nichts im Brief. War sie die Person gewesen, die Josh als verantwortlich bezeichnete? Sie sollte doch am Leben bleiben? Robson verschob ihre Fragen und kümmerte sich weiter um Sherilyn, bis ein Wagen eintraf, der das Mädchen zum Police-Department brachte. Dort wartete bereits Mrs. Brown, die man auch informiert hatte. Sherilyn war sehr erleichtert und suchte Trost in den Armen ihrer Mutter. Doch sie wollte nichts erzählen, erst als eine Psychologin erschien, sprudelte alles aus ihr heraus, was sie die letzten Wochen erlebt hatte. Alles.

Auch ihre vagen Verdachtsmomente, die Szene in ihrem Zimmer, als Josh sie beinahe überwältigt hätte. Cataleyas Augen, ihr unechtes Lächeln, ihr seltsames Verhalten ... Die Psychologin schlug am Ende ein leichtes Beruhigungsmittel vor, was Sherilyn ablehnte. Sie wollte nur noch nach Hause, nein, sie wollte nachmittags an die Schule zum Sport. Der würde ihr Halt geben. Und Josh würde ihr zujubeln, das hatte er doch versprochen. Ja, es lag eine Art Trost darin, er hatte auf sie geachtet, hatte sie beschützt.

Vielleicht würde er es weiterhin tun.

Chief Johnston
Ashland PD, East Main Street
Donnerstag, 10:20 Uhr

Der Chief atmete tief durch.

Endlich lag Josh und Neela Mortons Vermächtnis auf seinem Tisch. Es waren inzwischen Kollegen von der Bundesbehörde erschienen, denn die Sache schien doch größere Ausmaße genommen zu haben.

Im Beisein von mehreren Polizeibeamten öffnete Chief Johnston den Umschlag. Er enthielt einen Brief und einen Memorystick. Der Brief war sehr lang und brachte ein volles Geständnis.

Zunächst bat Josh Morton in dem Brief, nach Mary-Belle Krieger zu suchen, er beschrieb, wo er sie zurückgelassen hatte, er war mit Neelas Auto unterwegs gewesen und hatte Mary-Belle ein heißes Date versprochen. Sie war mit Tabletten gefügig gemacht worden und dann hatte er sich an ihr vergangen als Strafe, weil sie über ihre kleinen Sexabenteuer geplaudert und damit angegeben hatte. Daher war er viel brutaler vorgegangen als üblich, aber er wollte nicht, dass sie starb und hoffte, man würde sie rechtzeitig finden.

Ja, das war bereits geschehen, Mary-Belle lag auf der Intensivstation und würde sich erholen, zumindest körperlich.

Josh und Neela Morton zeichneten sich und Cataleya verantwortlich für alle Todesfälle, die in letzter Zeit als Akten auf Chief Johnstons Schreibtisch gelandet waren, und sogar noch für zwei mehr, die man nicht als verdächtig eingestuft hatte. Es erfolgten genaue Beschreibungen, wie die drei Geschwister vorgegangen waren, angefangen beim angeblichen Unfall des Vaters.

Und dann kam der eigentlich wichtige Teil.

Sie fragen sich sicher, warum wir das alles taten. Wir wurden bereits als kleine Kinder von unserer Mutter missbraucht. Sie behauptete, sie würde uns in Freiheit aufwachsen lassen, sie ließ uns in ihr Bett und machte Dinge mit uns, die wir damals lustig fanden, aber heute wissen wir, dass sie nicht für Kinder geeignet waren.

Ich, Josh, hatte schon sehr früh Sex mit meiner Mutter, sie zeigte mir, wie das geht, und es gefiel mir. Ich teilte meine Erfahrungen mit meiner Schwester Neela. Mutter redete uns ein, dass das ganz natürlich sei, und wir glaubten ihr, was sonst hätten wir glauben sollen?

Sie filmte uns dabei, kommentierte es sogar, wollte es für psychologische Abhandlungen verwenden. Aber manches sollte anscheinend doch nicht an die Öffentlichkeit.

Ich, Neela, wurde von Josh schon sehr bald missbraucht, er sagte mir, das müsse man tun. Wir hatten immer Sex miteinander, all die Jahre. Mutter wusste davon und ich bekam die Pille von ihr verschrieben, sobald ich das Alter erreichte, in dem ich schwanger werden hätte können. Zweimal ging es schief, ich hatte vielleicht nicht richtig eingenommen.

Mutter brachte mich zur Abtreibungsklinik. Das passiert, meinte sie, es sei nicht weiter schlimm. Dass ich um meine Babys weinte, interessierte sie nicht. Aber ich weiß selbst, dass man von seinem Bruder kein Kind bekommen darf.

Unsere Schwester Cataleya ist nie aus diesem Traum aufgewacht. Sie blieb immer ein Kind. Wir haben Dinge mit ihr getrieben, die man nicht tut, sie verkraftete es nicht.

Im Psychologiekurs lasen wir über dissoziale Personen, vielleicht googeln Sie das einmal nach oder fragen einen Psychiater. Cataleya ist so jemand. Wir versuchten, sie zu schützen und ihr zu helfen. Sie vertraute uns, immer und überall. Doch nun ging sie eigene Wege. Sie ermordete Dave Lynn, ganz allein, und wir haben den Verdacht, dass sie auch diese Polizistin tötete, von der wir heute erst erfahren haben. Sie ist unkontrollierbar geworden.

Wir werden die Kontrolle über sie zurückgewinnen und sie wird unseren Weg mitgehen.

Sie wurde für diesen besonderen Tag sehr hübsch gemacht, sie weiß nichts, sie ist ahnungslos.

Wir lieben unsere Schwester, die so klug und ehrgeizig ist, wir hätten es ihr so vergönnt, einen hervorragenden Abschluss zu schreiben. Doch sie ist gefährlich, das können wir nicht weiter zulassen.

Wir legen einen Stick bei.

Auf diesem Stick werden Sie Bilder und Filme finden, die Ihnen verraten, warum wir so geworden sind und wer unsere Kindheit zerstörte. Sie werden drei kleine Kinder sehen, die Dinge tun, von denen Sie nicht einmal träumen. Und Sie werden die Kommentare unserer Mutter hören, die uns zuschaute und ermunterte.

Wir hoffen, Sie verhaften diese Frau, Sie bringen sie vor Gericht, was unser Vater hätte tun sollen, dieser Feigling. Er floh und ließ uns hilflos in der Obhut dieser Hexe zurück. Er wusste, was da passierte, er nannte Mutter sexbesessen, aber er tat nichts, um uns zu retten.

Wir waren Kinder. Wir wussten nicht, was wir anrichteten, mit uns und vor allem mit Cataleya.

Wenn wir jetzt in die Hölle kommen, Cataleya hat es nicht verdient, sie verstand nie, dass das, was sie tat, Unrecht war. Sie blieb ein Kind, das neugierig die Welt erforscht und sich keine Gedanken darüber macht, ob jemand anderer zu Schaden kommt. Sie wollte den Tod erleben, immer und immer wieder, und wir erfüllten ihr den Wunsch.

Hätten wir ihr nicht geholfen, wäre sie allein losgezogen und sehr schnell erwischt worden. So heckten wir Pläne aus und zwei Jahre lang hegte niemand auch nur einen Verdacht. Aber bei Mr. Bender machten wir Fehler. Wir wussten nicht, dass er keinen Rotwein trank, das erfuhr Cataleya erst hinterher von dieser Rosenberg, und Neela verlor ihre Ohrringe, als sie Mr. Bender verführte.

Da ahnten wir schon, dass es nicht mehr lange dauern würde.

Wir entschuldigen uns bei allen Opfern und ihren Familien, wir haben großes Leid über sie gebracht, das war Josh und mir immer bewusst.

Wir konnten jedoch nicht anders handeln, denn wir sind für alle Zeiten in Cataleyas Schuld.

Bitte bringen Sie die Frau vor Gericht, die wirklich die Verantwortung trägt für alles.

Wir verachten sie und wünschen ihr die Hölle.

Gezeichnet

Joshua Morton, Neela Morton

Der Chief blickte in die Runde. Es herrschte betroffenes Schweigen.

„Mir scheint, der Plan ging nicht auf", meinte der Chief schließlich. „Wir können die Mutter nicht mehr vor Gericht stellen, sie ist tot."

Keiner antwortete.

Alle waren wie erschlagen.

Dr. Roberta Jennings blätterte nachdenklich in einem Stapel Papiere, es waren Zeichnungen, die man in Neelas Schreibtischschublade gefunden hatte. Einige hatten das gestrige Datum. Offensichtlich hatte Neela sie am Tag ihres Todes gefertigt.

Sie schluckte, als sie die Darstellungen betrachtete, sie zeigten schwarze Gestalten mit vor Schmerz aufgerissenen Augen und Mündern. Rotes Blut floss aus unzähligen Wunden. Die Gesichter waren nicht klar erkennbar, doch die Verletzungen waren allzu deutlich skizziert, da steckten Messer in Körpern, Gliedmaßen waren abgetrennt, Gedärme quollen hervor, auf mehreren Zeichnungen befanden sich die blutrot geschriebenen Wörter ‚Kill' und ‚Hate', das ‚Hate' war beinahe überall vertreten.

Hass, wie musste es in Neelas Innerem ausgesehen haben. Die sorgfältig gehütete Fassade war Heim für unbändige Wut und Hass gewesen, wovon niemand etwas geahnt hatte.

Roberta dachte an Neela, wie sie noch am Vortag vor ihr gesessen war, das strahlend schöne Mädchen, so zuvorkommend, so freundlich, sie erinnerte sich, dass Deputy Mia Robson als einzige misstrauisch gewesen war. Sie allein schien die glatte Persönlichkeit durchschaut zu haben, jedoch auch nicht gänzlich.

Es war nicht zu fassen, welcher Hass und welches Leid in dieser jungen Frau gesteckt hatten, selbst sie, die erfahrene Profilerin, hatte sich von dem sorgfältig gepflegten Äußeren täuschen lassen.

Sie blickte in die Runde, die Gesichter waren alle ratlos. Man fühlte die Ohnmacht, die Fragen nach dem Warum und wieso keiner etwas bemerkt hatte, standen greifbar im Raum.

Doch keiner wusste eine Antwort.

Alle zuckten zusammen, als heftig an der Tür geklopft wurde.

„Herein!“, rief der Chief ungeduldig.

„Chief, Entschuldigung, aber die Presse, sie rennen uns das Gebäude ein.“

Der Chief erhob sich.

„Ich werde mit ihnen sprechen. Und geben Sie eine Fahndung heraus nach Cataleya Morton. Hat man schon festgestellt, ob sie vielleicht mit einem Wagen unterwegs ist? Falls sie noch lebt.“

„Ja, Chief, in der Garage fehlt ein Auto, die Nachbarn sagten, es sei das Auto der Tochter Neela.“

„Gut, wir brauchen Straßensperren und eine staatenübergreifende Fahndung, wenn sie gestern Nacht aufbrach, kann sie wer weiß wo sein.“

Sherilyn

Sherilyn hatte Joshs Brief als Kopie erhalten, sie würde das Original nach Abschluss aller Ermittlungen zurückbekommen.

Darauf hatte sie bestanden.

Sie hielt den Zettel umklammert, las immer wieder, versuchte zu begreifen.

Ihre Mutter hatte sie nach Hause gebracht und nun lag sie in ihrem Zimmer auf ihrem Bett. Sie stellte sich Josh vor, wie er bei ihr gewesen war, sie sah ihn vor sich, sein verbissenes Training der letzten Tage, seine aufgesetzte Gelassenheit ...

Cataleya hatte Menschen ermordet, so viel hatte sie inzwischen verstanden. Und sie selbst wäre beinahe Opfer geworden, doch Josh hatte das verhindert, er hatte sie, Sherilyn, nicht ausgeliefert.

Cataleya lebte noch, zumindest war sie nicht bei den Toten.

Warum nur hatte Sherilyn Josh am Vortag nicht zurückgehalten, sie hätte ihn vielleicht retten können, aber sie hatte ihn ziehen lassen, in ihrem verletzten Stolz und ihrer Fassungslosigkeit über seine Worte.

Aber war es nicht besser, dass er tot war?

Sie war so durcheinander und trat ans Fenster.

Die Presseleute belagerten ihr Haus, es war durchgedrungen, dass sie heute mit dabei gewesen war. Die Mutter öffnete ihnen nicht die Tür und darüber war Sherilyn sehr froh. Sie konnte sich sowieso die Schlagzeilen schon vorstellen.

Cataleya eine Mörderin. Und Josh und Neela hatten davon gewusst, hatten ihre Schwester unterstützt. Ob Josh sich auch an den Morden beteiligt hatte? Vielleicht sogar Neela?

Was war nur in dem Haus geschehen?

Sherilyns Verstand weigerte sich, alle Schlüsse zu ziehen. Josh sprach mit solchem Hass von dieser Person, die für alles verantwortlich war. Es musste die Mutter sein. Was hatte sie nur getan? Was hatte sie ihren Kindern angetan? Warum war Cataleya so geworden?

Sherilyn sank auf ihr Bett und brach erneut in Tränen aus.

In den Mittagsnachrichten erfuhr sie die schreckliche Wahrheit: Alle drei Morton-Kinder hatten gemordet. Alle.

Auch Josh und Neela. Und nach Cataleya wurde gesucht.

Sie war in einen Mörder verliebt gewesen, in einen äußerst gefährlichen Menschen.

Sherilyn schauderte bei dem Gedanken, was alles hätte passieren können.

Sie dachte an Mary-Belle und Hannah, sie hätte eine von ihnen sein können. Und Cataleya war noch auf freiem Fuß.

Wieder fiel es ihr schwer, die Wahrheit zu sehen. Sie las Joshs Brief immer und immer wieder.

Vertrau auf dein Gefühl, hatte er ihr geraten. Sie saugte die Stelle geradezu in sich auf.

Vertraue immer deinem Gefühl, das wird dir auch weiterhin das Leben retten. Die Gefahr ist um dich, immer und überall, das Böse zeigt sich nicht offen, es ist verborgen.

Aber du kannst es sehen, bitte bewahre dir das.

Sie fühlte es deutlich. Sie hatte Angst.

Immer noch.

Eine kleine kluge Maus
lacht die alte Ratte aus
stiehlt den guten Speck
und du bist weg

XII. KAPITEL

Cataleya
Freitag, 25. Mai, 12:15 Uhr

Ich kam nur langsam zu mir, die Schlafmittel setzten mir doch zu, ich habe wohl mehr zu mir genommen, als ich glaubte.

Allmählich begreife ich es: Meine Familie ist tot. Sie sind alle tot.

Und meine Geschwister wollten mich mit in den Tod nehmen, sie wollten mit mir gemeinsam sterben.

Ich sitze in Neelas Auto, meine Hände zittern, ich krame nach dem Beutel, den ich mir packte, ein paar Lebensmittel und Saft, ja, Saft, den will ich trinken. Ich übergab mich gestern gewaltsam, es tut immer noch weh. Aber es musste sein, sonst wäre ich jetzt auch tot.

Es war alles so schön geplant. Wir deckten für das Abendbrot, Mutter hatte es eilig, sie musste ja weg, ich war so aufgeregt, bald würde Sherilyn kommen.

Neela und Josh befanden sich in der Küche. Ich beobachtete sie durch den Türspalt. Und plötzlich bemerkte ich etwas, sie versetzten ein Getränk mit Pulver. Erst dachte ich, sie bereiteten es schon für Sherilyn vor, dann jedoch sah ich, dass sie es vorsichtig auf das Tablett stellten und an den Tisch brachten. Es war für mich.

Für mich?

Ich blickte Neela genauer an, sie hatte geweint. Josh war ebenfalls nervös. Ich fühle so etwas, ich habe Antennen dafür, ich muss es, denn ich muss wissen, wie ich zu reagieren habe. Ich zählte eins und eins zusammen, ich bin nicht dumm. Sie wollten mich ausschalten, dachte ich zuerst.

Sie wollten nicht, dass ich Sherilyn töte, sie wollten mich hereinlegen.

Ich fühlte Wut in mir, unbändigen Zorn, aber ich ließ mir nichts anmerken.

Ich gab vor, durstig zu sein, und trank mein Glas sofort aus, noch bevor alle am Tisch saßen. Dann entschuldigte ich mich, ich müsse kurz zur Toilette, ich sei gleich wieder da.

Ich steckte mir die Finger in den Mund und erbrach alles. Ohne mir etwas anmerken zu lassen, kehrte ich zurück an den Tisch. Ich dachte an Rosenberg und an alle anderen, ich weiß, wie diese Mittel wirken.

Anfangs war ich noch ganz normal. Es dauert ja immer eine Weile.

Mutter verabschiedete sich und nun konnte ich spielen. Ich blieb müde sitzen und beobachtete meine Geschwister aus halb geschlossenen Augen, wie sie alles sauber machten und sich leise unterhielten.

Ich konnte nicht verstehen, was sie sagten.

Schließlich kamen sie zu mir und stützten mich.

„Komm, Cata, wir gehen in dein Zimmer, Sherilyn wird gleich auftauchen. Wir sollten bereit sein!" Neelas sanfte Stimme war betörend. Ich hatte ihr mein ganzes Leben lang vertraut.

In meinem Zimmer legten sie mich aufs Bett und setzten sich zu mir. Sie hatten eine Flasche Rotwein und jede Menge Pillen.

Josh blickte mich an.

„Cataleya, wir gaben dir etwas, um dich ruhig zu stellen. Wir wollen dir doch auch sagen, was wir vorhaben. Und warum. Du musst alles wissen, dann werden wir zusammen sterben. Und eins gestehen wir dir gleich zu Beginn: Ich machte heute mit Sherilyn Schluss, sie wird nicht kommen. Ich hielt die Komödie bis zum Schluss aufrecht, damit du keinen Verdacht schöpfen konntest."

Er klang sehr gefasst und traurig, schluckte eine Handvoll Pillen und trank Rotwein. Neela ebenso.

Und dann erzählten sie mir alles.

Sie erklärten mir, dass unsere Mutter uns missbraucht hatte. Es sei ein Verbrechen an uns gewesen, nicht die Freiheit, wie ich geglaubt hatte. Und ich sei dadurch zerstört worden.

Neela fasste meine Hand. Sie berichtete von Spielen, die sie mit mir getrieben hatten.

Josh hatte sexuelle Handlungen an mir ausgeführt, das wusste ich nicht mehr, ich hatte das vollkommen vergessen, ich war sehr klein gewesen und von da an sei ich anders gewesen. Ich hatte geweint dabei und Josh hatte einfach weitergemacht, weil er geglaubt hatte, ich würde es so mögen wie Mutter und Neela.

Er hatte nicht verstanden, dass es mir anscheinend nur wehgetan hatte.

Sie konnten sich das nicht verzeihen, sie hatten sich an mir vergangen, aber nur, weil Mutter es auch so gewollt hatte. Sie hätte alles gewusst, denn es waren Kameras in unseren Zimmern, sie hatte alles gefilmt, um es für eine ihrer Abhandlungen zu verwenden. Wir waren ihre Versuchskarnickel gewesen, nicht die Kinder, die sie einfach hätte lieben und beschützen sollen.

Vater sei geflohen und habe sich nicht weiter gekümmert. Als er es wirklich wollte, war es zu spät. Ich erinnere mich, als sei es gestern gewesen.

Wir waren auf diesem Ausflug an der Küste.

Unser Vater schien sehr ruhig.

„Ich machte einen großen Fehler", verkündete er. „Ich sehe, was aus euch geworden ist, Cataleya, du brauchst Hilfe, du bist doch kein Mensch, du bist wie ein Roboter. Und ich weiß, dass ihr eine Beziehung habt, Josh, du und Neela. Ich weiß es einfach. Das ist krank. Ihr alle seid krank. Ich werde euch da rausholen, ich verspreche es euch. Cataleya, ich werde dich in eine Klinik bringen, dort wird man dir helfen."

Er hatte es gesagt, als wir an der Klippe standen. Vielleicht wollte er es dramatisch machen.

Ich war auf ihn zugegangen.

„Du willst mich in eine Klinik sperren lassen? Zu Mutters Verrückten?"

„Cataleya, es ist kein Einsperren, siehst du das nicht? Eure Mutter, sie hat euch krank gemacht."

Ich hörte nur die Worte krank und Klinik.

„Du wirst mich nirgendwo einsperren!", rief ich und gab ihm einen Stoß. Und ich musste lachen, denn nun war ich weiterhin frei.

Niemand würde mich einsperren! Niemand!

Und jetzt sollte alles zu Ende sein? Ich sollte sterben? Die Wut stieg in mir wieder hoch. Nein, ich wollte nicht sterben.

Josh reichte mir Pillen. „Nimm sie, Cata, du wirst sanft einschlafen, du weißt das. Wir drei bleiben zusammen, für immer und ewig."

„Unsere Mutter ist schuld, dass ihr jetzt sterben wollt?", fragte ich.

Ich hatte es nicht ganz begriffen.

„Unsere Mutter hat uns zu dem gemacht, was wir sind", erklärte Neela. Sie trank die halbe Flasche Rotwein auf einmal aus. Josh öffnete eine neue und nahm ebenfalls einen großen Schluck.

Ich schluckte eine der Pillen, sie würde nicht schaden. Die anderen ließ ich geschickt in meinen Ausschnitt fallen.

„Ich mag keinen Rotwein!", beschwerte ich mich.

„Trink, dann geht es leichter", beschwor mich Neela. Sie richtete sich halb auf und strich mir übers Haar. Es waren so vertraute Berührungen.

Ich setzte die Flasche an und trank, behielt die Flüssigkeit aber im Mund.

Neela sank auf das Kissen zurück, sie war bereits benommen. Ich spuckte den Rotwein auf den Boden, sie bemerkten es nicht mehr. Sie wurden immer schläfriger. Ich blieb ruhig neben ihnen liegen. Sie nahmen noch mehr Pillen, bevor sie es nicht mehr schafften, so sagten sie es, und sie gaben auch mir welche. Ich steckte sie in meine Hosentasche.

Neela übergab sich, sie war bereits zu schwach, sich darüber aufzuregen. Ich reichte ihr den Rotwein, es fiel ihr nicht mehr auf, dass ich noch hellwach war. Ich konnte tun, was ich wollte, säuberte sie, achtete darauf, dass alles weiterhin schön und ordentlich blieb.

Ich half meinen Geschwistern in den Tod.

Sie hatten es sich gewünscht, dass wir alle drei zusammenblieben, doch ich würde nicht dabei sein. Ich sorgte dafür, dass sie sanft hinüberglitten, streichelte sie, hielt ihre Hände, bedeckte sie mit Küssen. Zuerst starb Neela. Kurz danach Josh. Ich hörte bei beiden das Röcheln und dann war es auf einmal still.

So still.

Doch nicht in meinem Kopf.

Ich rief mir Neelas Anordnung ins Gedächtnis, wenn jemand stirbt, muss man weinen. Also weinte ich. Aber dann hörte ich damit auf.

Neela war nicht mehr da, niemand würde mir mehr befehlen, keiner würde mir mehr vorschreiben, was ich zu tun und zu lassen hatte.

Ich frisierte Neela sorgfältig, wusch ihr das Gesicht, schminkte sie neu, denn alles war verwischt.

Dann kümmerte ich mich um Josh, kämmte seine Haare, auf die er immer so stolz gewesen war, er war ein gutaussehender junger Mann.

Seine dunklen Augen schienen mich anzustarren, selbst im Tod wirkte er noch unglaublich attraktiv. Ich bedauerte es sehr, dass ich nun keinen Sex mehr mit ihm haben würde. Es hätte mir bestimmt gefallen.

Um elf Uhr hörte ich Mutters Auto. Sie fuhr in die Garage und ging ins Wohnzimmer.

Ich stand auf und begab mich zu ihr, sie war sehr erstaunt. Ich brachte ihr ein Glas Rotwein, sie liebte dieses Getränk und trank es. Sie wusste nicht, was alles drin war, und ließ sich erneut einschenken, aus der Flasche, in die ich das Pulver geschüttet hatte, das für Sherilyn vorgesehen gewesen war. Dann fragte sie:

„Was gibt es, Cataleya, mein Liebes? Hast du ein Problem?“

„Du hast uns zerstört!“

„Wie bitte?“

Ich dachte an alles, was Josh und Neela mir erklärt hatten. Selbstverständlich begriff ich die Zusammenhänge, schließlich las ich viele psychologische Abhandlungen.

Ich weiß schon lange, dass ich eine dissoziale Persönlichkeitsstörung habe. Das stellte ja auch diese Psychologin fest. Ich hatte nur nie verstanden, was das aus mir machte, was das aus Neela und Josh gemacht hatte. Und ich hatte nie gesehen, wer das alles verursacht hatte. Mir war heute außerdem klar geworden, dass ich nicht zur Highschool zurückkonnte. Neela hatte mir gesagt, man würde mich einsperren, wenn man mich fasst.

Alle würden inzwischen wissen, dass ich Menschen ermordet hatte, und dafür geht man ins Gefängnis.

Das habe ich gut erkannt. Meine Zukunft wurde heute zerstört und vor mir saß die Person, die dafür verantwortlich war. Schlagartig war mir bewusst geworden, dass meine glückliche Kindheit ebenfalls keine gewesen war, dass ich in einem Traum gelebt hatte.

Ich hatte also doch diesen einen Punkt mit Mördern wie Ted Bundy, Rodney Alcala und Gary Ridgway gemeinsam, ich war gar nicht so anders.

Nur eben schlauer und intelligenter und ich ehre die Menschen, die ich töte, auf diesem Unterschied bestehe ich nach wie vor.

„Neela, Josh und ich, wir brachten Menschen um. Ich tue das, weil ich Spaß am Töten habe. Man sagt, ich könne Recht nicht von Unrecht unterscheiden. Josh und Neela beschützten mich und halfen mir. Aber nun ist uns die Polizei auf den Fersen und alles ist vorbei. Daher sage ich dir das."

Mutter starrte mich nur verständnislos an.

„Cata, Liebes, ist das ein Spiel?"

„Ich spiele nicht, Mutter, ich habe nie gespielt. Doch ihr habt mit mir gespielt. Als ich klein war. Ich wurde missbraucht, von dir, von Josh und von Neela. Du hast es zugelassen, du wolltest es, du warst sexbesessen."

„Cataleya, was redest du da?"

Sie nahm einen weiteren Schluck Rotwein.

Ich musterte sie.

Die Pillen begannen zu wirken. Sie wurde langsamer.

Ich erklärte ihr, was ich vor ein paar Stunden von Josh und Neela gehört hatte.

Und ich zählte auf, wen ich alles ermordet hatte. Sie hörte zu, es blieb ihr nichts übrig, sobald sie sich erheben wollte, stieß ich sie zurück. Ich schenkte ihr Rotwein nach und sie trank.

„Josh und Neela sind tot, Mutter! Und du wirst es auch gleich sein!“

Wieder versuchte sie aufzustehen. Sie schwankte.

Ich ließ sie.

„Komm!“, sagte ich. „Sieh dir deine Kinder an!“

Sie stolperte wie gehetzt nach oben, ich war schneller, erwartete sie und öffnete die Tür zu meinem Zimmer.

Sie schrie auf, wollte sich auf Josh und Neela werfen, nein, das durfte sie nicht, sie durfte das schöne Bild nicht zerstören. Bruder und Schwester, in Liebe und Tod vereint.

Ich hielt sie zurück, sie war schwach, sank auf die Knie.

„Wir gehen nach unten“, schlug ich vor.

„Wir müssen die Polizei rufen, den Arzt“, stammelte sie verzweifelt.

„Das machen wir unten, dort liegt dein Handy.“

Sie fiel die Treppe hinunter. Sie war nicht tot, als sie unten ankam, aber sehr benommen.

Ich half ihr zurück ins Wohnzimmer und setzte sie in ihren Lieblingssessel.

„Du wirst nun ebenfalls sterben", flüsterte ich in ihr Ohr. „Aber nicht sanft. Nicht wie die anderen. Nein, du wirst bluten für das, was du getan hast!"

Ich ging in die Küche und holte das schärfste Messer.

Sie wollte sich wehren, doch sie hatte keine Chance. Ich setzte das Messer an ihre Kehle, schnitt probehalber leicht ein. Sie stöhnte auf. Blut strömte über ihre schöne weiße Bluse.

„Ich möchte, dass du etwas mit auf den Weg nimmst, Mutter, das sollen die letzten Worte sein, die du im Leben hören wirst."

Wieder setzte ich das Messer an. Sie wollte mich mit den Händen abwehren, aber ich hatte sie mit dem Arm fest umfasst, würgte sie beinahe.

„Du hast uns zerstört!"

Und dann machte ich den Schnitt.

Das Messer drang tief ein, ihr Körper zuckte, sie rang nach Luft, es röchelte und gurgelte, es war faszinierend zu beobachten.

Endlich war sie tot.

Ich entledigte mich meiner blutbefleckten Kleidung und ging ins Badezimmer, um mich zu duschen. Dann eilte ich zurück in mein Zimmer. Dort packte ich eine Tasche mit Wäsche, T-Shirts und Jeans und zog mich um. Zum Schluss verabschiedete ich mich von Josh und Neela.

„Sie hat dafür geblutet!", teilte ich ihnen mit.

In der Küche holte ich mir alle möglichen Lebensmittel aus dem Schrank, ich würde sie brauchen. Neela hatte gesagt, man würde immer nach mir suchen, ich hätte keine Chance mehr. Also muss ich mich gut verstecken. Ich bin nicht dumm, ich weiß, wie die Polizei arbeitet.

Ich vergaß auch nicht meine blutbefleckte Kleidung, packte sie in eine Tüte und warf alles, was ich die nächsten Tage benötigen würde, in den Kofferraum von Neelas Wagen.

25 Meilen bis Kalifornien.

Das würde ich schaffen, ich hatte Zeit, niemand würde die Leichen vor dem Morgen finden.

Also fuhr ich los.

Und nun bin ich hier, versteckt in den Wäldern der Pacific Coast Ranges. Ich schlief lange, denn ich war sehr müde.

Es ist wahrscheinlich schon Mittag, ja, ein Blick zur Uhr verrät mir, es ist schon nach 12 Uhr. Ich werde mich ein paar Tage stillhalten müssen, zu essen habe ich genug.

Und dann brauche ich ein anderes Auto, ich werde zurückfahren und die Sache zu Ende bringen.

Es ist schade, dass ich mein Handy nicht benützen kann, ich ließ es zuhause, denn man würde es orten. So habe ich nur Radiosender, die mir verraten, was in der Welt vor sich geht.

Ich höre, dass man nach mir sucht, dass man die Leichen fand, dass man im Zuge der Ermittlungen keine Details preisgeben will, und ich vernehme, dass ich gefährlich bin und man sofort melden soll, wenn man mich gesehen hat. Keinesfalls solle man versuchen, mich festzuhalten.

Ich bin also ein Monster, so verkünden sie es. Die kleine, unscheinbare Cataleya. Jeder sah stets nur Neela und Josh, sie strahlten und ich war das Schattenwesen. Nun bin ich allein.

Aber ich werde im Schatten bleiben, denn die im Schatten sieht man nicht. Nur die in der Sonne.

Meine beiden Sonnen gingen gestern Nacht endgültig unter. Neela, meine schöne Schwester, Joshua, mein umschwärmter Bruder. Ich werde nun ohne sie zurechtkommen.

Ich beginne zu überlegen, wie ich vorgehen werde. Keiner darf mich fassen, ich muss unsichtbar bleiben.

Was mich wirklich ärgert, ist, dass ich den Highschool-Abschluss nun nicht wie geplant schreiben werde. Er ist die Voraussetzung, dass ich eines Tages studieren kann, ohne Examen werden Sie mich kaum in Ihren Kurs aufnehmen.

Diese Probleme werde ich später lösen. Zunächst das Naheliegende. Neelas Auto enthält viele nützliche Dinge, unter anderem eine schöne kleine Glock 17.

Josh brachte uns auf die Idee, er war fasziniert von Schusswaffen, so besorgte Neela für uns alle je eine Waffe und wir lagerten sie an verschiedenen Orten. Jetzt kann ich sie unbesorgt benutzen, die Zeit der Verschleierung ist vorbei.

Ich lege mich also auf die Lauer, es gibt immer wieder unvorsichtige Wanderer in diesen einsamen Wäldern.

Sherilyn
Montag, 28. Mai

Alles war von der Presse umlagert gewesen, Sherilyn hatte sich am Freitag nicht mehr aus dem Haus gewagt. Sie wollte sich den Fragen nicht aussetzen, wollte auch niemanden sehen und mit niemandem sprechen.

Sie trainierte an Fitnessgeräten, die sie im Keller ihres Hauses aufgestellt hatten, und powerte sich richtiggehend aus, um die Gedanken auszuschalten.

Am Abend erschien noch einmal die Psychologin der Polizei und Sherilyn weinte sich bei ihr aus. Ihre gesamte Gefühlswelt war durcheinandergeraten.

Später, als sie im Bett lag, zog sie ihr Handy hervor, so viele Nachrichten, alle drehten sich um die Morton-Kinder. Es herrschte allgemeines Entsetzen, niemand konnte so wirklich glauben, was man nun offiziell gehört hatte.

Neela, Josh und ihre Mutter waren tot, es sprach alles dafür, dass Cataleya mindestens für den Tod der Mutter verantwortlich gewesen war. Die Frage nach dem Warum beherrschte alles und natürlich, wieso man nichts bemerkt hatte.

Die meisten überschlugen sich mit Hinweisen auf Cataleyas sonderbares Verhalten, jetzt plötzlich wussten beinahe alle, dass mit ihr schon immer etwas nicht gestimmt hatte.

Als Sherilyn den Fernseher anmachte, wurden viele Interviews mit Mitschülerinnen gesendet, die sich der Presse gestellt hatten, und die nun Einzelheiten über die drei Geschwister preisgaben. Über manche Dinge konnte Sherilyn nur den Kopf schütteln.

Niemand außer ihr war Cataleya jemals nahegekommen. Nur sie war im Haus der Mortons gewesen. Sie hatte die Wahrheit gespürt, aber erst, als sie Josh näher kennengelernt hatte, vorher nicht.

Sie bezweifelte stark, dass irgendjemand Josh durchschaut hatte, sonst wäre er nicht so umschwärmt gewesen.

Einige Mädchen behaupteten, eine Beziehung mit Josh gehabt zu haben. Sherilyn wusste von den meisten, dass das nicht stimmte, sie hatte inzwischen erfahren, dass Josh tatsächlich mit ein paar Mitschülerinnen Sex gehabt hatte, aber richtige Freundinnen waren das nicht gewesen.

Sie selbst hatte sich über einen Monat als Joshs Freundin bezeichnen können, länger als jede andere. Und ihr hatte er vertraut und sie wusste auch, dass er sie geliebt hatte. Sonst wäre sie jetzt ebenfalls tot, ein Gedanke, der sie immer noch schaudern ließ.

Immer wieder rief sie sich Joshs dunkle Augen ins Gedächtnis, den Blick, mit dem er sich von ihr am Donnerstag verabschiedet hatte.

Er hatte mit ihr Schluss gemacht, um ihr das Leben zu retten, dann war er nach Hause gegangen, um zu sterben.

Das Ganze war einfach unvorstellbar, wie sollte es nun nur weitergehen? Wie sollte sie in die Schule zurückkehren und lernen, als sei nichts geschehen? Wie würden die Lehrer reagieren? Würde es für Josh und Neela eine große Beerdigung geben?

Und was war mit Mrs. Morton? War sie wirklich die Person, die an allem schuld gewesen war?

Sie war doch eine freundliche Frau gewesen, hatte Sherilyn so nett begrüßt, aber Neela war ihr ebenfalls stets herzlich und hilfsbereit begegnet.

Die wunderschöne Neela, strahlend und intelligent, sie war eine Mörderin gewesen, es passte einfach nicht zusammen. Nein, es konnte nicht stimmen.

Sherilyn schlief endlich ein. Albträume plagten sie und sie verbrachte fast das gesamte folgende Wochenende in ihrem Zimmer, verließ es nur zum Essen und zum Trainieren im Keller. Irgendwann würde die Presse vor dem Haus aufgeben.

Doch am Montag beherrschten die Morton-Kinder immer noch die Nachrichten. Cataleya war nach wie vor auf freiem Fuß, keiner wusste, wo sie steckte, trotz staatenübergreifender Fahndung und Straßensperren ging sie nicht ins Netz.

Sherilyn wusste, wie schlau Cataleya war, sie würde alles tun, damit sie nicht gefasst wurde.

Sie hastete um kurz vor acht Uhr aus dem Haus und rannte gehetzt zur Schule, die wenigen ausharrenden Presseleute schafften es nicht, ihr zu folgen. Man rief ihr Fragen hinterher, schoss Bilder von ihr, doch sie hatte die Kapuze ihrer Trainingsjacke tief über den Kopf gezogen, so dass man ihr Gesicht nicht sehen konnte.

In der Schule war es ruhiger als sonst. Die Schüler standen in Gruppen beisammen, es wurde eher geflüstert, und als Sherilyn auftauchte, verstummte auch das. Man starrte ihr nach, wer ihr am Gang entgegenkam, wich ihr aus. Sie begann sich wie eine Aussätzige zu fühlen. Glaubten sie alle etwa, sie habe etwas gewusst? Oder war gar beteiligt gewesen?

An ihrem Spind befand sich eine Notiz, sie solle ins Sekretariat kommen. Beklommen folgte sie der Aufforderung und klopfte wenig später an die Tür.

Miss Dalton, die Sekretärin hatte sie schon erwartet.

„Guten Morgen, Sherilyn, würdest du bitte sofort zu Mrs. Franks gehen? Sie will dich sprechen!“

Und sie schob das Mädchen ins Büro der Schulleiterin.

„Ah, Miss Brown“, flötete Mrs. Franks. „Schön, dass Sie gleich gekommen sind. Setzen Sie sich doch!“

Und die Schulleiterin bot Sherilyn Hilfe an, sie könne jederzeit zu ihr gehen, wenn sie Probleme hätte, außerdem sei ein Krisenteam an der Schule, an das sie sich wenden könne.

Sherilyn nickte und bedankte sich. Sie war immer noch wie in einem bösen Traum gefangen. Das alles konnte doch nicht wahr sein?

Zurück bei ihrem Spind ertappte sie sich dabei, dass sie ihn noch einmal untersuchte, vielleicht hatte Josh noch etwas hinterlegt?

Doch sie fand nichts.

Sie erwartete, dass er plötzlich erscheinen würde wie sonst auch, keinen Morgen seit über einem Monat hatte sie ohne ihn verbracht, immer hatte er auf sie gewartet, er hatte sie hinter der Spindtür geküsst, sie zu ihrem Klassenzimmer begleitet und sich dann von ihr verabschiedet mit einem fröhlichen ‚bis zum Mittagessen!‘

Sie würde nun allein in der Kantine essen, was für ein seltsamer Gedanke. Und Cataleya würde nicht neben ihr sitzen, in die Arbeit vertieft und völlig konzentriert auf das, was die Lehrkraft verlangte. Sherilyn musste an Mr. Bender denken, an Cataleyas Wut, als sie die in ihren Augen schlechte Note erhalten hatte.

Ja, damals war es eigentlich klar ersichtlich gewesen. Mit einer Note B hatte Mr. Bender sein Todesurteil unterschrieben. Wie lächerlich das klang, doch es war alles andere als lächerlich gewesen.

Noch vor der ersten Stunde erfolgte eine Durchsage der Schulleiterin.

„Meine lieben Schülerinnen und Schüler, liebe Kolleginnen und Kollegen. Sie alle haben die entsetzlichen Nachrichten gehört, sie hinterlassen uns fassungslos. Ein Mädchen und ein Junge aus unserer Schule und eine ehemalige Schulsprecherin waren nicht das, was wir in ihnen sahen.

Ich bitte Sie alle, von Mutmaßungen abzusehen, bis die Details restlos geklärt sind, vermeiden Sie Gespräche mit der Presse. Sollten Sie nähere Informationen haben, wenden Sie sich an die Polizei, zwei Beamte sind ständig anwesend und können jederzeit kontaktiert werden. Zudem befindet sich ein Krisenteam an der Schule, das Ihnen helfen kann, die Situation zu bewältigen. Nützen Sie die Gelegenheit, lassen Sie sich unterstützen.

Es fällt mir schwer, Worte zu finden, drei vielversprechende junge Menschen hinterließen große Wunden und Trauer bei uns und den Angehörigen ihrer Opfer.“

Sie schwieg kurz und als sie weitersprach, zitterte ihre Stimme.

„Möge Gott sich ihrer Seelen erbarmen. Vielen Dank für Ihre Aufmerksamkeit."

Der Schultag rauschte an Sherilyn vorbei. Hinter ihrem Rücken wurde getuschelt, doch kaum einer sprach sie persönlich an. Sie blieb für sich, freute sich nur noch auf den Sport.

Viele nutzten das Krisenteam für Gespräche, Sherilyn wollte das nicht, nicht heute.

Am Nachmittag beim Sport war Normalität zu finden, sie absolvierten ihre Übungen wie gewohnt, und nach den Kursen trainierte Sherilyn auf dem Sportplatz, wie sie es sonst auch machte.

Josh fehlte an ihrer Seite, aber ansonsten war alles wie immer. Sie lief ihre Runden, sprang und legte Spurts ein, fühlte sich endlich befreiter.

Die Presse hatte keinen Zutritt, es standen allerdings Fotografen auf der Straße am Zaun und schossen Bilder, oft riefen sie Fragen zu und einige Schüler beantworteten sie bereitwillig.

Sherilyn jedoch nicht, sie schenkte ihnen nicht einmal einen Blick. Früher als sonst hörte sie auf, sie wollte nach Hause.Also nahm sie ihre Tasche und nützte den Heimweg, um sich auszulaufen.

Sie wählte nicht die kürzeste Strecke durch den Lithia-Park, sondern umging ihn nördlich und erreichte sicher ihr Haus in der Church Street. Der erste Schultag nach der Katastrophe war überstanden.

Ashland PD, East Main Street
Dienstag, 29. Mai, 13:00 Uhr

Chief Johnston war nur noch ein Schatten seiner selbst. Seit Donnerstag hatte er nicht mehr richtig geschlafen. Wenn er einmal zuhause war und die Augen schloss, überfielen ihn die Bilder, die auf dem Stick gewesen waren, der ihnen von Joshua und Neela Morton zugeschickt worden war.

Es war kein Wunder gewesen, dass alle drei Kinder schwer gestört waren. Wie hatten sie das nur so geschickt verbergen können?

Er wollte nicht mehr daran denken, wie hatte eine anerkannte Psychiaterin wie Dr. Delilah Morton das ihren eigenen Kindern antun können?

Er hatte inzwischen den Psychiater Dr. Myers befragt und sich Cataleyas Krankenakten zukommen lassen.

Dr. Myers war vollkommen überrascht von dieser Entwicklung gewesen. Er hatte an Cataleya nichts Beunruhigendes gefunden, außer dass sie schüchtern war und nicht gerne über den Unfall ihres Vaters sprach, was wiederum sehr verständlich war. Sie war als normales Mädchen erschienen, von ausgesuchter Höflichkeit und stets willig, all seine Fragen zu beantworten. Sie hatte von der Schule erzählt, von ihren guten Noten und von Mobbing, das sie als kleines Mädchen erfahren hatte.

Er war darauf eingegangen, wie jeder gute Seelenarzt das machen würde, und hatte Cataleya bestärkt darin, sie selbst zu sein. Bei Erwähnung des Vaters hatte Cataleya jedes Mal geweint, der Schrecken über den Sturz war nie gewichen.

Dr. Myers hätte sie niemals auch nur im Entferntesten verdächtigt, den Vater gestoßen zu haben. Er war sich da nicht sicher, ob nicht ein großer Irrtum vorliegen würde.

Als er jedoch mit dem Material des Computersticks konfrontiert wurde, änderte er seine Meinung.

Davon habe er keine Ahnung gehabt, das werfe ein vollkommen anderes Licht auf den Fall. Er bezweifelte, ob Cataleya überhaupt schuldfähig sei angesichts des Missbrauchs, den sie erfahren habe und der sie offensichtlich aus der Bahn geworfen habe.

Der Chief hatte sich inzwischen über dissoziale Persönlichkeitsstörungen kundig gemacht.

Schon Kinder und Jugendliche verhalten sich anders. Die Betroffenen missachten Regeln, zerstören mutwillig Dinge oder lügen ständig, sind gewalttätig. Im Erwachsenenalter setzt sich das fort. Sie können mit Frustrationen schwer umgehen und neigen dann zu aggressivem und gewalttätigem Verhalten.

Meistens sind sie sozial gut angepasst und sogar beruflich erfolgreich, fallen also kaum auf. Ein Merkmal ist auch, dass Menschen mit dissozialer Persönlichkeitsstörung ein mangelndes Einfühlungsvermögen besitzen und daher keine Schuldgefühle oder Verantwortungsbewusstsein empfinden, wenn sie anderen Schaden zufügen. Gleichzeitig sind sie oft fähig, die Gefühle anderer zu erkennen und für ihre Zwecke auszunutzen – zum Beispiel, sie durch besonderen Charme zu manipulieren.

Alles, was der Chief über Cataleya gehört hatte, schien zuzutreffen, über ihre Kindheit hatte er noch wenig erfahren, doch ihr Ehrgeiz in der Schule war einzigartig gewesen und sie hatte sogar Deputy Rosenberg hereingelegt.

Sie war schlau und unberechenbar, kannte kein Mitleid oder Erbarmen. Er schauderte bei dem Gedanken, dass dieses Mädchen immer noch frei herumlief.

Es pochte an der Tür und Deputy Smith trat aufgeregt und mit besorgter Miene ein.

„Wir haben Neela Mortons Wagen gefunden!“

Der Chief sprang auf. „Wo?“

„In Kalifornien, tief im Wald, nördlich von Seiad Valley. Kein Mensch verirrt sich normal dorthin, aber es gab dann doch einen Wanderer, dem der Wagen auffiel.“

„Und? Das Mädchen?“

„Cataleya war nicht zu sehen, aber Chief, es gibt noch einen Toten.“

„Wie bitte?“

„Ja, die Polizei hat gleich nach Auffinden des Wagens die Gegend abgesucht, in einem Gebüsch war die Leiche eines älteren Mannes, Identität ist noch nicht geklärt, ihm wurde ins Gesicht geschossen, anscheinend ein passionierter Wanderer, der Ausrüstung nach zu urteilen. Es wurden keinerlei Papiere bei ihm gefunden.“

„Er wurde erschossen?", wiederholte der Chief fassungslos. „Hat sie eine Waffe?"

„Ja, es scheint so. Neela Morton war im Besitz von drei Schusswaffen, die sie legal letztes Jahr erstand, wahrscheinlich für sich und ihre Geschwister. Ein Waffengeschäft meldete sich. Wir fanden jedoch nur zwei Waffen im Haus. Ich fürchte, Cataleya ist mit einer Glock ausgestattet."

Das war ein erneuter Schlag.

Zwei Stunden später gab es nähere Informationen. Der immer noch unbekannte Tote war aus nächster Nähe erschossen worden, er hatte sich anscheinend nicht gewehrt, das Kaliber der Kugel passte zu einer Glock.

Es gab kaum mehr Zweifel, Cataleya Morton war bewaffnet und zögerte nicht zu schießen.

Die Fahndungen wurden noch einmal verstärkt, auch der tote Wanderer geisterte nun durch alle Fernsehkanäle. Doch niemand war als vermisst gemeldet worden, er blieb weiterhin unidentifiziert.

Cataleya

Es ist nun bereits wieder Dienstag, wie ich aus dem Radio vernehme. Die letzten Tage im Wald vergingen zäh, ich habe meine Vorräte beinahe aufgebraucht und sehne mich nach einer Dusche.

Seit vorgestern besitze ich einen neuen Wagen. Tatsächlich kam ein Wanderer vorbei, ich sprach ihn an, ich hätte mich verirrt, war verzweifelt und er wollte sofort mit mir umkehren. Er war noch nicht lange unterwegs, sein Auto stand nicht weit weg auf einem Parkplatz. Er führte mich hin und war so gar nicht darauf gefasst, dass ich ihm ins Gesicht schoss.

Ich nahm alles an mich, seine Papiere, sein Handy, seine Autoschlüssel, alles, was ihn identifizieren konnte. Dann holte ich seinen Wagen, lud die Leiche in den Kofferraum und entsorgte sie nach ein paar Meilen in einem dichten Gebüsch.

Zurück bei Neelas Auto griff ich mir alles, was ich brauchen würde, und machte mich mit dem Wagen des Toten auf den Weg.

Es ist nach wie vor gefährlich, mich blicken zu lassen. In Ashland kann ich sowieso nirgendwo hingehen.

Aber ich wagte mich heute Morgen in einen riesigen Walmart in Yreka, nutzte die Zeit, in der alle einkauften, sodass ich nicht auffiel. Der Wanderer hatte ein

Baseballcap getragen, das setzte ich auf und verbarg damit meine Haare und zusätzlich benützte ich eine dunkle Sonnenbrille.

Alles ging glatt, niemand erkannte mich, obwohl mein Gesicht auf allen TV-Geräten zu sehen war, die überall im Laden verteilt waren.

Nun besitze ich wieder Vorräte, frische Kleidung und Munition für meine Glock, außerdem eine blonde Perücke. Ich werde unterwegs irgendwo in einem Fluss baden, das ist bitternötig. Ich wusste gar nicht, dass man die tägliche Dusche so vermissen würde. Ich habe das Gefühl, alles juckt und ist dreckig, das mag ich nicht.

Endlich bin ich wieder unterwegs auf dem Weg nach Ashland. Ich hörte von Polizeikontrollen auf den Straßen, daher meide ich die offiziellen Routen und benutze Nebenstraßen, wo es geht, alles können sie nicht absperren.

Und wenn, sie suchen ein dunkelhaariges Mädchen, kein blondes, ich denke, ich werde nicht aufgehalten werden. Außerdem wird keiner vermuten, dass ich zurückkehre.

Ah, man fand Neelas Wagen und die Leiche, sagten sie im Radio. Aber man weiß nicht, wer dieser Mann ist. Dafür habe ich gut gesorgt. Es besteht keine Gefahr für mich.

Ich bin zu schlau für sie, das war ich immer.

XIII. KAPITEL

Sherilyn
Mittwoch, 30. Mai

Bis Mittwoch ereignete sich nichts Neues.

Die Beerdigung der Mitglieder der Familie Morton erfolgte in aller Stille, die offiziellen Untersuchungen waren so weit abgeschlossen.

Nach Cataleya wurde nach wie vor gefahndet. Ihr Gesicht war allgegenwärtig, sobald man die Zeitung aufschlug oder den Fernseher anmachte, starrten einen die ausdruckslosen dunklen Augen an. Das Foto war aus dem letzten Jahrbuch entnommen worden, ansonsten gab es keine Bilder.

Das Leben war einfach weitergegangen. Mary-Belle Krieger war aus dem Koma erwacht und hatte ausgesagt, Josh hatte sie entführt und sich an ihr brutal vergangen, die Einzelheiten konnte man überall lesen.

Sherilyn mochte es nicht glauben, doch wenn sie an Josh in ihrem Zimmer dachte, wusste sie, dass sie ihn beinahe selbst von dieser Seite her kennengelernt hätte.

In der Schule wurde über andere Dinge gesprochen, die Lehrer mieden das Thema sowieso, das Krisenteam war ebenfalls wieder abgezogen und es gab auch keine

Polizeibeamten mehr. Doch alle hatten eine Nummer erhalten, die man anrufen konnte, falls man etwas von Cataleya hören würde.

Der Abend des Mittwochs war ungewöhnlich kühl für Ende Mai. Sherilyn war allerdings froh darüber, sie hatte sich beim Sport sehr angestrengt und war erleichtert, dass sie sich nicht durch Hitze quälen musste.

Leichten Fußes joggte sie nach Hause. Vor dem Lithia-Park hielt sie kurz inne, es waren fast keine Menschen zu sehen, den meisten war es wohl zu kalt. Sollte Sherilyn den Umweg nehmen oder durch den Park laufen?

Während sie noch zögerte, hielt neben ihr ein Wagen und sie schrak zusammen.

Eine blonde junge Frau, die ihr vage bekannt vorkam, sprach sie an. „Möchtest du, dass ich dich mitnehme?"

Die Stimme ... Sherilyn erschrak beinahe zu Tode.

Es war Cataleya. Cataleya mit blonden Haaren und einer dunklen Sonnenbrille. Cataleya, die eine Waffe auf sie gerichtet hatte.

„Steig ein, Sherilyn!"

Sherilyn wusste, dass Cataleya nicht zögern würde zu schießen. Sie hatte mehrfach unter Beweis gestellt, dass sie skrupellos war. Daher öffnete sie die Beifahrertür und folgte der Aufforderung.

Hatte sie eine Wahl?

Cataleya reichte ihr eine angebrochene Flasche Weißwein.

„Trink!", befahl sie.

Zögernd ergriff Sherilyn die Flasche. Cataleya hielt nach wie vor die Waffe auf sie gerichtet. Plötzlich fühlte

Sherilyn die Anwesenheit von Josh. Sie spürte ihn so deutlich, sie hörte seine Warnung im Ohr „Das Böse ist oft verborgen, vertrau auf dein Gefühl!"

Sie wusste, würde sie trinken, war sie verloren.

Sie nahm dennoch einen kleinen Schluck.

„Mehr!", forderte Cataleya. „Trink es ganz aus!"

Sherilyn setzte die Flasche an. Sie spürte Brösel von irgendetwas, das sich im Wein befand und behielt alles im Mund.

Cataleya war kurz abgelenkt, denn ein Spaziergänger kam aus dem Park und wanderte nahe am Auto vorbei. Sherilyn nützte die Gelegenheit, während Cataleya den Mann beobachtete, und ließ die Flüssigkeit einfach herauslaufen, sie war verschwitzt, ihr T-Shirt war an vielen Stellen feucht, es würde nicht auffallen.

Sie setzte die Flasche noch einmal an und tat nur so, als würde sie trinken, dabei schüttete sie den gesamten Inhalt hinter sich auf die Rückenlehne. Cataleya hatte ihre volle Aufmerksamkeit dem Geschehen auf der Straße zugewandt.

Sie wollte keine Zeugen.

„Ist die Flasche leer?", fragte sie schließlich.

„Ja!", Sherilyn hielt sie zum Beweis hoch. Ihr ganzer Rücken war nun nass und es roch unangenehm nach Alkohol.

Doch Cataleya schien nichts zu bemerken.

Oder tat sie nur so?

„Das ist gut, du wirst dich gleich besser fühlen. Und jetzt gib mir dein Handy", befahl Cataleya.

Sherilyn reichte es an Cataleya weiter und sie warf es einfach aus dem Fenster. Dann startete Cataleya den Wagen und fuhr los, hielt jedoch die Waffe weiter auf

Sherilyn gerichtet. Sherilyn überlegte ihre Möglichkeiten. Was wurde nun von ihr erwartet? Was war in der Flasche gewesen? Sie legte den Kopf zurück und schloss kurz die Augen.

„So ist es recht“, meinte Cataleya. „Du wirst nun schlafen und ich werde dich vorbereiten für deinen Tod. Du wirst einen schönen Tod haben. Eigentlich wollte ich, dass Josh noch Sex mit dir hat, doch das ist dir nun nicht vergönnt. Du wirst ohne Sex sterben. Ich werde dir gleich noch etwas zu trinken geben, dann wird es leichter für dich. Ich möchte nicht, dass du leidest, du bist schließlich meine Freundin. Glaube mir einfach, ich habe damit Erfahrung.“

Sie lenkte den Wagen in die Ashland Loop Road. Es würde hinaufgehen in die Berge.

Nein, das durfte Sherilyn nicht zulassen.

Cataleya musste sich nun auf die Straße konzentrieren.

Sherilyn beobachtete alles aus halbgeschlossenen Augen.

Sie betrachtete Cataleya, sie war so klein und unscheinbar, seit Tagen lebte sie irgendwo in der Wildnis, das konnte man ihr deutlich ansehen. Sie roch sehr unangenehm, ungewaschen, nach Schweiß und anderen Dingen, sie wirkte auch müde und unausgeschlafen, Sherilyn dagegen war kräftig und noch Herrin all ihrer Sinne.

„Cataleya, weißt du eigentlich, dass du stinkst?“

Sie bemühte sich, ihrer Stimme einen schläfrigen Ton zu geben.

Cataleya zuckte merklich zusammen. „Es tut mir leid!“, flüsterte sie. „Ich hatte keine Dusche.“

„Wir könnten zu mir gehen, dort kannst du duschen“, schlug Sherilyn vor. „Ich bin allein zuhause, meine Eltern kommen erst später.“

Cataleya wusste, dass das stimmte, Sherilyns Vater war auf Geschäftsreise und die Mutter im Schichtdienst im Krankenhaus.

Sie zögerte.

Die Aussicht auf eine Dusche war verlockend. „Dann musst du aber noch etwas trinken“, forderte sie. „Ich möchte sicher sein, dass du schläfst!“

„Das mache ich, hast du noch etwas?“

„Du bekommst es, wenn wir bei dir sind.“

Sie wendete den Wagen und fuhr zurück.

Sherilyn war erst einmal erleichtert. Und plötzlich verspürte sie keine Angst mehr. Es war lächerlich, die kleine Cataleya und sie selbst, sportlich, kräftig ... gut, die Waffe war ein Problem, aber Sherilyn musste doch nur Zeit gewinnen.

„Du bist durch deine Mutter so geworden, nicht wahr?“, fragte sie.

Cataleya zuckte wieder zusammen.

„Wie kommst du auf meine Mutter?“

„Josh schrieb es mir.“

„Wann?“

„Am Tag seines Todes. Er versteckte ein Geständnis für die Polizei und einen Brief für mich in meinem Spind.“

„Das erzählte er mir nicht.“

Cataleya schien entrüstet.

Dann blickte sie Sherilyn von der Seite an.

„Du hast den Wein nicht getrunken?“

„Nein, habe ich nicht!“

„Ich habe das auch nicht getan. Josh und Neela bereiteten einen Saft für mich vor, ich trank ihn und kotzte ihn gleich wieder aus. Danach sah ich ihnen beim Sterben zu. Und du legtest mich wohl auch herein. Wir sind wirklich Freundinnen und uns sehr ähnlich."

„Das sind wir wohl, Cata. Vermisst du Josh und Neela?"

Cataleya dachte nach. „Ja, ich glaube schon, sie waren immer für mich da."

„Und jetzt bist du ganz allein. Du hast nicht einmal mehr deine Mutter."

„Mutter, sie blutete für das, was sie uns antat."

Sherilyn wusste inzwischen aus den Medien, was im Haus der Mortons Unfassbares geschehen war. Sie konnte kein Mitleid für Mrs. Morton empfinden. Doch seltsamerweise fühlte sie etwas für Cataleya. Die kleine, unscheinbare Cataleya.

Sherilyn erinnerte sich an das echte Lächeln, das sie an jenem Donnerstag zum ersten Mal an ihr gesehen hatte. Sie war so hübsch gewesen, so nett zurechtgemacht von ihrer Schwester Neela, die sie für ihren Tod vorbereitet hatte. Ihr besonderer Tag, so hatte Cataleya es formuliert.

Endlich waren sie bei Sherilyn angekommen.

„Steig aus!", befahl Cataleya, nun wieder vollkommen ruhig und abgeklärt.

Sherilyn folgte der Aufforderung.

Sie betraten das Haus und Sherilyn fühlte den kalten Lauf der Waffe in ihrem Rücken. Sie wusste, wenn sie einen Fehler machte, war sie tot, Cataleya würde sofort schießen. In der Küche musste Sherilyn Saft aus dem

Kühlschrank holen und ein Pulver einfüllen, das Cataleya ihr reichte. Es war Zeit zu handeln.

Niemals durfte sie diesen Saft trinken, sonst war Sherilyn verloren.

„Ich nehme mir ein Glas dafür“, schlug sie ruhig vor. „Dann geht es leichter!“

„Tu das! Glaube mir, du wirst es genießen, ich werde so sanft zu dir sein, wie ich nur kann, du bist meine Freundin, du warst Joshuas Freundin, er liebte dich. Das sagte er mir. Er konnte dich nicht mir ausliefern, weil er dich zu sehr mochte. Und nun wirst du ihm folgen, er wird sich freuen, dich zu sehen.“

„Aber Cata, wenn ich nun sterbe, hast du auch keine Freundin mehr, ist dir das eigentlich klar? Deine Familie ist tot und ich bin deine einzige Freundin, ohne mich stehst du ganz allein auf der Welt.“

Cataleya blickte sie verwirrt an.

„Ich könnte sowieso nicht hierbleiben, also ist es egal, ob du lebst oder nicht“, verkündete sie schließlich. „Man sucht nach mir. Aber sie werden mich niemals finden.“

„Du bist so schlau!“, schmeichelte Sherilyn. „Ich glaube auch nicht, dass sie dich erwischen. Aber ich könnte dir helfen. Du gehst jetzt duschen und machst dich wieder hübsch, letzten Donnerstag hast du so wundervoll ausgesehen, ich könnte dir die Haare frisieren, ich kann sie dir auch färben, dann brauchst du keine Perücke. Ich habe blonde Farbe hier.“

Cataleya zögerte wieder.

„Färben, das wäre eine Idee ... würdest du das tun?“

„Natürlich!“

„Kann ich dir vertrauen?“

„Cata, ich bin deine Freundin, ich war Joshs Freundin, er verließ sich auf mich. Er sagte mir am Ende sogar die Wahrheit über euch.“

„Also gut, gehen wir ins Bad!“

Sie folgte Sherilyn in das Badezimmer, dort schloss sie ab und legte den Schlüssel in die Dusche. „Ich nehme die Waffe mit“, warnte sie. „Versuchst du zu fliehen, werde ich schießen.“

Sherilyn nickte dazu und reichte Cataleya alles, was sie benötigen würde.

Dann setzte sie sich mit abgewandtem Gesicht auf den Rand der Badewanne und wartete, bis Cataleya fertig geduscht hatte. Es dauerte nicht lange, bis Cataleya wieder bereit war.

„Und jetzt, Haare färben!“, befahl sie.

Sherilyn holte eine Packung aus einem Schrank.

„Es wird nicht wirklich blond werden“, erklärte sie, „dazu sind deine eigenen Haare zu dunkel. Wir müssten erst bleichen. Aber heller kriege ich sie auf jeden Fall.“

Cataleya setzte sich auf einen Stuhl und hielt die Waffe im Schoß.

Sherilyn musste beinahe lächeln. Es war nun so einfach. Sie stand zunächst vor Cataleya, dann hinter ihr, sie musste nur zupacken, sie musste das Mädchen einfach nur überwältigen, Cataleya hatte keine Chance gegen sie, das wusste sie.

Doch etwas hielt sie zurück, etwas rührte sie, sie wollte dem Mädchen noch Zeit vergönnen, noch ein wenig Hoffnung und Leben.

Wieder war ihr, als stünde Josh mit im Raum. Er hatte seine Schwester stets beschützen wollen. Sie strich

Cataleyas Haare mit den chemischen Stoffen ein und setzte sich ihr dann gegenüber.

„Jetzt müssen wir eine halbe Stunde warten!“, ordnete sie munter an. „Cata, du kannst deine Waffe weglegen. Tu es einfach, vertrau mir, schau, ich hätte dich gerade mühelos niederschlagen können, ist dir das nicht bewusst?“

Cataleya nickte langsam.

„Warum tatest du es nicht?“

„Weil du meine Freundin bist, Cata. Freundinnen schlagen sich nicht gegenseitig nieder. Sie töten sich auch nicht.“

„Tun sie das nicht?“

„Nein!“, erwiderte Sherilyn fest und versuchte, Neelas Tonfall zu imitieren, mit dem sie stets ihre Schwester gemaßregelt hatte.

„Ich weiß darüber nichts, ich hatte nie eine Freundin“, gestand Cataleya.

„Darum sage ich es dir ja. Du brauchst jemanden, der dir die Welt erklärt, nicht wahr? Neela ist nicht mehr da, wer sollte es sonst tun als ich?“

„Aber Neela hatte nichts dagegen, dass wir dich töten wollten, sie hätte mir doch beigebracht, dass man das nicht macht?“ Cataleya wirkte hilflos.

Sherilyn blieb weiter bestimmt.

„Wusste sie denn, dass wir Freundinnen sind? Hast du ihr das so gesagt?“

„Nein, das habe ich nicht.“

„Siehst du, Josh brachte mich nicht zu dir, weil er mein Freund war. Freunde beschützen sich, sie töten sich nicht, Neela war doch dann auch damit einverstanden, dass ich weiterleben sollte.“

Cataleya schwieg lange und schien zu überlegen.

„Du hast recht. Sonst hätte Josh dich zu mir gebracht. Ich verstehe das jetzt. Ich hatte mir alles so schön vorgestellt“, flüsterte sie schließlich. „Ich wollte dich streicheln, Sheril, du bist wunderschön, ich wollte deine Brüste streicheln, ich wollte dich besitzen und dich dann hinübergeleiten. Es war ein Traum von mir, ich konnte tagelang an nichts anderes mehr denken. Ich musste diesen Jungen töten, damit ich ruhiger wurde.“

Sherilyn schluckte. Sie suchte mühsam nach Worten.

„Man bekommt nicht immer alles im Leben, was man will“, versuchte sie, zu trösten. „Aber Cata, während wir warten, ich habe schrecklichen Hunger, seit dem Mittagessen habe ich nichts mehr zu mir genommen. Wollen wir nicht etwas essen?“

Cataleya blickte auf.

„Duschen solltest du auch, du riechst nicht gut.“

„Ja, ich komme direkt vom Sport. Ich springe schnell hinein!“

Cataleya nickte und beobachtete Sherilyn, die sich die Kleidung vom Leib riss und unter die Dusche eilte.

Sherilyn fühlte sich unbehaglich unter Cataleyas wachsamen Augen, achtete darauf, dass nicht viel von ihr zu sehen war im Dampf, und gleich darauf wickelte sie sich in ein großes Handtuch.

Sie erbat sich den Schlüssel und schloss die Badezimmertür auf, um in ihr Zimmer zu gehen und sich anzukleiden.

Cataleya war ihr gefolgt, sie hatte die Waffe noch in der Hand, doch nicht mehr auf Sherilyn gerichtet.

Zusammen liefen sie dann die Treppe hinunter und Sherilyn schob zwei Fertiggerichte in die Mikrowelle.

Normal aß sie so etwas nicht, doch sie hatte solchen Hunger inzwischen und es musste schnell gehen. Rasch deckte sie den Tisch und reichte Cataleya auch eine der Packungen. Andächtig löffelten die Mädchen die Käsemakkaroni und Cataleya seufzte zufrieden.

„Die erste warme Mahlzeit seit Tagen."

„Du hast einiges hinter dir", meinte Sherilyn mitleidig.

„Es war nicht so schlimm."

„Wo wirst du hingehen?"

Cataleya verzog den Mund zu einem schlauen Lächeln. „Das werde ich dir nicht verraten, am Ende sagst du es doch der Polizei!"

„Ja, das würde ich tun müssen, du hast recht, also behalte es für dich. Übrigens, es ist Zeit, wir müssen deine Haare auswaschen."

Sie gingen wieder nach oben und Cataleya senkte den Kopf vertrauensvoll über den Rand der Badewanne, während Sherilyn Wasser darüber laufen ließ und die Farbe herausmassierte.

Sherilyn wusste, es würde ziemlich die letzte freundliche Geste sein, die Cataleya spüren würde.

Niemand würde sanft mit ihr umgehen, sie war eine kaltblütige Mörderin, nur Sherilyn sah das kleine Mädchen, das von Josh und Neela so sorgsam behütet worden war.

Sie holte den Föhn und betrachtete am Ende verblüfft das Ergebnis. Die Farbe hatte es natürlich nicht geschafft, die Haare blond zu färben, doch sie waren viel heller und Cataleya wirkte vollkommen anders.

Sherilyn bestand darauf, ihr noch die Haare zu frisieren und kleine Zöpfe zu flechten.

„Jetzt siehst du wieder so schön aus, wie letzten Donnerstag!“, rief sie am Ende und wurde mit einem Lächeln belohnt.

„Siehst du, Cataleya, das machen Freundinnen, sie sorgen füreinander und machen sich gegenseitig hübsch.“

„Ich begreife nun, ich wusste das nicht. Neela hätte mir das sagen müssen.“

Sherilyn warf einen Blick zur Uhr, es wurde Zeit.

„Meine Mutter kommt bald“, verkündete sie beunruhigt. „Du solltest verschwinden, ich glaube nicht, dass sie dich gerne hier sieht.“

„Sie würde die Polizei verständigen“, bestätigte Cataleya.

Hastig suchte sie ihre Sachen zusammen, schob sich die Waffe in den Hosenbund und Sherilyn reichte ihr noch eine kleine Tüte mit Obst.

„Ich bedanke mich für alles“, rezitierte Cataleya, als sie das Haus verließ.

Eine eingelernte Höflichkeitsfloskel, doch Sherilyn hatte sogar den Eindruck, dass sie es diesmal so meinte.

„Mach es gut, Cata, und denk daran, ich bin deine Freundin!“

„Ja, meine Freundin, ich weiß jetzt, was das bedeutet.“

Cataleya lief zum Wagen und ließ den Motor an. Sherilyn merkte sich die Nummer.

Sobald das Auto nicht mehr zu sehen war, rannte sie ins Haus.

Freundin hin oder her, Cataleya war eine Mörderin und gefährlich, sie musste gefasst werden. Sherilyn selbst hatte es nicht übers Herz gebracht. Sie hatte Cataleya einfach zeigen wollen, was eine Freundin war.

Den Rest sollten die Menschen erledigen, deren Beruf es war, Mörder zu fassen.

Als sie die Küche betrat, schwankte sie leicht. Kein Wunder, die ganze nervenzerfressende Situation hatte ihr zugesetzt. Sie stützte sich am Türrahmen ab und atmete schwer.

Was hatte sie nur gewollt?

Richtig, das Telefon. Die Autonummer. Wie hatte sie noch gelautet?

Sherilyn versuchte, sich zu konzentrieren, doch es fiel ihr nicht leicht. Sie blickte auf den Küchentisch, was stimmte nicht?

Zwei leere Teller und zwei leere Saftgläser, ein volles. Sie musste aufräumen, nein, erst telefonieren.

Warum eigentlich? Die Autonummer, die Polizei, ja, die Polizei.

Sherilyn wankte zum Telefon, das an der Wand hing. Dort waren auf einem Magnetbord sämtliche wichtigen Nummern fein säuberlich angeheftet. Sie suchte alles ab. Konnte sich nicht erinnern, was sie eigentlich wollte.

Die Polizei? Wie war die Nummer?

Nein, sie durfte keine Autonummer wählen, sie musste die Polizei anrufen.

Wieder glitt ihr Blick über den Küchentisch. Dort war das Glas Saft, das Cataleya mit Schlafmitteln versetzt hatte. Sherilyn versuchte, sich zu erinnern.

Sie hatten zusammen gegessen. Als sie die Speisen aus der Mikrowelle geholt hatte, hatte sie Cataleya den Rücken zugewandt.

Sherilyn überlief es heiß. Schweiß brach aus allen Poren.

Ihre Beine versagten und sie sank auf den Boden, am gesamten Körper zitternd.

„Alles ist gut", ertönte eine sanfte Stimme neben ihr. „Komm, ich helfe dir auf die Couch, du bist nur müde jetzt. Gleich kannst du dich ausruhen und du wirst lange schlafen, sehr lange!"

Sherilyn fühlte, wie starke Arme sie stützten, hochhoben und aus der Küche führten.

„Wie ... wie ...?", stammelte sie.

„Freundinnen informieren nicht die Polizei, ich habe das verhindert, Sherilyn."

Sherilyn erinnerte sich mühsam. Warum war ihr nichts aufgefallen?

Der Haustürschlüssel, er war auf dem Küchentisch gelegen, er fehlte.

„Du dachtest, du seist mir überlegen, nicht wahr? Körperlich stimmt es, Sheril. Du bist viel kräftiger als ich. Ich hätte dich niemals überwältigen können. Ich musste dich anders dazu bringen, dass du den richtigen Saft trinkst. Und nun bist du in meinen Händen. Ich weiß, dass deine Mutter erst in ein paar Stunden kommt, ich kenne die Schichten im Krankenhaus. Du logst mich an. Aber ich wusste schon vorher, dass du das alles nicht ehrlich meintest. Du dachtest, du könntest mit mir spielen, mich einlullen mit deiner Freundlichkeit. Ich tauschte die Saftgläser aus, es war so einfach, es ist immer einfach. Die kleine, schwache Cataleya, jeder sieht mich so. Das ist mein Vorteil. Du bist nicht schlau genug für mich, Sherilyn, das warst du nie. Niemand ist das."

Sherilyn nahm all ihre Kraft zusammen, sie wehrte sich, konnte sich kurzzeitig befreien, doch dann fiel sie wieder zu Boden.

Alles drehte sich, ihr war schlecht. Sie wurde auf den Rücken gelegt und fühlte, wie ihr eine Flasche an den Mund gesetzt wurde.

Sie hustete und spuckte, doch einiges schluckte sie zwangsweise, es war Wein. Wein, der sie noch zusätzlich benommen machte. Allmählich gab sie ihren Widerstand auf.

„So ist es recht“, flüsterte die Stimme Cataleyas. „Jetzt komm, leg dich auf die Couch, nach oben schaffe ich es nicht mit dir, aber die Couch ist genauso in Ordnung.“

An Sherilyn wurde gezogen und gezerrt. Sie hob schwach die Hände, doch sie hatte keine Chance.

Sie spürte die weichen Polster der Couch, atmete den vertrauten Duft ein, sie war zuhause, geborgen, alles war gut.

Plötzlich fühlte sie, dass sie nackt war.

Sanfte Hände strichen über ihren Körper. Es hatte etwas Magisches, war so angenehm, nein, nein, es war falsch, es war bedrohlich. Das Böse, es hatte sie eingeholt. Sie hatte nicht auf Josh gehört, er hatte sie gewarnt.

„Nun wollen wir dich hübsch machen“, ertönte es beinahe zärtlich.

Immer wieder sank sie ins Dunkle, sie wollte nur mehr schlafen. Doch dann erwachte sie wieder, war wie gelähmt. Ihre Haare, sie tastete auf ihren Kopf, die Hände wurden weggenommen.

„Ich habe dir Zöpfe gemacht. Du siehst jetzt aus wie meine Barbiepuppe früher. Genau wie sie. Du bist wunderschön, Sherilyn. Deine Haut, so weich und rein, Josh hätte so gern Sex mit dir gehabt, das weiß ich. Er sehnte sich nach dir."

Sie spürte eine Last auf ihrem Körper. Cataleya hatte sich auf sie gelegt. Und dann waren da starke Hände, die ihr die Kehle zudrückten.

Sherilyns Lungen rangen verzweifelt nach Luft. Doch, welche Erleichterung, Cataleya hatte losgelassen und Sherilyn atmete tief ein.

„Gefällt dir das? Josh wollte das mit mir machen, er würgte mich ein paarmal. Wenn er Sex mit mir gehabt hätte, hätte er das dabei gemacht, ich wollte es so. Aber es kam nicht mehr dazu. Ich werde dir jetzt zeigen, was Josh noch mit mir machte."

Sherilyn merkte, dass ihr die Beine gespreizt wurden, sie versuchte, es zu verhindern, doch Cataleya kniete schon dazwischen. Es sollte eigentlich wehtun, das wusste Sherilyn, aber der Schmerz war nur weit entfernt fühlbar. Sie stöhnte.

Cataleya lachte höhnisch.

„Siehst du, das haben sie mit mir gespielt. Neela hielt mich fest und Josh hatte Mutters Vibrator. Er war riesig. Ich war ein kleines Mädchen, Josh erzählte mir das, kurz bevor er starb. Tagelang blutete ich. Mutter brachte mich nicht zum Arzt, weil sie nicht wollte, dass man davon erfuhr. Danach sagte sie, nun könne man sowieso nichts mehr kaputtmachen und sie erlaubte Josh und Neela, mit mir weiterzuspielen, was immer sie wollten. Neela sagte, das hätte mich zerstört. Ich sei nie wieder dieselbe gewesen. Daher hätten sie auf mich aufgepasst, mir jeden Wunsch erfüllt, denn sie und Josh waren an mir schuldig geworden.

Sie baten mich um Verzeihung, aber in Wahrheit war es Mutter gewesen, die es zuließ und förderte.

Wir waren so klein, wir wussten nicht, was wir taten. Josh und Neela hatten sich geschworen, mich nie der Psychiatrie auszuliefern, sie passten auf mich auf, beschützten mich, solange es ging. Sie hatten mir gegenüber ein schlechtes Gewissen, all die Jahre, als ihnen bewusst geworden war, was sie mir angetan hatten. Nun sind sie tot und ich lebe. Gefällt es dir, Sherilyn? Komm, trink noch was!"

Wieder fühlte Sherilyn die Last auf sich. Cataleya lag auf ihr, flößte ihr Wein ein, dann wurde sie wieder gestreichelt, Cataleyas Worte drangen aus weiter Ferne in ihr Bewusstsein.

„Du bist so schön! Ich wusste, ich würde es mit dir genießen, Sherilyn. Bald wirst du hinübergehen, ich werde bei dir sein, keine Angst! Ich will nur noch ein wenig mit dir spielen."

Und erneut geschahen Dinge, die Sherilyn nur unbewusst wahrnahm, sie wusste aber, dass sie das nicht mochte.

Es sollte aufhören, es sollte einfach nur aufhören. Doch sie hatte keine Chance dagegen, sie musste es ertragen.

Sherilyn wurde schließlich von Dunkelheit umfangen. Nun war alles gut.

Doch dann war da ein bohrender Gedanke. Mutter! Was würde Mutter sagen? Und Vater? Ihre Eltern ... Sherilyn begann wieder zu kämpfen, sie wollte nicht sterben. Ihr war übel, sie legte den Kopf zur Seite und übergab sich. Krämpfe schüttelten sie.

Cataleya hielt sie fest im Arm, ließ sie nicht los.

Das Böse, hier war das Böse. Sie hatte Mitleid gehabt mit dem kleinen Mädchen. Wie dumm sie gewesen war. Mitleid mit dem Bösen.

Josh hatte sie gewarnt, Josh, hilf mir, du wolltest das nicht, du liebtest mich ...

Plötzlich war da ein helles Licht. So hell, wie sie es noch nie gesehen hatte.

War das der Himmel?

Ashland PD, East Main Street
Mittwoch 30. Mai, 22.10 Uhr

Der diensthabende Deputy nahm gleichmütig den Telefonanruf an. „Police Department ...“

Doch die hysterische Stimme ließ ihn nicht aussprechen.

„Hören Sie, meine Tochter, da stimmt etwas nicht.“

„Wer spricht da?“

„Hier ist Sarah Brown. Ich wollte meine Tochter anrufen, doch da meldete sich ein Mann, der behauptete, er hätte das Handy auf der Straße gefunden. Ich rief zuhause an, keiner geht ans Telefon, bitte, sehen Sie nach, ob alles in Ordnung ist! Meine Tochter, da stimmt etwas nicht!“

Die Anruferin brach in Tränen aus.

Der Deputy blieb gelassen.

„Wie heißt ihre Tochter?“, fragte er routiniert.

„Sherilyn Brown!“

„Sherilyn Brown“, wiederholte er und notierte den Namen auf seinem Block.

Deputy Robson, die mit am Tisch saß, blickte auf.

„Was ist los?“

Deputy King hielt das Telefon von sich weg und raunte: „Da ist eine Mutter, die vollkommen abdreht, weil ihre Tochter ihr Handy verloren hat und zuhause nicht ans Telefon geht.“

Robson sprang auf.

„Wir reden von Sherilyn Brown?“, rief sie und riss dem Deputy das Telefon aus der Hand.

Sie sprach mit Mrs. Brown, ließ sich alles noch einmal erklären und holte dann ihre Jacke.

„Informiere den Chief! Wir brauchen sofort Einsatzkräfte! Und dann heb deinen Arsch, wir fahren zu den Browns, sie wohnen in der Church Street. Schnell!“, schrie sie.

Sie eilten zu ihrem Wagen, während sie in alle Richtungen telefonierten. Der Chief gab grünes Licht und sicherte zu, selbst zu kommen.

„Keine Sirene!“, befahl er. „Bleibt unauffällig, falls die kleine Morton dort ist, sollte sie nicht gewarnt werden.“

Es dauerte nur zehn Minuten, bis sie in der Church Street waren. Deputy Mia Robson und Deputy Charles King stiegen aus dem Wagen und sahen, dass im Haus der Browns Licht brannte. Vorsichtig schlichen sie durch den Garten und spähten durch das Fenster. Sie konnten eine Frau mit hellbraunen Haaren beobachten, die sich über etwas beugte, das auf der Couch lag.

Sherilyn war blond, sie konnte es nicht sein.

Mia Robson starrte angestrengt durch die Scheiben. Und dann erkannte sie die Frau, das Herz blieb ihr beinahe stehen. Sie zog Deputy King am Ärmel und führte ihn weg.

„Wir brauchen Verstärkung", flüsterte sie. „Das ist Cataleya Morton. Und sie hat anscheinend Sherilyn in ihrer Gewalt."

Kaum hatte sie ausgesprochen, als der Chief schon erschien und noch zwei weitere Beamte. Robson klärte sie kurz auf, dann befahl der Chief den Einsatz.

„Robson und King, ihr kommt mit mir, Flaherty und Bones, ihr geht zum Fenster, wenn etwas ist, Scheibe einschlagen und zugreifen! Achtung, das Mädchen ist bewaffnet! Und alarmiert schon einmal einen Rettungswagen!"

Der Chief rannte mit seinen beiden Deputys zur Haustür. Sprachlos entdeckten sie, dass der Schlüssel steckte und sie das Haus ungehindert betreten konnten.

Langsam und geräuschlos näherten sie sich dem Wohnzimmer. Sie hörten eine leise, einschmeichelnde Stimme. Der Chief nahm seine Blendlaterne vom Gürtel. Er nickte seinen Kollegen zu, die ihre Waffen zogen, und sprang dann ins Zimmer.

„Hände hoch!", brüllte er und richtete das grelle Licht auf Cataleya. „Stehen Sie auf, Miss Morton, entfernen Sie sich von der Couch!"

Cataleya schloss geblendet die Augen und rührte sich nicht.

„Stehen Sie auf!", wiederholte der Chief.

Endlich gehorchte sie. Den Kopf hielt sie gesenkt.

Mia Robson hastete zu ihr, packte ihre Hände auf den Rücken und warf sie zu Boden.

„Cataleya Morton, Sie werden hiermit verhaftet wegen Verdachts des mehrfachen Mordes. Sie haben das Recht zu schweigen. Alles, was Sie sagen, kann und wird vor Gericht gegen Sie verwendet werden. Sie haben das Recht, zu jeder Vernehmung einen Verteidiger hinzuzuziehen. Wenn Sie sich keinen Verteidiger leisten können, wird Ihnen einer gestellt. Verstehen Sie diese Rechte?“

Cataleya antwortete nicht. Erst als Robson mehrmals gefragt hatte, nickte sie. Sofort wurde sie abgeführt.

Inzwischen hatte man sich um Sherilyn gekümmert, die noch schwache Lebenszeichen von sich gab. Der Chief hatte ihr eine Decke übergeworfen und versuchte, sie aufzuwecken.Zwischen ihren Beinen war ein blutbefleckter Vibrator gelegen und ein paar andere Gegenstände, es war nach wie vor unfassbar, wie konnte die 15-jährige Cataleya, dieses kleine unscheinbare Mädchen, nur so etwas tun?

Sherilyn übergab sich ein weiteres Mal, der Chief hielt ihren Kopf seitlich, es war sicher nicht schlecht, wenn sie einiges von dem erbrach, was sie offensichtlich zu sich genommen hatte. Nach endlosen Minuten erschien der Krankenwagen und Sherilyn wurde nach kurzer Versorgung ins Hospital transportiert.

Als Mrs. Brown zuhause auftauchte, setzte man sie sofort in einen Streifenwagen und brachte sie ebenfalls ins Krankenhaus zu ihrer Tochter.

Die Ärzte kämpften stundenlang um Sherilyns Leben, während Mrs. Brown hilflos warten musste, betreut von einem Seelsorger, der mit ihr betete.

Erst im Morgengrauen überbrachte ihr ein erschöpfter Arzt eine vorsichtig optimistische Prognose. Sherilyn war ein sportliches, körperlich gesundes Mädchen.

Sie konnte es schaffen.

Jacksonville, Florida
First Coast Senior Highschool
Mittwoch, 18. Dezember 2019

Sherilyn Brown blickte von ihrem Buch auf, als es zum Beginn des Nachmittagsunterrichts läutete, und packte schnell alles zusammen.

Sie hastete in den Umkleideraum und suchte sich einen Ort, wo kein anderes Mädchen sie sehen konnte. Sie wollte sich nie mehr jemandem zeigen, wollte für sich bleiben.

Nachdem sie aus dem Koma erwacht war, hatte es lange gedauert, bis sie sich wieder an alles erinnert hatte, doch dann waren die Ereignisse wie ein Donnerschlag in ihrem Gedächtnis aufgetaucht.

Die albtraumhaften Geschehnisse standen von da an klar vor ihren Augen und sie konnte sie nicht davor verschließen.

Wie hatte sie nur denken können, dass Cataleya Mitgefühl verdient hatte. Sie hätte sie im Badezimmer überwältigen müssen, es wäre so leicht gegangen, doch sie hatte Cataleyas Lächeln vertraut. In diesem Mädchen war nichts Menschliches mehr zu finden gewesen.

Sherilyn hatte sich etwas eingeredet, hatte geglaubt, etwas Gutes tun zu müssen. Dabei hatte Cataleya die ganze Zeit nur einen Weg gesucht, Sherilyn mit

Medikamenten gefügig zu machen, und das war ihr mit Leichtigkeit gelungen.

So hatte sie immer gehandelt, niemand hatte das Böse in ihr gesehen, sie war die kleine, unscheinbare Schwester gewesen, die beschützt werden musste.

Immer im Schatten, immer verborgen, nie wirklich sichtbar.

Cataleya war längst in einer psychiatrischen Anstalt untergebracht worden, schon vor ihrer Gerichtsverhandlung war klar, dass das Mädchen nicht schuldfähig war, der Gerichtstermin würde eine reine Formsache werden. Lebenslange Unterbringung in einer geschlossenen Anstalt war das erwartete Urteil, zumal Cataleya alles gestanden hatte und keine Zeugen verhört werden mussten.

Nachdem man sie verhaftet hatte, war sie zunächst sehr still gewesen.

Dann hatte sie gefragt, ob sie die Highschool beenden dürfte, das schien ihr das Wichtigste zu sein und diese naive Vorstellung, sie könne nach der Highschool ein normales Leben führen, hatte alle den Kopf schütteln lassen.

Mehr wusste Sherilyn nicht, sie war mit ihren Eltern weggezogen ins sonnige Florida, in den Norden von Jacksonville. Hier war alles hell und freundlich, es gab trockene, warme Winter und auch keine Nebel, die das Böse vielleicht verbergen würden.

Dennoch blieb Sherilyn wachsam und schloss sich niemandem an. Sie konzentrierte sich auf den Unterricht und den Sport, ihr Ehrgeiz war ungebrochen und sie wurde von ihren neuen Lehrkräften ermutigt und gefördert.

An das letzte Jahr dachte sie nicht gern zurück. Manchmal träumte sie von Josh, dann wieder von Cataleya und jedes Mal erwachte sie schreiend und wurde von ihrer Mutter beruhigt.

Ohne ihre täglichen Medikamente würde sie den Tag nicht schaffen, sie war in steter psychologischer Betreuung und ihre Eltern hatten dafür gesorgt, dass sie in der Glaubensgemeinschaft Hilfe und Unterstützung erhielt.

Es war Gottes Wille gewesen, der sie gerettet hatte, der Herr hatte dafür gesorgt, dass man Sherilyns Handy gefunden hatte, und ER hatte Mrs. Brown dazu gebracht, auf dem Handy anzurufen, sodass sie die Polizei informieren hatte können, nachdem sie die fremde Stimme eines Mannes vernommen hatte, der ihr berichtete, er habe das Handy auf der Straße gefunden.

Im Kreis der Gläubigen fand Sherilyn Trost und Kraft, man ermunterte sie dazu, von ihren Erlebnissen zu erzählen, sie mit allen zu teilen, doch das fiel ihr schwer.

Dennoch fühlte sie sich von der Gemeinschaft getragen und gewann einiges an Sicherheit zurück.

Das Leben in Florida war so anders, die Highschool war freundlich und längst nicht so streng geführt wie die in Ashland.

Sherilyn fiel auf mit ihrem Fleiß und man bereitete sie jetzt, da sie das letzte Jahr absolvierte, gesondert auf die Universität vor.

Sie hatte ihre Pläne eine berühmte Sportlerin zu werden aufgegeben inzwischen, sie wollte Physik studieren, ein Fach, das sie in Florida begonnen hatte und von dem sie sofort fasziniert gewesen war.

Endlich war sie fertig angekleidet und betrat die Sporthalle. Sie trainierten zusammen mit den Jungs für die Volleyball-Mannschaft und sie hatte gute Aussichten, ins Schulteam zu gelangen, da sie groß und kräftig war.

Ja, es tat einfach nur gut, an die Zukunft zu denken, die sich greifbar und strahlend vor ihr ausbreitete, alles, was hinter ihr lag, musste vergraben und vergessen werden. Vielleicht als Warnung bestehen bleiben, dass sie nie wirklich jemandem vertrauen konnte.

Phil Connor wurde ihr als Partner zugeteilt, die Mädchen mieden Sherilyn, mochten sich nicht mit ihr anfreunden.

Ihr war es recht, es war einerlei. Phil war ebenfalls ein Außenseiter, dicklich, und er konnte mit Sherilyn in keiner Weise mithalten. Er trug eine Brille und war gewiss nicht der Junge, nach dem die Mädchen sich umdrehten. Sie spielten sich die Bälle hin und her und absolvierten ihre Übungen.

Sherilyn beobachtete Phil, wie er sich abmühte, er war so unscheinbar, kleiner als die anderen Jungs, er tat ihr beinahe leid mit seiner Unbeholfenheit und seinem ernsten Ehrgeiz und sie ermutigte ihn.

Und dann stand plötzlich Josh neben ihr. Sherilyn war starr vor Schreck, sie konnte ihn so deutlich sehen, sein leicht schiefes Grinsen, doch auch seine Besorgnis. Josh wollte ihr etwas sagen.

Sie wusste, was es war.

„Du blickst tiefer, du siehst das Böse!“

„Sherilyn!“, rief der Sportlehrer. „Was ist los? Wir wollen weitermachen?“

Sie schüttelte sich, versuchte, sich von der Erscheinung zu befreien.

Phil Connor lächelte sie schüchtern an. Seine Augen blickten dunkel und starr hinter den Gläsern hervor. Das Lächeln spiegelte sich nicht in ihnen, die Augen waren ausdruckslos, ohne Wärme, ohne Gefühl.

Sherilyn kannte diese Augen, sie würde sie nie vergessen.

„Komm“, forderte Phil sie auf. „Es geht weiter. Bald kannst du dich ausruhen.“

Sherilyn öffnete den Mund und schrie.

Eins, zwei, drei, vier, fuenf,
sechs, sieben acht,
Kasper hat so laut gelacht,
dass im Haus der Balken kracht.
Das Haus faellt ein
Und du musst's sein

XIV. KAPITEL

Cataleya
23. Dezember, 2019

Übermorgen ist Weihnachten. Ich habe mein Geschenk heute schon erhalten, man gab mir meinen Block zurück, in dem ich alles für Sie aufschrieb. Ich las es durch und finde es hervorragend, nur fehlt eben das, was mit Sherilyn passierte.

Nun ja, Sie haben sicher davon gehört, es ging durch alle Medien.

Ich kehrte damals nach Ashland zurück und lud Sherilyn zu mir ins Auto ein. Sie musste einsteigen, weil ich sie mit der Waffe bedrohte. Doch sie wollte den Wein nicht trinken, ich musste es auf andere Weise versuchen.

Ich erschlich mir ihr Vertrauen, ich kenne sie gut, sie ist so ein mitfühlender Mensch, sie liebte Josh immer noch, obwohl sie wusste, wie er gewesen war.

Dann bot sie mir sogar noch an, meine Haare zu färben, wie dumm war das denn? Es war der gefährlichste Moment. Sie hätte mich überwältigen und die Polizei rufen können. Doch wie gesagt, ich weiß, wie sie tickt.

Sie könnte niemals jemanden angreifen, der anscheinend hilflos ist.

Als sie unter der Dusche stand, wurde ich beinahe überwältigt von meiner Begierde. Sie versuchte, sich vor mir zu verbergen, doch das gelang natürlich nicht. Ich konnte alles sehen, ihren wunderschönen Körper, ihre Brüste, alles. Und ich wollte sie besitzen.

In der Küche machte sie mir etwas zu essen und sobald sie sich von mir wegdrehte, nahm ich den Hausschlüssel vom Tisch und tauschte ihr Saftglas gegen das mit den Medikamenten aus, das ich sie vorbereiten hatte lassen. Sie machte es mir so einfach, es ist wirklich lächerlich, wie manipulierbar, dumm und naiv Menschen sind.

Ich verabschiedete mich, sie hatte mich angelogen, dass ihre Mutter bald kommen würde, so eine durchsichtige, billige Lüge, ich verachtete sie dafür.

Sie winkte mir hinterher und ich konnte schon sehen, dass sie benommen war.

Ich fuhr den Wagen um die Ecke und kehrte zurück, schloss das Haus auf (und hier beging ich meinen einzigen Fehler, ich ließ den Haustürschlüssel stecken). Sie war in der Küche zusammengesunken, neben dem Telefon.

Nun konnte ich alles mit ihr tun.

Ich werde es nicht genau beschreiben, schließlich soll es keine pornographische Abhandlung werden, doch es war erfüllend, auch für mich. Sie war wie eine Puppe, ich flocht ihre Haare zu Zöpfen, spielte mit ihr, wie Josh und Neela mit mir gespielt hatten, als ich kleiner war.

Und dann kam die Polizei, ich ärgerte mich sehr, nun würde ich den Übergang verpassen, doch sie starb sowieso nicht. Soweit ich weiß, ist sie weggezogen. Schade, es wäre nett, wenn sie mich besuchen könnte.

Ich lebe nun in einer Anstalt, es ist gar nicht so schlecht hier. Man bekommt gute Sachen zu essen, kann jeden Tag duschen und ich darf lernen, ich habe die Erlaubnis, die Examen zu schreiben. Man gestattet mir mit Sondergenehmigung, in einem eigenen Raum meine Arbeiten zu erledigen.

Nur manchmal machen mich die Medikamente, die ich jetzt nehmen muss, sehr müde und es fällt mir schwer, mich zu konzentrieren. Ich habe versucht, die Einnahme zu verweigern, das führte zu nichts, das musste ich einsehen.

Die Welt ist seltsam gleichförmig geworden für mich, es gibt keine Freude, aber auch keine Sehnsucht und keine Trauer. Als würde alles im ewigen Einerlei dahinfließen.

Manchmal denke ich an Sherilyn, an ihre reine, zarte Haut, an ihre Brüste, aber die Erregung stellt sich nicht mehr ein, meine Hände zittern nicht mehr. Ich behalte Sheril einfach in meinen Erinnerungen, die schönen Erlebnisse, die ich mit ihr hatte, kann mir keiner nehmen, ich träume von ihr und freue mich, dass ich sie für kurze Zeit besitzen durfte. Sie war die einzige Freundin, die ich je hatte. Vielleicht sehe ich sie eines Tages wieder, das würde mir sehr gefallen.

Ich werde jedoch mit Sicherheit zunächst mit aller Kraft die Highschool abschließen, meine Zensuren sind nach wie vor hervorragend, selbst wenn ich mir vieles jetzt mühsam erkämpfen muss und es mir nicht mehr mit Leichtigkeit zufliegt.

Bald werden Sie mich in Ihren Kurs aufnehmen. Nun, da ich meinen Schreibblock wiederhabe, kann ich Ihnen alles schicken und Sie entscheiden sich selbstverständlich für mich, es wäre ein großer Fehler, wenn Sie das nicht tun würden. Ich will bei Ihnen Literatur studieren, das war immer mein Ziel. Und dann werde ich eines Tages an der Universität unterrichten können und meine Studierenden werden zur Elite gehören. Keinen geringeren Ehrgeiz habe ich.

Ich schließe damit dieses Tagebuch und sorge dafür, dass Sie es bekommen.

Ich freue mich darauf, Ihre Studentin sein zu dürfen, und verbleibe bis dahin mit respektvollen Grüßen,

Cataleya Morton

NACHWORT DER AUTORIN

Ich möchte mich bei allen bedanken, die mir beim Schreiben dieses Buches zur Seite standen. Es war auch für mich keine einfache Kost und ihr seid wie immer den Weg mit mir gegangen, von der bloßen Idee bis zum fertigen Buch.

Danke an Uwe Gäb, Beate Freitag, Helga Grosser und Alexandra Frank, dass ihr durchgehalten und mich wie immer kompetent beraten und angefeuert habt.

Danke an Jutta Köhler und Rainer Rösler, ihr gabt mir wertvolles Feedback.

Ein großer Dank gilt meiner Autorenkollegin Lisa Schneider aus Regensburg, die extra für Cataleya das Gedicht am Beginn des Buches schrieb.

Viele können reimen, aber nur wenige dichten!

Wie immer bedanke ich mich bei meiner Familie, bei meinem Mann Thomas, bei meinem Sohn Kilian und diesmal besonders bei meinem Sohn Lukas, für euer geduldiges Anhören meiner Serienmördergeschichten und für eure Tipps und Ratschläge.

Nicht vergessen darf ich diesmal allerdings, den Machern der Serie „Inspector Barnaby" zu danken. Die Folge „Trau, schau, wem!" (Death and Dreams) war die geistige Vorlage für meine Geschichte. Auch dort geht es um drei mordende Kinder und mich beschäftigte immer die Frage nach dem Warum.

Inspektor Barnaby suchte nur die Mörder, ich dagegen wollte den Grund wissen.

Tatsächlich benötigte es etwa zwei Jahre und ziemlich viel freundschaftliche Anstupser, bis ich endlich den Mut fasste, meine eigenen Gedanken und Ideen niederzuschreiben.

Mein abschließender, riesiger und herzlicher Dank gilt meiner Freundin Isabell Bayer und dem Lycrow Verlag für die wundervolle Gestaltung dieses Buches.

TRIGGERWARNUNG

- Kindesmissbrauch
- sexuelle Gewalt
- Gewalt
- Tod
- Mord
- Suizid
- suizidale Gedanken
- psychische Krankheiten und Störungen

WEITERE BÜCHER AUS DEM LYCROW VERLAG

Und du bist ewig Sein
Mysterythriller
Claudia Fischer
Taschenbuch 14,99 €
eBook 4,49 €

Dark Circle
Romance Suspense
Liz Rosen
Taschenbuch 16,99 €
eBook 5,49 €